俠の者、七人

井原西鶴『諸国敵討 武道伝来記』遺聞

渡部 哲治

目次

俠の者、七人

井原西鶴『諸国敵討 武道伝来記』遺聞

第一章

逐電

一

延宝五年（一六七七）正月二日。

信州の佐久原藩では、まだ夜の明けきれぬ暗いころから大勢の役人たちが太鼓を合図に三々五々登城し、城内をあわただしく動きまわっていた。

この日巳の刻（午前十時頃）から藩主松下越中守頼忠に家臣一同が年始を言祝ぎ、その後に大広間で御謡初能が催されるのが正月の恒例行事で、この能は御吉例として、家督を譲って隠居した元家臣や元服前の子どもなども見物が許されていた。

未明から藩士たちが登城したのは、こうした人々の詰める幾つかの間や大広間、小書院などを整え、能舞台を設営するためであった。夜が明けると、役目のない藩士も続々と登城してこよう。彼らはいったん紅梅の間に詰めることになっていた。

能の演目は高砂、田村、三輪、祝言。それぞれ平安の世を言祝ぐ、敵を滅ぼす、この世から幻想的な寂静の境地へと誘う、そして最後に演じられる祝い事の能で、正月に相応しいめでたい演目である。能役者はすでに前日の宵には城に登り新長屋に詰めていた。

その能の番組表が、古風な書風で墨痕鮮やかに奉書紙に書き付けられ、大広間の長押に貼られていた。

筆頭家老の金塚数馬はこの日の総取締役儀を命じられており、夜が明けるとすぐに登城して、紅梅の間や大広間などを廻って準備の具合を検分し、また登城した藩士の員数など子細を吟味していた。

その数馬が一通り城内の検分を終えると再び大広間へとやって来て、突然、

「これ誰かあるか」

と、大声をあげた。

その視線と手に持つ扇子の先には長押に貼ってある番組表があった。それをしばらく眺めていたが、ふり返りもせずに大声で人を呼んだのである。

「これでは上に貼りすぎだ。ひとまず、八寸ほど下げてみよ」

と、慌てて駆けつけて足許に両膝を折っている茶坊主に申し付けた。

「はぁ、……恐れ入りますが、何故に……、何か不都合がありましたでしょうか」

突然の言い付け、しかもその意図を理解できなかった茶坊主が恐る恐る尋ねると、

「其方如きの者に言っても埒は明かぬが、まぁよいわ。よく聞け。このように古風で優美な文字、しかも余白も文字の品格に釣り合うようにその幅が考慮されている書き物は畾紙と言って、その風格に見合うように貼るのが肝要なのだ。しかるにこの貼り様はなんというざまだ。すぐに下げろ」

と、数馬は再び大声でそう命じた。

すると、茶坊主はいかにも困惑した様子で、

「大変恐れ入りますが、それはできかねまするが……」

と、消え入るかのごとく小さく答えた。

「なんと、今何と申した。できぬ、となｓ、儂の指図でもできぬというのか」

数馬の怒声が大広間に響きわたった。

「はい、私めの立場からいたしますれば。……これは安川権之進様のお指図で昨夜このように貼ったものでございますゆえ、それを貼り替えるのは、私の一存では無理かと」

なおも蹲踞したままに茶坊主が返答すると、

「なに、安川権之進とな」

〈うぬー〉と、眥を決して顎をひいた数馬の顔にはみるみるうちに赤みが増していく。

「左様でございまする」

その場の成り行きを先ほどから遠巻きに見ていた他の茶坊主や藩士、若党などは、固唾を飲んで一様に押し黙っている。日頃から彼らは、筆頭家老の職権を盾にして権柄づくで傲慢な金塚数馬の権勢を怖れて、彼の言うことには口を挟まない、いや挟めないのである。皆、彼を疎ましく思うが、沈黙を守るしかなかったのである。

数馬の声が一段と高く太くなった。

「安川であろうが誰であろうが、当家において儂の命に従わぬとは、無礼千万な奴め」

そう叫ぶやいなや、数馬は持っていた扇子で茶坊主の額を発止と打った。

バチッ
鈍い音と同時に、ツゥーと一筋の血が茶坊主の眉間から糸を引く。

「ムッ、うーむ、ご無体な……身分は低うございまするが、拙者とて、拙者とて武士のはしくれ、その額を打ち割るとは、……あまりなるご仕打ちでは……」

額に手を添えて流れ出る血を確かめた茶坊主は、数馬の顔を見上げて唇を噛みしめた。それを見た数馬、

「なんだ、その目は。茶坊主ごときが、己の身分を弁えろ」

再び扇子を茶坊主の額に力任せに打ち下ろした。

バキッ
折れ千切れた扇子の欠片と血しぶきが飛び散った。

両手で額を押さえ、肩を縮こませて体の震えにじっと耐えていた茶坊主であったが、込み上げてくる怒りを抑えきれなくなったのか、思わず、立て膝のままに脇差の柄に手をかけた。

「おのれ、儂に手向かうのか、この無礼者」

それは、間髪もおかない抜き打ちだった。

茶坊主は左肩から心の臓に向けて袈裟懸けに斬られ、そのまま畳に頭から突っ伏した。そしてそ

の格好のまま、吹き出た血だまりの中で四肢を振るわせると、ゴボッと真っ赤な鮮血を吐き出してすぐに絶命した。

「愚かな奴よ。儂の言うことを聞かないから、かような顛末になったのだ」

「誰かある。この者の骸を取り片付けよ。己の身分を忘れただけでなく時も処も弁えず、この儂に刃さえ向けた。謂わば罪人、即刻不浄門から運び出し、無縁墓地にでも捨て置け」

その場に居合わせた家中の者は、非理は金塚数馬にあることを知りながら、誰もがその権柄を怖れて、身を固くして見守ることしかできなかった。

この事件は、身分の低い茶坊主が御家の最上位の家臣である筆頭家老の命に従わないどころか、法度に背き城中で刀を抜いたという咎で、数馬の無礼討ちであると認められた。数馬の非は問われることなく、一件落着とされたのである。

手討ちに遇った茶坊主は、名を佐藤久林といい、齢は四〇ほど、生国は三河。二〇年程前から僅かな扶持を得て当松下家に出仕していた。妻は五年前に早世し、十三、四歳くらいになる嫡男がいるというが、当国には他の親戚縁者はないという。

運び出された遺骸はその日の内に城下郊外にある寺内の無縁墓地に運ばれた。久林の嫡男は、いつの間にか何処ともなく姿を消したという。

この一件、表向きは一介の茶坊主が惹起した些末な出来事としてもみ消されたが、事件のあらましは、数馬の非道として密かに藩士の口の端にのぼり、瞬く間に城内に拡散した。

一方、当事者の一人でもある安川権之進は、事件の時刻には城中にいず、城下から四里ほどの望月村に若党中野与助を伴い馬で向かっていた。望月村の安徳寺草庵には藩主頼忠の生母玲瓏院が身を寄せており、その玲瓏院に、藩の重臣の一人町奉行の安川権之進が頼忠の代参として年礼を申し述べるために出張ったのである。

そして申の刻頃（午後四時頃）、藩主頼忠に代参の報告のために登城した権之進は、そこで初めて今朝方の事件の経緯を知ることになった。

その日の夕刻、上席家臣の屋敷が建ち並ぶ武家町の一角、その道脇にある松の大樹にじっと身を隠す二つの人影があった。

安川権之進とその若党中野与助である。

春とはいうが、名のみの正月の二日、日陰には数日前の雪が凍り固まっている。足下から髪の先まで身体の隅々に行き渡るかのような冷気は、日が落ちた所為だけではなかろう。

〈これから為そうとする己の精気が研ぎ澄まされていることも冷気を一層厳しくしているのだ〉

と、権之進にはわかっていた。

彼は、下城し帰宅してくる筆頭家老金塚数馬を待っていた。かれこれ半時（一時間ほど）にもなろうか。

〈それにしても遅い。下城の太鼓から相当経つ。もしや、何か拠無い事情があって今宵は宿直

するのかも……〉

権之進は寒さに縮まった右の手にフーッと息を吐きかけ、その手で口髭をしごいた。

城から金塚数馬の居宅までは五町（約五五〇メートル）ほどの距離、ゆっくりと歩を運んでも、とっくに権之進の前に姿を現しているはずである。

〈今日は無駄足だったか〉

視線を落として今度は両手に息を吹きかけて、権之進はブルッと身震した。

そして樹陰から半身を出して目を上げた。

と、

〈ムッ、誰か来る〉

宵闇（よいやみ）の迫るなか、細い上弦の月と星が照らす仄かな明かりに浮き出る黒い影が遠くに二つ三つ、それが地面を踏む規則正しい足音を道連れに次第に大きくなった。確かにこちらに向かってくる。

「やっと来たか。与助、お前はここで事の次第を見届け、万一、儂が討たれたならば、直ちに屋敷にその旨を告げてくれ」

と、若党の中野与助に声をかけると、権之進は羽織を脱いで、締めた襷（たすき）をしごき直した。そして、左手で大刀の鞘頭（さやがしら）をおさえ、唾した右手で柄をにぎると、左親指で鍔（つば）を押し出して鯉口（こいぐち）を切った。

黒い影は三人連れだった。裃（かみしも）に羽織・袴の武士を先頭に、供侍（ともざむらい）は二人、若党と草履（ぞうり）取りの中間(ちゅうげん)が付き従っている。

「待たれよ」

その顔が誰かとわかるほどに人影が間近になったその時、権之進は松陰から躍り出て、両の手を広げ、影の進路を遮りながら大声で呼びかけた。

「あいや、そこの人、待たれよ」

繰り返すその言に、

〈何事か〉

と、三つの影が同時に歩を止めた。

「率爾(そつじ)ながら筆頭家老の金塚数馬殿とお見受け申すが、相違ござるまいか」

「確かに拙者は金塚だが、お主は」

真中にいた裃姿の武士が、暗闇を透かすように首を伸ばして応えた。

「拙者は町奉行の安川権之進と申す」

「町方の……おお、安川権之進殿か、その安川殿が、こんな場所こんな時刻に何用ぞ」

その返答には少なからずの怒りの気を含んでいる。が、こうした事態も予期していたのであろうか、突然の狼藉(ろうぜき)にもさして驚く気配はみせていない。落ち着いた物言いである。

「言わずともご承知であろう。先ほど城中で横目付配下の与力(よりき)に確かめたが、今朝方の御城内での茶坊主に対する貴殿の仕打ちには合点がいき申さぬ」

「ほう、そのことか。慥かに茶坊主を成敗したが、非は奴にこそある」

「いいや、彼の茶坊主は拙者の指図に従うたことである旨、そのまま申し上げたにすぎない。しかるに、貴殿は彼の者の申し分も聞かず、無体にも満座のなかでその額を割り、剰え、その場で即座に、即座に一刀のもとに斬り捨てられた。……彼の者は、言うなればそれがしの代わりに額を割られ、成敗されたと言えよう。この恥辱を晴らさずにおいては武門の恥、安川家の名も廃ろうというもの」

唾を喉元に押し込むと、改めて数馬の顔に吐き捨てるように権之進は吠えた。

「いざ覚悟召されい」

「尋常に名乗りかけてきたことは褒めてやろう。しかし、彼の茶坊主は城中にもかかわらず、儂を斬ろうと脇差を抜いて身構えたが故に、斬り捨てたもの……定法にも情理にも適っておるぞ。〈無礼打ちである〉と、殿のお許しもいただいておるわ」

そこまで言うと、数馬も左の手で鞘を前に押し出し、右の手で柄を握った。いつでも抜き合わせられる構えを取ったのだ。

「お主に恨まれる筋合いはないが、かといって、拙者とてこの場を逃げる訳にもここで黙って斬られる訳にもいかぬ。いざ」

「おうさ、これは侍の一分、とかくの詮議にはおよばず」

ほぼ同時に鞘を走り出た二筋の刀身が宵明かりを撥ね返してキラッと光った。

互いに正眼に構える。直ぐには動かない。

「ウンム、ム」

「フゥー、フッフゥ」

二人の口からは溜めた息が呻きとなって吐き出されている。

傍目にはわからぬが、二人ともドク、ドクと激しく鼓動する己の心臓の音に自分の耳は聾(ろう)されていた。

侍といえど、戦のないこの泰平な世にあっては、真剣勝負は一生に一度あるかないかのできごとなのである。

「とおっー」

「やあっー」

と、それまで突然の成り行きに気を奪われていた数馬の若党と中間が刀を抜き放つと、主人数馬を護るようにその右から左からそれぞれ前方に割って出て、切っ先をそろえて権之進の胸板めがけて踏み込んできた。

「なんの、こなくそっ」

権之進は、右方から切りつけてきた若党の突きを交わすと外側にスルリと身を入れ替えた。

ドッと勢い余った若党の体勢が崩れた。

と、その刹那、

「グッーヴァッー」

断末魔の悲鳴を血糊とも唾ともつかぬ液体とともに吐き出して、若党は顔を地面に叩きつけた。

権之進の刃が若党の顎から左耳までを斬り裂いたのだ。

そしてその刀はそのまま勢いを止めずに上から下に向けてクルリと刃先が返された。

柔の剣と評されていた権之進の太刀筋は、相手の目の前をまるで蝶が身を翻すが如くに舞ったのである。

そのしなやかな動きに、左方から躍り出てきた中間は態勢を立て直す一瞬の間も取れず、そのまま切り込むしかなかった。

「エッエイー」

権之進の返した切っ先は中間の小手に打ち下ろされた。

「グアッー」

権之進の刃が一閃するや中間の両手首は刀を掴んだまま一間も飛んで、中間の後方にいた数馬の目の前にドサリと音を立てて落ちた。手首を失った中間の両手から噴き出す血潮は権之進の刀と同じ軌跡で半弧を描いている。

「おのれっー」

二人の従僕を瞬時に倒された数馬は不覚にも冷静さを失った。数馬が咄嗟（とっさ）に打ち下ろした刀の切っ先は権之進の股立ち（ももだち）にした袴の裾を一寸ほど切り裂き、その勢いのままにガッと地を噛んだ。冷静さを欠いた目で間合いが僅かに狂ってしまったのだ。
その瞬時を逃さず、すかさず繰り出した権之進の切っ先が数馬の胸に突き刺さった。

実際の斬り合いは時代劇の殺陣（たて）や講談話とはまったく違うものだ。お互いが真剣で命の遣り取りをするのだ。見栄をきったり、格好つけたりする遑（いとま）などあろうはずがない。たとえ滅茶苦茶に刀を振り回そうと、砂や泥を投げかけて相手に目潰（めつぶ）しをくれようと、傍目には卑怯に見えたとしてもあらゆる手段を弄（ろう）して勝利を収めねばならない。その際、武士としての最低の節度さえ保たれていれば、それは批難されるべきものではないのだ。

この時の斬り合いの場合、まず数馬方に油断があった。権之進一人に対し、数馬には従者が二人いるという油断だ。それに比べて、権之進は十分に一人で戦う心の備えをし、あらかじめ戦術を決めていた。当然、下僕が何人かいることも想定していたので、剣を構えた時点で精神的にも物理的にも優位に立ち、敵の動きがよく見えたのだ。

剣聖といわれる宮本武蔵も「いづれも場の徳を用（もちい）て、場の勝ちを得ると云ふ心専（もっぱ）らにして」と、その著『五輪書』で述べているように、戦う位置、場所の優位さを確保することが勝利を得るうえで必須であるが、それを権之進は実践しているといえた。加えて、上泉（かみいずみ）伊勢守の新陰流（しんかげりゅう）の流れを汲む内山道場で数少ない免許皆伝を授かったという、権之進の自負もあった。

数馬に手早く止めを刺すと、権之進は後ろを振り返り、

「これへ」

と、与助を手招きした。

与助は〈手出し無用〉という権之進の言い付けに従い、背後の松陰に控えていたが、主人権之進に〈万一の事あらば〉と、いつの間にか刀の下緒を解き、襷をかけていた。

権之進は袖で刀の血を拭き取りながら、与助に言った。

「与助、お主はすぐに屋敷に戻り、奥の世津(せつ)にあらましを伝えて娘江津(えつ)もともない、旗(はた)奉行の細井金太夫殿方に罷(まか)り越して、ことの次第を告げ、儂からの依頼だとして二人を匿(かくま)ってくれるよう頼んでくれ」

「はっ、しかし旦那様……」

与助は首を傾げて言いよどんだ。が、すぐに聞いた。

「しかし、旦那様、それでよろしいのでしょうか、……細井様と旦那様は日頃から不仲と噂される間柄ではありませぬか。……合点できかねますが」

「その方の不審はもっともだ。しかし、これは儂がよくよく思案した方途なのだ。子細を話す猶予はない、おっつけ討手が屋敷にも詮議(せんぎ)に参ろう。すぐにも屋敷に立ち返り、他の奉公人に気づかれぬよう、奥と娘を連れ出して金太夫殿方に赴き、頼み込んでみよ。さすれば、儂の言うことに納得がいくだろう。儂はこのまま西国方面へ落ち延びる。くれぐれも頼んだぞ」

「はっ、そういう……そういうことであれば承知いたしました。ご安堵下さい。お申し付けのままに。旦那様はご油断なく、すぐにもお発ちあれ。私めも奥方様とお嬢様を細井様にお預け次第に西国へと参りましょうほどに。して西国はいずこを頼りに……」

与助の声に押されるように権之進の背中は闇へと消えていった。

若党中野与助はそのまま走り帰って屋敷に飛び込むと、中間長屋にも台所方にも顔を出さず、奥の間にいた権之進の妻世津に直接会って、ことの次第を手短に話した。

「さあ、奥方様、急ぎ屋敷をお出まし下され。お嬢様を抱かれて、お急ぎに」

「わかりました。委細は道々聞きましょうほどに」

と、急を要する事態を察した世津は手早く自らの支度を調え娘江津も着替えさせると、有り合わせの金子を懐に押し入れた。そして書院に走り込むと、「是が非でも」と呟いて、権之進の手文庫から油紙に包んだ紙束を取り出してこれも懐中に押し込み、また安川家の家宝になっている鎧通（よろいどおし）の短刀を帯に手挟んだ。

「江津、これに。与助、では参ろうぞ」

そう言うと、世津は江津を懐にしっかと抱きしめ、与助をうながした。与助はその上から羽織のように下女の着物を打ち掛けた。他人の目を欺くためである。

忌門（いみもん）から三人は密かに表に出た。忌門とは、普段の用向きでは使用せず、死者や罪人が出た場合のみに出入りする裏門である。

賄い方の下働きの下女たちは夕膳の支度を終え、おおかたは自分たちの裏向きの長屋部屋に引き籠もっており、これに気づいた者はいなかった。

二

「事情はよくわかった。拙者にと見込んでくれた安川権之進殿が心底、慥かに承った。中野与助とやら、ご苦労であった。後は儂に任せて安堵せよ」

ことの顚末を聞いた旗奉行細井金太夫は、さして驚いた様子も見せなかった。

そして、

「心配することはない。安川殿がご妻子、拙者の名においてお預かり申す」

と、毅然として言い切った。

若党中野与助は、主人権之進の言い付けにそのままには従わず、一旦、自分の実家に世津と江津を匿っていた。実家には老いた母の紀代一人しか住まっておらず、他に洩れる恐れはなかったし、金太夫の屋敷からもそう遠くはない。与助は、いかに主人の命とはいえ、細井金太夫と主人権之進との爾来の関係を考えれば、必ず承引してくれるという確信が持てなかった。直に金太夫に母子を引き渡すのには躊躇(ためらい)があった。そこでまず、金太夫の真意を確かめに彼の屋敷を訪ねたのである。ただし与助は、その次第も金太夫に隠さず申し述べた。さもないと、従者たる自分の浅智恵が、主人権之進の金太夫に対する信頼に水を差す結果になると考えたからであった。

「しばし、待て」

そう言うと、金太夫は奥に引き込んで、すぐに印籠(いんろう)を携えて戻ってきた。

「お主は金塚家の下僕(げぼく)郎党に面体(めんてい)が割れているやも知れぬ。女人と子女を同行していればそのまま権之進殿の妻子であると身許を明かしているようなもの。そこで、まず城下長戸路(ながとろ)町にある田村金右衛門が屋敷を訪ねよ。金右衛門は公事方筆頭与力で儂の実弟だ。長戸路の神明宮はお主も存じておろう。その東隣の屋敷だ。着いたら金右衛門本人に目通りして、委細は儂が直接説明するからと、時を移さず他人に気取られぬよう奥方と娘御をお主の屋敷より連れ出し、我が屋敷まで連れ参るように伝えよ」

「ははっ、承知仕りました。ですが、田村様は事の次第もそれがしのこともご存じありませぬ。私めのような軽輩の言うがままになされましょうや」

「うむ、じゃによってこの印籠を託すのだ。この我が家紋のある印籠を示せば金右衛門も疑念を持たず、動いてくれようぞ。すぐに行け。ここから十町ほどだ。走り行けばそれほど時はかからぬ。お主の家で金右衛門に母子を託したならば、其方(そのほう)は一刻も早くそこから立ち退くがよい。そなたの母御のことも安心して儂に任せよ。いずれどこかで権之進殿に巡り会うこともあろう、その際は、この次第を伝えよ」

と言うと、

「今有り合わせはこれだけだ。路銀にいたせ」

と、手にしていた金子をそのまま受け取らせ、

「さあ、行け。今なら国境の警護もあってないようなものだろう」

「ありがとうございます。このご恩は主人にも急度申し伝えます」

与助が何度も頭を下げて礼を述べ、両の手で目頭を押さえながら足早に屋敷を立ち去ると、金太夫は奥に入り、

「比紗っ、比紗はおらぬか」

と、大声で妻を呼んだ。


やがて金右衛門が、世津と江津を従えて秘かに金太夫家の裏門から現れた。

「やあ、思いもかけないことで、大変でござったろう」

金右衛門に対してはただ頷いただけで、金太夫はまず世津母子に声をかけた。努めて平静を装ってはいるようにみえるが、その声は幾分上ずっている。

「これは細井金太夫様、……ありがとうございます。……此度は突然の事態、まだ明日の定めも見えませぬのにお匿いいただき、お礼の申しようもございませぬ」

世津は、金太夫には目を合わせず、下を向いたままで礼を述べた。言葉が切れ切れになったのは、ここまで小走りで来た胸の動悸によるだけではなかった。自らに降りかかった突然の事態、夫権之進が逐電(ちくでん)し、屋敷も奉公人もそして明日の希望も一気にすべてを失った世津は、それだけを言うのに精一杯だったのである。紅のない紫色の唇、血の気の失せた真っ白な頬にかかる数本のほつれ毛が世津の痛々しさを物語っていた。

「そうでした、こちらにいますのが、娘の江津です」

ややあって気を取り直した世津は、手を引いていた江津を自分の正面に向き直させると、そう紹介した。

「おお、そうであったか。江津殿、お母上の言うことをよく聞いて過ごすのだぞ」

「……うん……いいえ、はい、です」

一度言い淀んで首を傾げ、上を見上げて金太夫の顔に向かって江津は返事した。声は小さいが、はっきりとした口調である。

「そうだ、いい子だ。その通りにな」

金太夫は三人を奥の座敷に誘い入れると、比紗に世津母子を引き合わせ、

「安川権之進殿が奥方の世津殿と娘御の江津殿だ。さきほど申した通り、しばらく我が屋敷にお匿いいたす。筆頭家老の金塚家を憚(はばか)る所業ではあるが、武士の一分であるうえ、細井家としての面目でもある。これまでの詳しい経緯(いきさつ)はあとで説明するが、ともあれ、よろしく頼む」

と、比紗に頭を軽く下げた。

それを受けて、比紗は世津母子に微笑みを交えて言った。

「世津様、事情は承っております。行き届かぬ点もあろうかと存じますが、主人金太夫の面目にかけてもあなた様母子をお護りいたします。どうぞご安心下さいませ」

「ありがとうございます。お心遣いに感謝いたします。何と申し上げてよいものやら、お礼の言葉もございません」

極端な緊張に身を固くしていた世津は、江津を膝に乗せたまま、正座の腰を折って深くお辞儀して礼を述べた。

座が落ち着くと、金太夫は、

「軍兵と光（みつ）をこれに呼べ」

と命じた。奥の間に呼んだのは中間頭の木崎軍兵と女中頭の光であった。二人とも代々細井家に仕えてきた譜代の家人（けにん）である。

金太夫はこれまでの経緯を二人に話すと、

「こちらが安川権之進殿の奥方とその御子だ。武士（もののふ）の習いとしてしばらく二人の御身をお匿い申す。その方らは我が譜代の家人、我が意を汲んで他の奉公人に不審をもたれぬよう、くれぐれも念入りに取り計らってくれ。また、離れの母者には儂から事情を説明しておくが、老いたりと言えど侍の母じゃ、あえて心配することはあるまい」

「承りました。中間や渡り奉公衆のことは私めにお任せ下さい」

「口軽いのは女衆(おなごしゅう)の常、女中の皆には決して気取られぬよう気をつけます。ご安心のほど」

この当時の家禄一〇〇〇石ほどの武士は、その家格に応じて、若党・中間・女中などの下僕・郎党や奉公人を数十人くらい抱える必要があった。武士は日頃の登城や外出に際しては若党と草履取りや槍持ちの中間を従えるのが原則であったし、特に参勤交代での大名行列は戦時の行軍と同じで、槍組や弓組、鉄砲組などの供侍・中間の員数が家格によって定められていたからである。

だが、一〇〇〇石といえど、これらの下僕・奉公人のすべてを譜代として召し抱えるほどの身上はなかった。そこで渡り中間と呼ばれる、一年などの年季を限って仕える奉公人を臨時的に召し抱えて、形だけではあるが家格に相応しい体裁を取り繕った。渡り者はその仕える主人が年季ごとに変わるわけで、しかも当時の一年季の給金は僅か二両二分（今の二十数万円ほど）というのが相場であり、ために主人に対する忠誠心はまったくないと言っていいほど薄かったのである。

細井家とて例外ではなく、奉公人の殆どが渡り者であった。金太夫が譜代の家人だけに世津母子の件を明かしたのも、そうした当時の事情を踏まえたうえでのことだった。譜代以外の奉公人は忠誠心も薄いことから主家の事情などを勘案することはなく、主家の秘密さえ簡単に他家に洩らしたのである。

しかし、この時の細井家の場合、それがかえって好都合であった。彼らは主家に忠誠心もない代わりに、主家の奥向きの事などには無関心だったからである。

「世津殿、安堵召されよ。お子ともどもに拙者が急度お匿い致す。権之進殿のたっての頼み、また、侍の一分をもってしてもあなたがたをお預かり申す」

奥の間で二人を落ち着かせると、金太夫は静かに、しかし威厳をもって二人に言い切った。それは、武士として、また俠たる己の気質が言わせる台詞ではあったが、その台詞の底に、か弱き者に対する憐憫の情だけでは割り切れない、切ない鼓動が微かに脈打っていることに金太夫は気づいていた。

「ありがとうござりまする。我が夫安川権之進がいかなる所存で金塚様への刃傷に及んだかは承知してはおりませぬが、権之進が心底は決して武士として恥ずべきものではないと信じております。その意を汲んで下さった細井様には申し上げる御礼の言葉もございません」

世津は、我が娘江津をしっかと抱きしめながらも、きりりと居住まいを正し、金太夫から目を反らすと深々と頭を垂れた。その両目から溢れようとする涙を、世津は必死になって堪えていた。

そして……。

その世津もまた、胸に蘇る密かな想いに気づかずにはいられなかったのである。

三

「そんなことがあり申したのですか」

　世津と江津が席を外してから、金右衛門は詳しくことの顚末を金太夫から聞いた。そして、幾分首を傾げていった。

「しかし、事は尋常ではありません。兄者が数馬殿を斬った安川権之進殿の奥方とその息女とを屋敷深くに匿い置くことは、今、御家で絶対的な権勢を誇る金塚家の怨みを招くことになるのは必定でしょう。また、究極的には殿様をも軽んじることになりかねませぬ。そうした懸念があるうえに、日頃からそれほどの誼を結んでいないばかりか、仲も悪いと噂される間柄の権之進殿の妻子を預かり置く云われはないではございませぬか。この件、憚りながら、もう一度ご思案されるのがよろしかろうと存じますが」

「うん、慥かに其方の言い分は筋が通っておる。しかしな、〈窮鳥懐に入れば猟師もこれを殺さず〉というではないか。武士がその一分、道理を重んじるということは、世間の有り様とはまったく異なるものではないか」

「はぁー……」

「お主も存じておろうが、我が家門と安川家の浅からぬ縁は」
「もちろん、承知してはおりまするが」

細井家と安川家の縁とは、慶長五年（一六〇〇）九月の関ヶ原の戦いに遡る。この戦いに際して、権之進が祖父安川権蔵と金太夫が祖父細井隼人は、東軍に与した御当家松下家の陣の同じ組下であったが、互いに戦功に励み、先陣を切って西軍側長束正家軍を搦手から切り崩して手柄をあげた。両者の働きぶりは抜きん出ていて、その高名は両者互角との感状を御当家から拝領した。安川家、細井家はともに一〇〇〇石ずつの家禄を給され、役儀も等しく町方と旗方（軍）の奉行職を仰せつかった。元和二年（一六一六）には、先々代藩主頼義がこの両家に鎧通しの短刀を下賜している。その年、公儀大御所の徳川家康が亡くなったので、その御恩を謝し御霊に供えるために藩のお抱え刀工に作刀させた五振りの名刀中の二振りである。

その後、安川家は権介、細井家は金吾が家督を継ぎ、安川流派、細井流派として両家ともに剣の奥義を極め、武勇の誉れをもって御家に仕えてきた。寛文九年（一六六九）に権介、寛文十二年に金吾が世を去って、それぞれの嫡男権之進、金太夫が跡を継いでからも、この二人が、お互いその家名に傷がつかぬよう相手に遅れをとらぬよう、主君への忠節に勤しんできたのである。

「そうした由来がある故、互いに相手に隙をつくらず、身を律し、自らを励まして御家への忠勤を果たしてきたことから、臣下の間には、安川、細井家が間には、穏やかならぬ関係があり不仲と目されてきたのであろうよ。しかし、当の両家には、互いに自負はあれ、不仲とか、況んや敵愾心かのような感情はまったく持っておらず、尊崇の念さえも抱いているのだ」

「そのことは、私も承知ですが」

「うん、それに加えてな。儂と権之進は内山道場で幼き頃から剣の修業に励んで切磋琢磨し、免許皆伝も同時に受けた。長い付き合いの中で、お互いがその剣の強さと侍としての器量を認めてきたのだ。しかるに、権之進が剣は柔、儂の剣は剛であることから、道場の門弟や同輩の家臣たちには権之進と拙者が不仲に見えるらしい。しかし、お互いがお互いを相容れない剣と意識しているだけであって、二人は互いに〈彼奴こそ真の侍〉として恐れ敬っている存在なのだ」

そこまで言うと、金太夫はフゥーと一息入れた。

ややあって、

「だからこそ、権之進殿も我が心底を見定め、是非もなくその妻子を隠し遂げてもらえると確信して頼み来たるもの。されば我が預かりし母子は我が一命にかえても護り抜くのが権之進の信義に応えることであり、それが侍として至極もっともな理なのだ。黙って捨て置く訳にはいかぬのだ」

と続けた。

口を一文字に結び、押し黙って兄の言葉に耳を傾けていた金右衛門であったが、

「わかり申した。そこまで深慮しての決意ならば、それを護るのは真の武士の一分、武門の慣いと

いうものでしょう。ならば私も兄者にこの身命をお預け申そう。ただ決して油断召されぬよう」

と目尻をあげた。

「かたじけない。然るうえは、離れの母者にはこの間の事情をお話しし、屋敷の者どもには気取られぬよう何か策を講じる必要があろう。世津殿母子が当屋敷にいる間も日常と変わらぬ暮らしぶりをせねばなるまいて。屋敷内といえどもいささかも疑われてはならないだろう。幸いなこと、ちょうど暮れと正月の藪入(やぶいり)で奉公人の多くに宿下がりを許しており、屋敷内には父祖以来の信のおける譜代の奉公人と僅かな渡り奉公人しかおらぬことだ」

金右衛門は黙って頷(うなず)いた。

そして下に向けた視線を元に戻すと、改まったように金右衛門は口を開いた。

「ところで兄者、この度の権之進殿が一件、私めには少し腑(ふ)に落ちないところがありまする。たかが番組表一枚の貼り位置で、何故に金塚数馬殿は茶坊主の額を割り、最後には無礼討ちに処するような所業をしたのでしょうか」

「うむ、儂もそれは感じておる。それに惜か以前に同じようなことがあったかとな」

「はい、作事奉行配下の与力岡野弥太郎殿が切腹に処せられた一件ですね。三年前のことですが、理由がやはり城中で数馬殿に対して脇差を抜いたこととされた、その経過がよく似ておりまする」

「岡野弥太郎殿は権之進殿の義兄、偶然にしてはできすぎだな。裏に何かあるやも知れぬなー。念のためだ。過去の記録を調べてみるか」

金右衛門が離れの間の母加津に年始の挨拶をしてから屋敷を辞すと、金太夫は加津と妻の比紗にこれまでの一部始終と己が考えを詳しく語り、

「そうしたわけだ。よくよく彼の母子をいたわって、匿って下され」

と言い含めた。

母加津は、

「お父上が生きておられたならば急度金太夫と同じように為さったでしょう。金太夫も細井家の主として悔いのないようになさい」

と、言い置き、仏壇に向かい額ずいて手を合わせると、離れへと戻っていった。

比紗は、

「人が人としての情けをかけるのはかかる時でこそありましょう。ましてや武門を誇りに御家に仕えてきた強者同士、それもお互いが一目置く相手でもあり朋友ではありませぬか。あだや疎かにはできません。私めが自らお世話しましょうほどにお任せ下さりませ」

と、自ら茶を煎れ、寝床をこしらえるなど、世津母子を実に慇ろにもてなした。

「奥方様、お志が身にしみて嬉しゅうございます。それにしても今の我が身、お情けに報いようにも一切を失った身、……果たしてその日が来るのでありましょうや。……それが悔しくてなりません。ましてや娘の江津、これから先何十年も華も実もある生涯を送れるはずが、まだ三歳と少し

「……このまま朽ちていくのかと、……それを考えますと、我が身以上に口惜しゅうございまする」

と、やっと言葉を絞り出すと、世津は袖で顔を覆い涙を隠した。

すると、

「おははうえ様」

それまで世津に抱かれていた江津が振り返って母の袖を引いた。

そして、

〈おははうえ様、泣いてはなりませぬ〉

とでも言うように、母の顔をのぞき込んで小さな頭を二度三度と左右に振った。

江津は、ここ数刻の間に自分を取り巻く状況がめまぐるしく変わっていく異様な雰囲気を幼いながらも感じ取っていたのであろう。それまでじっと母親に抱かれて声も発しなかったこの三歳の幼女は、涙にくれる母親を見て、幼な心なりの己が立ち位置を決めたのであろうか。母を見上げるその目には涙はなかった。

しばらく低く苦しげな嗚咽（おえつ）を続けていた世津は、江津の健気さに我に返り、自らを奮い立たせるかのように顔をあげた。

そして、

「このご恩、決して、決して……たとえ我が身が滅びようとも忘れませぬ」

と、凜として言った。

この当時、なによりも武門の誇りと恥をわきまえて主君への忠節に励むのが武士の本分、そして、内にあって夫を支え家を護るのが武士の妻としての心得であるとされていた。しかし、それは表向きの理であって、関ヶ原の戦いからすでに七〇年以上が経ったこのころになると、戦がなくなって世は太平となり、農業や商業の発達に合わせて成長してきた貨幣経済のなかにあって、かつての武辺一辺倒であった武士の在り様も変化してきていたのである。

武士の世でも現実的な利害得失の勘定が重んじられるようになり、「算盤武士」なる言葉もあらわれた。藩財政の確立や再建に苦慮していた藩主にとって、この算盤武士の説く年貢増徴策と倹約は魅力であった。その結果、新たに取り立てられた算盤武士なる「新参者」が急速に出世を果たしたが、その反面、武功で取り立てられた創設以来の藩の重鎮である「筋目正しき」一家が疎んじられることになった。

そうしたなか、新参者のような器量もなく、かといって戦のない世の中では戦陣で手柄を立てる機会もなく、出世の途はおろか家臣として仕官することさえ塞がれた武士のなかから、大長刀や大脇差、総髪、派手な衣装などの異様な風体で人目を引き、市中を我が物顔に闊歩する武士集団も現れた。こうしたひねくれ者たちは「傾き者」と称された。

江戸では旗本の次男や三男が傾き、旗本奴と呼ばれた。彼らは肩で風を切って江戸の町を彷徨、見栄や男伊達を競ったが、その彼らの放蕩無頼、乱暴狼藉に苦慮した町人の間にも、任侠を気取った町奴などが現れ、旗本奴に対抗して蔓延った。町奴幡随院長兵衛が旗本奴水野十郎左衛門との抗争の末に風呂場で謀殺されたのは、明暦三年（一六五七）のことで、権之進が数馬を斬った延宝五年から二〇年前の事件であった。

こうした退廃的な事件があったいっぽう、この延宝五年から二五年後には、赤穂藩浪士による吉良上野介殺害事件が起こった。この事件が当世において人々の喝采を浴び、武士の誇り、忠義者、侍の模範と賞讃されたのも、そうした気風がそのころすでに失われていたことの反証明であった。亡き主君の遺恨を晴らそうと四七名の元臣下が一命を賭す、このような復讐劇が、偃武に身を委ねて泰平を貪る当世の武士の世で起こるとは思ってもいないことであったのだ。

こうした風潮は佐久原藩でも例外ではなかった。安川家や細井家など、関ヶ原の戦いでの手柄を一家の譽と誇り伝え、武芸こそが武士たる証だとする、いわば武辺一辺倒の筋目正しき家系の武士たちは、戦場での働きもなく口先で主君の寵を得て重職に就いた新参者の金塚家を決して快くは思っていなかった。いっぽう金塚家一門は、今日明日の現実的な利益を優先する経世的処世術で出世を遂げると、その財力で家臣を囲い込んで一派をなして勢力をさらに強め、「武芸にしか能力のない者は時代遅れで現実の役には立たぬ」として、なにかと口うるさい筋目正しき家系を疎んじ軽蔑さえもするようになっていた。

四

その頃、金塚数馬の屋敷には物々しい雰囲気が漂っていた。門庭には篝火がいくつも焚かれている。その火花の舞い散る庭には、数馬の父数右衛門と嫡男勝之丞をはじめ、数馬の弟を養子に迎えた一家や遠い縁戚の一族などが馳せ参じ、その若党や中間・小者までもが加わって、

「権之進を討たねば、金塚家の、いや一門すべての恥だ」

「まだそれほど遠くまでは達していないはずだ。すぐにでも追手を差し向けよ」

と、互いに士気を鼓舞していた。

男たちが猛々しく雄叫びを上げるその中にあって、

「方々、よろしゅうお願いいたします。夫数馬の敵を、安川権之進めを討って下され」

と、一際甲高く響く声があった。

数馬の妻邦である。白鉢巻に襷という非常時の身拵えである。邦は女奉公人を集めて、握飯などの非常時の炊き出しに陣頭指揮を取っていたが、已むに已まれぬ気持ちに駆られ、皆の前での叱咤激励に及んだのであった。

こうして〈権之進討つべし〉と気炎を上げる金塚家には、藪入で休みを取って里に帰っていた中

間や小者までもが呼び戻され、その数は四十数人にも達した。もっとも、中間や小者のなかには年季働きの無頼の徒も多く、渡り奉公人の彼らが、いわば期限付き主君にすぎない数馬の斬り死にをどこまで我が事のように意識していたかは不明である。その点は細井家とも違わない。それでも年季奉公人は、武器を携えていち早くこの場に結集した。それには、

〈こうした場から逃れると、次の扶持にいつありつけるのかもわからない〉

〈ともかく、今はこの場の意向にそって動く方が得策だ〉

という、彼らなりの打算と計算が働いていたのである。

金塚数馬の父数右衛門は、文禄三年（一五九四）生まれの齢八三。既に万治元年（一六五八）に家督と筆頭家老職を嫡男数馬に譲って隠居し、この頃では、時折り、藩主頼忠の碁や茶に付き合うくらいで公的な役目は持っていなかったが、存在そのものが金塚家の精神的重しとなっていた。

そうしたなか、金塚家の実質的な統率に当たっていたのは、家宰の落合甚左衛門である。彼は金塚家が佐久原藩に召し抱えられる前から金塚家に仕える譜代家臣の家に生を受け、既に数十年も金塚家の表向き、奥向きを問わず、その補佐に当たってきていた。数馬も、甚左衛門の領導によって金塚家の当主として成長し、家老職の見習いとして出仕したころには、数右衛門の威厳も後ろ盾にして藩内で一目も二目も置かれる存在になっていた。甚左衛門は最近では数馬の嫡子勝之丞の教育にあたってもいた。

「取り急ぎ、権之進が屋敷に向かえ、きやつはすぐにも行方を晦ますに違いない。逃げる前に取り

押さえよ。さもなくば殿の葬式も出せぬ」

と、その落合甚左衛門が金塚一族や若党・中間などを前にして命を下した。

その後ろには、数右衛門と勝之丞、それに地方奉行職にある大石太兵衛が床几に腰を下ろして控えている。大石は数馬の妹佐代を娶っており、いわば金塚家一門でもあった。

家宰甚左衛門の命令に逆らう者はいない。手に手に強盗（龕灯）提灯や松明を掲げて数十人の一団が勝之丞を取り巻いて表門を駆け抜けた。

「権之進を出せ、門を開けろ」

険しい表情で金塚家の家来、郎党の一団が安川家の屋敷門を取り囲み、口々に大声で叫んでいる。その中心にいる勝之丞は、刀の柄で門の扉を殴りつけながら、門内に向かって怒鳴りつけている。

「当家の主人は未だお戻りではないが、いかなるご用ぞや」

と、急な怒声での呼びかけに驚いた安川家の門番が、怪訝な顔つきで傍らの通用門を開けた。

「拙者は筆頭家老家の金塚勝之丞だ。この家の当主権之進めが理不尽に我が父数馬を斬って逃げ失せた。権之進を出せ」

「ええっ、それは真、まことのことでありましょうや。我々はまったく知りませぬ。本当であれば、なぜ、そのようなことに」

「理由なんぞ知らぬ。じゃが権之進は下城途中の父数馬を襲い、止めを刺し、連れの供侍も手に掛けた。一人は即死、一人は深い手傷を負ったが〈相手は安川権之進〉と言い残して息を引き取った。

嘘でも間違いでもない。権之進を早よう出せ。いないと言い張るのならやむをえん。家捜(やさが)しするぞ」

　安川家の中間など奉公人には寝耳に水のできごとであった。

　この時、安川家では、下僕、奉公人の多くは藪入で暇を得て不在であった。彼らの住む長屋には、居残っていた中間たちが夕餉(ゆうげ)を済まし、ある者は手枕でうたた寝をむさぼり、ある者は煙草の葉を切り刻んで一服し、ある者は塩を舐めなめ手酌(てじゃく)で酒を呑むといったふうであった。台所の女たちも賄いの飯を炊き終わり、年の瀬に搗(つ)いて半ば固まった餅を薄く切りそいで、それを物蓋(ものぶた)に並べているところだった。薄く切られた餅は、すっかり乾くとかき餅や霰(あられ)になり、黴(かび)も生えず、長期間保存できる。

　彼らは主人権之進が筆頭家老金塚数馬を斬殺して逐電し、奥方世津とその息女江津も当屋敷から逃げ延びたという、主家に起こった大変事さえ知る由もなかったのである。

「当家の殿のお許しもなく、この門を通すことはできませぬ」

「その殿、権之進に用があるのだ。もはや、蛻(もぬけ)の殻かも知れぬが、家捜しするぞ、それっ、踏み込め」

「そんな無体な」

　と、門番の中間が門に立ちはだかるも、

「ええっいー、つべこべぬかすな、そこをどけー。問答には及ばぬ」

勝之丞一党は、一斉に門内に踏み込んだ。そして、母屋の表戸を打ち壊し、雨戸をこじ開け、土足のままに奥の間、座敷、次の間、居間、仏間、茶室、台所、奉公人の部屋などに押し入り、手にした強盗提灯で屋敷内を隈無く照らし捜索した。勝之丞一党の猛々しい叫び声と屋敷内の箪笥（たんす）や押し入れを荒々しく打ち壊す音が辺りを聾して、闇を突き破る。権之進の身だけではなく、その行方の手がかりになるものを探したのか、書院にあった権之進の手文庫や仏壇の引き出しまでもを徹底的に掻き回している。

が、権之進もその妻子も見当たるはずはなかった。

「おのれ、やはり逃げおおせたか。奥の間に幼女の夜着も脱ぎ捨てたままに放ってある。権之進めはおそらく妻と娘を連れて逃げたに相違ない。まだ遠くには及ぶまい」

屋敷内での捜索が無駄とわかると、勝之丞は皆を集めて少人数ごとに分け、

「権之進の親戚筋を片端から探し、その屋敷に見張りをおけ。鼠一匹といえど門から出すな」

「手分けして、城下口の塩名田（しおなだ）、御影（みかげ）、小田井、野沢に走り行け。今年は雪が少ないとはいえ、女子ども連れならば雪を踏み分けて峠を越えるのは至難の業、そのことを考えれば、脇街道よりは中山道か佐久甲州道がもっとも疑わしい。夜を徹して見張りにつけ」

と、それぞれに再度の指示を下した。

塩名田は望月を経て和田峠を越え、下諏訪へとつながる中山道筋、御影は小諸を経て上田、松代、越後と続く北国街道筋、小田井は中山道の下り方向で追分（おいわけ）、軽井沢から碓氷峠を越えて上州、江戸

に続く。野沢は、内山峠を経て上州下仁田（しもにた）につながる日影新道、あるいは野沢から数里南の高野町から余地峠か十石峠を越えて武蔵へとつながる道筋である。野沢から峠道に入らず、そのまま南下すれば、甲斐韮崎（にらさき）にも通じていた。

嵐が吹き荒んだかのような喧噪が引き汐のごとくに遠ざかったあとには、突然の事態に戸惑った安川家の中間や下僕が、

「儂（わし）らはどうなるのか、どうすればいいのだ」

と、嘆息して空を眺めて悲嘆の叫び声を発していた。

奥向きの用を足す女たちも、臨時的な用向きだけを請け負う年季の奉公女も、

「奥方は、そしてあの可愛いお姫様は今どこにおはすのか」

と、一時に泣き出す始末で、その泣き叫ぶ声は聞き届けられる相手もなく、ただ闇のなかに消え入っていくだけであった。

主家を失ったこれらの中間や下僕、奉公女は、その後、他家に雇われたのか、実家に戻ったのか、あるいは流浪の旅に出たのか、その消息はわからない。

翌早朝、数右衛門は老いて弱くなった足を引きずりながら、勝之丞をともなって城に登り、

「非常時につき、慣例を破ることを承知でかような早朝に罷（まか）り越し申した。恐縮至極であるが、是

非とも殿にお目通りをお許し給わりたい」

と、奥付き茶坊主を介して懇請した。

藩主の頼忠は、他ならぬ数右衛門のこととて、すぐに目通りを許した。

事の成り行きを薄々聞き知っていた頼忠は、

「年が改まった祝いの日の曲事(くせごと)である。ましてや我が信をおく筆頭家老の金塚数馬を手にかけるとは以ての外である。早々に召し捕って厳科に処せ」

と、甚だご立腹のうえ、権之進の捕縛を命じた。

こうして藩主の下知を得ると、金塚家の家宰落合甚左衛門は直ちに一族一門、若党や中間などの奉公人を屋敷内に集め、勝之丞を盟主に立てて、

「正月早々の不祥事、殿はご立腹であった。捕縛せよとお許しもいただいた。権之進の縁戚は昨夜穿鑿(せんさく)を遂げたが何処にもおらなんだ。おそらく権之進めは妻子を伴っているか、どこかの親しい家か奉公人に妻子を匿わせているに相違あるまい。まだ領内に潜んでいるものと思われる。かかるうえは、すぐにでも城下口の番人に加勢を申しつけ、厳しく出入りを改めて、権之進が一族の往還(おうかん)を許すな。もはや権之進は逆臣(ぎゃくしん)、遠い縁戚にある輩についても残らず家捜しをし、もし行方知れずの者あらば、土を掘り返してでも詮議を遂げよ」

と、厳命。一統を幾つかの小隊に分けると、権之進の遠縁の屋敷、奉公人の居宅、あるいは権之進が城仕えの前に住み込んでいた朱子学の家塾、また権之進の通っていた内山道場の師匠宅へと、

それぞれの捜索へ向かわせた。

こうして金塚家一統の多勢による早朝からの探索活動によって、それまでは直接の関係者か限られた藩士しか知らなかった昨夜の刃傷沙汰一件は、城下一円に知れ渡ることとなった。

五

「旦那様、我が屋敷の奉公衆によれば、このたびの騒動で金塚殿の一統があちらこちらのお屋敷に押し寄せて井戸の底まで探しているとの風聞が、この細井家周辺の屋敷まで届いてきております。城下が騒がしくなっているようです」

金太夫の妻比紗がまだ寝床にいた金太夫の許に急ぎ来て言った。比紗はその右手に嫡男小太郎の手をしっかりと握りしめている。小太郎はこの正月で五歳を迎えていた。

「うむ、それも想定されたことだ。かと言って、あたら騒げば、何も知らぬ奉公の衆にかえって疑念をもたれることになろう。あくまで権之進殿が妻子の件は我が身内のこととして内密に事を運ばねばなるまい」

「屋敷内、しかも奥向きだけであれば、ご心配召さることもありますまいが、当家にもいずれ吟味の役人が罷り越しましょう。そこで、いかがでございましょうか、私がとりあえず奉公人の姿になり、お預かりしている御前を表向きはこの屋敷の奥方のように見せかければ、穿鑿方の眼をくらませ、首尾よくこの場を乗り越えられるのではありませぬか」

「おお、それはかたじけない。妙案だが……」

思いもかけない妻の助言に金太夫は喜色を露わにした。そして、少し思案してから言った。

「なるほど、それはよい考えではあるが、そちが仮初めに奉公人に姿を変えて、彼の人を我が奥として金塚家の衆を欺いたとしても、そなたの顔を見知っている当家の奉公人は欺けないだろう……人の口は軽いもの、奉公人といえども絶対安心ということはあるまい。それに今は少ないが何人かの渡り奉公人もいる。どこで露顕するやも知れん。折角の申し出ではあるが、その謀りごとはいささか心許ない。……であれば、儂に考えがある」

「これ、誰かあるか。我が弟田村金右衛門宅に赴き、金右衛門を我が屋敷に連れてまいれ」

金太夫は中間長屋に声を投げつけた。

その日の酉の刻（暮六つ、午後六時頃）、この時刻は初春の頃では辺りはほぼ夕闇に包まれている。

その闇に紛れて金太夫の屋敷裏門に四人の人影があった。比紗一行である。冬の旅支度に身を整えた比紗が嫡男小太郎の手を握っている。これに、田村金右衛門が葉付きの蜜柑を入れた真っ赤な網袋を下げ持って付き添い、中間頭の木崎軍兵も長文筥を背負ってこれに従っていた。

四人は、金太夫の見送りを受けながら奉公人には気取られぬよう裏門を出た。軍兵の長文筥には、金右衛門が手配し今しがた持参してくれた道中手形が納められていた。蜜柑は信州では珍しいため、年の暮れになると遠江（とおとうみ）国や駿河国から商人が売りに来て、年始回りの際の年玉（ねんぎょく）に添える一品として佐久原でも珍重されていた。

　比紗の向かった先は、同じ信州の下諏訪（しもすわ）領内にある実家である。比紗はその下諏訪藩の勘定奉行であった和田丹左衛門の次女である。長姉は照（てる）といい、同藩の次席家老林太郎兵衛の次男平次郎を婿養子に迎えている。父の丹左衛門は、照の結婚と時を同じく勘定奉行職を平次郎に譲り隠居していたが、ここ数年、体調がすぐれなかった。

　実は先ほど、金太夫は比紗と金右衛門にこう告げていた。

「奥よ、そちはこれから新年の挨拶を兼ねて父親の病気見舞いに参るとして、長男小太郎を伴うて里に帰るがよい。平素から領内を出る女はとくに警戒されるが、この手形があれば支障なく、ましてや今城下口で厳重に穿鑿されているのは、権之進殿とその妻女、娘御。しかるにお主は男の子連れ、しかも手形で身元も我が細井家の者と確かである。なんなく領内を出られよう」

　比紗は〈心得ました〉とばかりに神妙な顔つきで頷いた。

「ただし、道行きは心して行け。今年は雪が少ないとはいえ、和田峠には相当の根雪があるに違いない。雪がなくば、女の足でも急げば二日ほどで行けようが、小太郎も一緒だ、無理はせずともよい。幸い、ここ数日は雪も降らず、天候も落ち着いている。ただ、天気は急変するのが常、夜半に出立するのは少しでも早いほうがいいからだ。まず今夜は塩名田に宿を取り、明朝足下が明るくなってから長久保宿まで行き、峠道を越えるのは明後日朝とし、そこでも当日の空模様を見てから出立するがよい。万一吹雪いていたならばそのまま引き返せ。その時は別の手立てを考えよう。ともかく十分に気をつけてな」

そして、噛んで含めるように言った。

「そちは実家に戻り着いたならば、この間の事情を説明し、すぐに平次郎殿に姉照殿とその娘千恵殿の道中手形を整えてもらい、それを持ち帰ってくれ。平次郎殿も藩の重鎮、実在する自分の妻と娘の道中手形を用意するにさほどの支障はなかろうて。雪道であろうと、往還七、八日もあれば用向きは達しよう」

「その手形は、権之進様の母子がため……、ですね」

比紗も賢い女である。みなまで語る必要はなかった。

「他藩同様、我が領内への女人の入国は常でもほとんど咎められることはない。形式的な詮議はあっても実態はあってなきがごときもの。それにそちが帰って来る頃には、金塚家一統による城下の探索も一段落しており、騒動も落ち着いていよう」

「ええ、わかりました。行ってまいります」

「そうだ、言い忘れるところであった。兄者平次郎殿にも日頃の無沙汰を詫びておいてくれ」

金太夫は比紗と結婚する前から平次郎とは昵懇(じっこん)であった。下諏訪藩は参勤交代で江戸との往還の際に佐久原領内を通交するが、その通交許可を求める使者を和田家を継いだばかりの平次郎が務めたことがあって、それに対応した金太夫と意気投合し、肝胆相照らす仲になっていたのである。比紗が金太夫の許に嫁いだのも平次郎の勧めであった。

こうして比紗一行が屋敷を出ると、ひとまず安堵した金太夫は、権之進の妻子に向かうと、権之進が逆臣とされたらしいことを告げた。

「世津殿、今朝からの次第は何事も権之進殿が心底を汲み、そこもとの難儀を救いまいらせるがために廻らした謀りごとでござる。しからば、この先しばらくの間、奥向き以外の場では世津殿を権之進殿の奥方として扱わず、あくまで我が妻の姉上として言葉も改めまする。幼き息女には伯父といってもわかりかねましょうほどに、儂が真の父親のごとくに言い教え、そのように接して下さるよう。また、そこに用意した小太郎の着物に着替えさせるがよろしかろう。かかるうえは拙者の命にかえて貴方がた母子はお護り申す」

と、幾分表情を固くして言った。

このころは、四、五歳に満たない幼児は男女を問わず、髪の毛は一部だけ残してあとは剃りあげていて、その様は奴とか盆の窪とか呼ばれていた。要するに幼児の髪型に男女の別はなかったのである。

「今となりましては、夫権之進は罪科を背負う身、罪人の妻子を匿えば御身にも咎めが及ぶのは必定。何と御礼申し上ぐるべきや、お礼の言葉もみつかりません。このうえは何事も金太夫様の仰せに従いまする」

世津は、金太夫に改めて深々と頭を下げた。そして脇に座っていた江津を立ち上がらせて手早く着替えを済ませると、その赤い頬を両の手で包みこんで、諭すように語りかけた。

「江津、よぉくお聞きなさい。ここにおはす殿が今日から江津のお父上ですよ」

「あーい、ははうえ様」

江津は、そう答えて頭を小さく縦に振ると、立ち上がり、振り向きざまに

「では、ててうえ様。もう一人のおひげのあるててうえ様は、今どちらにおはすの」

と、金太夫を見上げて聞くのだった。

「おう、おう、なんと賢い子よ。おひげのあるててうえ様が気懸かりとな。そのうちに必ず逢わせて進ずるゆえ、しばらく我慢なされい。さぁ、ててうえの許にまいるがよい」

我が子の愛おしさ、そして哀れさに涙を溜めきれない世津であったが、袖で涙を拭って江津を抱きかかえると、手を差し伸べている金太夫の膝の上に下ろした。

その時だった。屋敷の表門が大勢の人声でどよめいた。

「役儀である。門を開けよ。人改め申す」

「もはや、来たか」

金太夫は江津を両手で抱きかかえたまま玄関に向かうと、表門に向かって、

「門を開けよ。役人衆を屋敷内に案内（あない）せよ」

と、大声で命じた。

「これは細井殿、率爾（そつじ）ながら役儀によってお館へ罷り越し申した。夜分ご無礼の段、お許し下され。貴殿もすでにお聞き及びと存ずるが、安川権之進が金塚数馬殿に斬り付け殺害に及んだ沙汰、殿がご立腹召され、〈速やかに召し捕るべし〉と下知された。昨夜から城下の各お屋敷を具（つぶさ）に詮議しておる処、僭越ながら貴殿のお屋敷内も捜させていただきまする。いやー、貴殿宅にきやつ目が匿われておるとは誰もが思っておりませぬが、殿の命令とあらばいたしかたなくてな」

提灯に照らし出されたのは、狐のような吊り上がった眼に尖った顎、横目付の梶田木工左衛門（かじたもくざえもん）である。元は横目付配下の与力であったが、金塚数馬に媚（こ）びへつらってその歓心を買い横目付に抜擢された男で、旗奉行の金太夫には当然見知った顔である。

「お気に召さるな。なにより役儀が大切でござる。十分に探索されるがよろしかろう」

「拙者どもも細井殿と権之進との間柄は心得ており、もとより疑う余地はないところであるが、すべて調べよという殿のご意向故、ご察しあれ。皆の者、型通りでよい、検分せよ」

と、梶田は引き連れてきた徒侍（かちざむらい）たちに命じた。

そして、不審と思われる様相をまったく感じなかったのだろう、徒侍たちがすぐに屋敷内から出てくると、梶田は金太夫に向かって、

「お手間をかけ申した。異な点はまったくござりませぬ」

と、頭を下げた。

「ご苦労でござった。金塚殿のご子息にはよしなにお伝え下され。お役目に助勢もできなんだが、我が妻とこの子は隣藩の里に新年の挨拶を兼ねてお父上の病気見舞いに赴く予定で、できれば今夜中に塩名田までは足を延ばしておきたいのでな。ご容赦のほど」

いかにも周到な金太夫の挨拶であった。

この当時、個人が見聞できる範囲を超えれば、他所でおこっているできごとを同時に知ることは不可能であった。すでに小半時くらい前に比紗らの一行が城下口で詮議を受けていたとしても、その時刻を正確に示す時計もなく、そうした時間差に気を留める観念さえもなかった時代である。後日、金太夫の屋敷内の捜索と城下口の詮議の件が捜索方で話題にのぼっても、屋敷内の比紗母子と城下口の比紗母子とが別人であったことに気づく者はいないだろう。金太夫はそこまで思惑を巡らしたのである。

「そのようなご多用な時分にご無礼仕った」

梶田は慇懃にそう言うと長い顔を伏せて一礼した。

すると、

「ててうえ様、寒い」

幼いながらも何かしら怖い空気を察したのであろうか、江津が体を縮こませて金太夫の胸にしがみついた。

それを見た梶田、わずかに頬を緩めると、

「では、これにて引き上げまする」

と、部下に隊列を整えさせて、小走りに屋敷を駆け出て行った。

六

比紗が出立してから四日が過ぎた。

役人や金塚一党の探索も一山越えたのであろう、武家町を慌ただしく駆け交う侍の姿は見られなくなった。また、年玉(ねんぎょく)を持たせた奉公人を従えて上司の屋敷に年礼に向かう藩士も殆どいなくなり、着飾った町人たちもその姿がめっきりと減った。十五日までの松の内も半分が過ぎ、城下は落ち着きといつもの営みを取り戻し、町は日常の生活風景へと変わっていた。諸処かしこにあった正月飾りもあらかたは取り片付けられている。

〈比紗もあと四、五日すれば戻ってこよう〉

金太夫は屋敷の庭にいた。

築山の北方彼方(かなた)には、浅間山がそのどっしりとした勇姿をみせていた。冷え切って透明に澄んだ空の下、麓まで雪に覆われたその山頂からは薄い墨色の噴煙がゆったりと立ち上っている。

少しつぼみを膨らませた白梅が放つ春の香を楽しみながら、金太夫はしばらくその梅の木の傍らに佇んでいたが、何かを思い出したかのように、つと濡れ縁から屋敷内に入ると、奥の間で江津の寝顔を覗き込んでいる世津に声をかけた。

「世津殿、茶でもいかがかな」

金太夫は、世津を茶室に誘った。

茶室はほのかに暖かかった。すでに茶釜には湯が煮立っている。かすかに湯の滾る音が釜から漏れ出し、立ち上る湯気が一尺ほどの高さで立ち消えている。

「世津殿が思いがけず我が屋敷にお越しになってから今日で五日が経ちました。長いようでも短くて、あっという間のことでした」

横向きに座した金太夫は、釜の湯を汲む柄杓を手にすると、つぶやくように言った。

「ええ、本当にそうでした」

「もう落ち着かれましたか」

「まだまだ不安に苛まされておりますが、お陰様で少しは心にゆとりもできました」

「そうですか、とりあえず一安心ですかな。ところで……こんな時に何ですが……」

そこまで言って金太夫は口を窄めて言い淀んだ。

そして水指に柄杓を浸した。湯を冷ますためである。

そうして茶を点てることでその場を繕っていたが、意を決したように一呼吸すると、金太夫は再び口を開いた。

「どのような形であれ、世津殿と直接お話しできる場が再びこうしてくるとは思ってもおりませんでした。ましてや、我が屋敷にお出でいただくなど、天地がひっくり返ってもあるとは思われませぬ。しかし、現実に今、ここに、世津殿が拙者の目の前に座っておられる。……狐につままれたような気がします」

そこまで言うと意を決したのか、金太夫は、

「かような時に〈他人(ひと)の心を知らず〉と、思われるかも知れませぬが、爾後(じご)、もう二度と世津殿とお目にかかる機会はこないかとも存じますので、恥を忍んで……いつか、いつか世津殿にお話ししたいと存じておったことを……もう何年も我が心に秘めていた想いをお伝えしたいと。いや、お気に留めるようなことではないが……もしや……もしや、世津殿も我が屋敷に参られたことで何か感じておられるのではないかと……」

と、切れ切れに言葉をつないだ。

その言葉には割り切れないもどかしさが籠もっていた。

〈……やはり、金太夫様も〉

端座したまま、世津も自然と身が固くなるのを感じていた。

降って湧いたようなここ数日来の苦難、苦悩。世津はそれに必死で耐えてきた。しかし、いくら

耐え、いくら忍んでも、権之進の安否、江津の行く末、自分の運命、何一つとして安心できる明日はなく、未来への希望はみえてこなかった。

ところがそんな絶望の淵に立たされている状況にあっても、ふと、胸を去来するのは、あの日、あの若き日の自分、そこに戻りたいと願うもう一人の自分がいること、そしてそのもう一人の自分の側にはあの日の金太夫がいつもいること、そのことに世津は気づいていた。

言葉を選びながら世津は声を殺して答えた。

「はい、貴方様にお匿いいただいた当初は、夫権之進の身の上と我が身と江津の行く末に不安を覚えるばかりで、その場その場をどう過ごしたらよいかさえもわからず、まったくほかに頭を巡らす余裕がございませせなんだ」

「世津殿にとっては無理もないこと、拙者も世津殿の不安なお気持ちはひしひしと感じておりました」

「ただ、ここ数日を過ごすうちに、今後の身の振り方や行く末についてもようやく考えられるようになりました。これも金太夫様そして奥方の比紗様のおかげです」

金太夫の問いかけをはぐらかすような返答であったが、それは世津の本意ではなかった。胸の奥から湧き上がる言いようのない感慨に言葉がついて来なかったのである。

一旦息を詰めてから世津は再び口を開いた。

「はい……いいえ、そのことだけではなく……この我が身をはしたなくも思いますが、それにもまして……それにもまして、再び金太夫様にお目通りでき、こうしてお話しできることになろうとは思ってもおりませんでした。……心からお礼申し上げます。……そして……、かような時分に浅はかと思われるかも存じませんが……、懐かしく、いいえ…嬉しくさえ、嬉しくさえも感じてしまうのです。……そんな自分は恥ずかしく、また情けなくも思っております」

金太夫にもすぐに応じる言葉がなかった。期待していたこととはいえ、世津の言葉に何と返すか、改めて十八歳の時の記憶が蘇ってきて、その言葉を探しかねたのである。

沈黙が二人を包み込んだ。

茶釜から立ち上り消えていく湯気が、この狭い静かな空間でただ一つ時を刻んでいる。

ピューウー

鋭く短い鳴き声が静寂な空気を切り裂いた。

鵯（ひよどり）だった。

庭にある真っ赤な実をたわわに稔らせた南天を数日前から鵯が啄みに来るようになっていた。

それを機に金太夫が再び口を開いた。

「早いものでもう八年になりますかな。世津殿に最後にお逢いした日から、……あの日のことは今もこの目と心に焼き付いております。暮れなずむ春のあの日、内山道場の門を出てすぐの坂道、そこが二人の別れ道でござった。逆方向に帰る世津殿がその路傍に佇んで小さく右手を振りながら拙者の姿が見えなくなるまで見送って下さった。……その世津殿の周りには桜の花びらが舞い踊っておりました。……まるで降りしきる雪のようでした」

「私が十七歳の春でした。その時は既に嫁に行く話が親によって決められていて、歌のお師匠様に通うのもあの日が最後でした。これが金太夫様とのお別れと思うと、切なく胸が張り裂けるような気持ちでした。……そのまま、……そのまま金太夫様の跡を追おうとも思いました」

金太夫は茶筅を傍らにおき、世津に向かって座を改めると、点てた茶を勧めた。そして再び柄杓を手にすると湯を汲んだ。心なしか柄杓が小刻みに揺れている。

「拙者とて、同じ想い。世津殿の嫁入りの噂を耳にし、また、拙者も藩によって都への遊学を命じられており、あの日が世津殿と会える最後の日であるとわかっており申した。それなのに、……それなのに……あなたの視線を痛いほど背中に感じながら、引き返すことも振り返ることさえも、そして気の利いた言葉一つかけることもできなんだ自分を、悔いました。そしてその後もあなたの姿を思い起こすたびに、何故に一言……何故に……」

金太夫は言葉に窮し、茶筅を手にすると茶を点て始めた。

再び沈黙が二人を襲った。

しかしそれは、気まずいものではなかった。二人がお互いに同じ想いをもってかつての境地に身を浸していく心安らかな静寂の一時でもあった。

しばらくの後、乾いた口中を潤すように茶を飲み下すと、思い切ったように金太夫が言った。

「あの時、八年前……、愛おしい、好きだ……と、何故たったの一言が言えなかったかと。不甲斐ない我が身をずっと責めてきました」

金太夫は目を閉じて仰向いた。その顔は幾分上気し赤みがかっている。

「私も……その時の貴方様のお気持ちは痛いほど察しておりました。いいえ、その時だけでなく、それ以前から、ずっと前からでした」

世津は恥じらいを隠すかのように俯き加減にそう言うと、金太夫から視線をそらした。

そして茶碗に手を伸ばして言葉を続けた。

「金太夫様の道場からの帰り途と私の歌のご師匠様から帰る途中の御嶽社脇の辻、いつも金太夫様とそこで出会いました。いいえ、実は、金太夫様に出会えるよう、私は速さを考えながら歩いておりました。いつも」

「そうでしたか。拙者も朋輩の目を気にしながら世津殿に出会うのを心待ちにしておりました。会えない時にはなぜか自分に腹立ちさえ覚えておりました。そしていつだったか、通りすがりに世津殿が他の朋輩にはわからぬようにそっと拙者に目配せしてくれました。最初は拙者の勘違いかと思ったのですが、次に会った日も同じように……。それでこれは世津殿が拙者へ秘やかに送ってくれた心の一端であったかと」

「ええ、私も金太夫様に対する想いをどうにかしてお伝えしたくて。でも言葉は掛けられませんので、勇気を振り絞って」

「そうして世津殿とすれ違うと、その日は拙者にとっての特別な一日となりました。今思うと、いかにも初心で稚拙なことかも知れませんが、無上に嬉しかったのです」

「金太夫様も私の目を見てかすかに頷いて下さいました。それは私にしかわからない言葉でもありました。私もその日は暮れないようにと願ったものでした」

「そうでしたか。拙者にはもう一つ忘れられない想い出があります。どうしてそういう経緯になったのか、今となっては全く思い出せませぬが、秘かに目配せをしてくれてすれ違うようになったあと、御嶽社の辻で世津殿から本をお借りするようになりました。鈴木正三の『因果物語』とか浅井了意の『江戸名所記』など、当時、この佐久原では滅多にお目にかかれぬ貴重な書籍であったかと」

「ええ、兄が、亡くなった兄弥太郎が学問修業を藩から仰せつかって江戸に在府した折りに買い求めたものです。それを金太夫様のご希望でお貸しいたしました。五、六度はありましたでしょうか」

「拙者が言い出したことでしたか。本は拙者の供連達がつまらぬ憶測を抱かないように、風呂敷に包むこともせずにそのままでお貸しいただいた。供連にはその本をわざと見せて、〈お主らも俺を見倣って見聞を広めよ〉とか言って、その場を取り繕っておりました。これも今になっては正直に申し述べますが、知見を深め見聞を広めるためとしてお借りしたのは、最初の数冊だけ。いつしか本の中に挟み込んであった世津殿の一片の書付が目的になっていました。最初は〈十日後にお返し下さい〉といった世津殿の書付に、拙者が〈次は浅井了意の『むさしあぶみ』か『東海道名所記』があれば〉のように、返事を挟んでお返ししていたのが、次第に本の内容についての簡単な感慨などもお互いにやりとりするようになりました。その簡単な文言、お互いの私的な感情や想いなどは一字も含まれていない数行の文言の後ろに、世津殿の姿と想いが秘められていると信じ込んで、毎々心を躍らせて急ぎ本を持ち帰り、挟まれている〝世津殿〟を独り占めにしておりました」

「私とて想いは同じでございました。短い文面に金太夫様のお顔とお心が写されているものと、小さな紙片に何度も何度も目を凝らしたものでした」

「そうでしたか、同じ想いが、二人の同じ想いが、あの小さな紙片に込められていたのですね」

「そして、最後となった世津殿の紙片には、〈歌の稽古にはもう通えない〉と、そして、歌が一首認(したた)められており申した」

金太夫はそう言うと、隅に置かれてあった文机から筆を取り出し、半紙に滑らかに筆を走らせた。

花の下(もと)別れ行く身のはなむけにわが生涯の灯(あかり)たれかし

「この歌でしたね」

「ええ、あなた様とお別れしたあの日の十日ほど前、お貸しした最後の本に挟んだ書付です。今思えば拙い歌ですが、その時の私の想いそのものでした。私も諳じておりまする。口に出すことはありませぬが」

「拙者もその書付はすぐに燃やしました。形に残るものは残すべきでない、いや本当は他人に読まれることのないようにと。歌は心の奥に焼き付けました。お別れしたあの日は京への遊学に出立する半月前のことでした。世津殿が歌の稽古に通えなくなった理由は噂で推測できていましたが、それを事実として知ることが怖くて、それで藩の命令をいい機会に、すべてに蓋をして京へと旅立ちました」

金太夫は、自分でもどこにあるか知ることさえできなかった心奥の一番底に沈んでいた澱がいつの間にか溶けたことを知った。

バサッ、バサッ
羽音が茶室の外の空気を振るわした。障子に移る南天の影が激しく揺れている。鴨がもう一羽加わったようだ。
「私の方でも、その半年前、次席家老の増田弥右衛門様より我が父にお勧めがあって、父もこの上ないお話と、私と権之進様との縁組みが進んでいたのです。私は〈意に沿いませぬ〉と父に強く異議を申し立てたのですが、〈お城勤め、主君あっての家臣ならば上役のいうことは主君の命と同じこと、武家に生を受けた女の望みなどはあってないようなもの〉と、逆に父に責められ、結局は無理矢理に自分を納得させて、金太夫様とお別れした、その翌年の春、十八歳になった時に権之進様に嫁ぎました。権之進様はその二年前にご両親を亡くされており、お一人でした」

　世津はそこで話の継ぎ目に合わすかのように一息を入れた。

「拙者は、世津殿が実際に嫁入りしたことは遊学中の京にて知りました。既にいずれ婚姻することを聞き知っていたとはいえ、まだどこかで信じたくなかったのでしょう、嫁入りしたという知らせは正直我が心身に堪えました。心は荒み、体は酒に溺れ、天の定めを恨みました」

「そうでしたか、私も嫁入り当初は、増田様を、そして父を恨みました。でもいくら境遇を嘆いても、時は元には戻らないと……」

　世津は続けた。

「それまでお慕いしてきた金太夫様のことは私が心に秘めたまま墓場に持って行くべきものと自分に言い聞かせ、それを心の支えに生きていこうと……」

　世津は俯(うつむ)いていた顔を仰(あ)げた。

「いえ……いいえ。しかし、不思議なことに、私は権之進様に嫁いだことを悔やんだことはないのです。権之進様はお優しうございました。それだけではありません。三年前の延宝二年九月に私の兄岡野弥太郎が切腹を仰せつかり、我が実家は改易でお取り潰し。父利衛門、母静は他領に追放になって、父はその翌年の夏、身を寄せた遠い縁戚で亡くなり、母もその年の冬、失意の中で身罷(みまか)りました。兄の許嫁(いいなずけ)であった増田弥右衛門様のご息女志津様も、兄が九月二一日に切腹して果てると、その翌日ご自害なさいました。そうして私の寄る辺がどこにもなくなった際にも、権之進様は、武家の娘としての誇りと矜持(きょうじ)を失わないよう、私に接して下さいました。ご自身も常に武門としての生き方在り方に徹しておりました。その点は、金太夫様と瓜二つのお心をお持ちでした。……おそらく私は、どこかで権之進様に金太夫様を重ねていたのではと思います」

世津は、金太夫を正面に見据えて積もっていた想いを一気に吐き出すかのように言葉を重ねた。

「それを聞いて拙者も安堵しました。今なら……年を経た今なら、恥ずかしげもなく言えますが、世津殿への想いは独りよがりでなかったことをいつかお確かめしたいと心に念じてきましたが、今の世津殿の話で二人が互いに……。積年の想いに白黒をつけることができ申した。ありがとうございまする」

「私も嬉しゅうございます。でも、金太夫様。おかしなことに、これで……これでやっと、身も心も晴れて私は権之進様の妻になれたような気がいたします。これまで、何も知らぬ権之進様をどこかで裏切ってきたような、申し訳ない気持ちでございましたゆえ」

そう言って、世津は冷たくなった茶を静かに飲み干した。

「そうでしたか。それにしても権之進殿も食わせ者ですなー。世津殿の縁談が噂になった頃、内山道場で拙者と切り返しなどの稽古に励んでいても権之進殿は全くいつも通りで、世津殿とのことは曖気(おくび)にも洩らさなかったのです。もっとも彼奴がこと、そうした艶事(つやごと)を口にするのは恥ずかしかったのかも知れませんなー。あるいは儂のことを慮って黙っていたのか、いずれにせよ、いかにも権之進殿らしい」

「ウフッ、フッ、フー」

世津は、金太夫の微笑みをもった感慨を聞いて、思わず手で口を押さえて小さく笑んだ。張り詰めていた空気が茶釜の湯気に溶け込んで消えていく。

二人は、視線を交えることもなく、しかし、お互いの心情を感じながら、訪れた静かで和やかな時に身を任せた。


「ところで、世津殿、兄者岡野弥太郎殿が切腹になった事件について、権之進殿は何も申してはおらなんだか」

しばらく経って、思い出したかのように金太夫が尋ねた。

「はい、詳しいことは聞いてはおりません。ただ、城中で脇差を抜いたという理由で切腹になった次第には納得できない点があると。また、兄弥太郎は繋がれた獄から翌朝に引き出され、あろうことかその獄舎のすぐ前で、白砂に直に敷いた筵（むしろ）の上で切腹を命じられました。武士としての面子や体面は一顧だにされず、さぞ無念であったろうと、私を励ます意図もあってか、いつぞやそう申しておりました」

「そうでしたか、そのご無念は想像に余りありまする」

「兄の切腹について何か……」
「いや、少し気になったものだから……」
ピューウー
再び鵯の声が響き、バサッという羽音に遅れて、連子窓の障子に映る南天の枝の影が上下に揺れた。

七

比紗が小太郎ともども下諏訪の里から戻ってきたのは、八日後の昼のことであった。

比紗の帰着を待ちかねていた金太夫は、

「世津殿、すぐに江津殿と旅支度を」

と、言った。

世津母子は、なるべく早くにこの屋敷を、いやこの領内を脱する必要があるからである。今は安全といえども世津母子を屋敷に匿まっていることが何時露顕するやも知れない。

比紗の持ち帰った道中手形を持たせて、今度は比紗の姉照母子が年始の挨拶を終えて里に帰国するという建前をとって、世津母子を比紗の里へと向かわせることにしたのである。それならば他領に通じる街道を要地で抑えている金塚方の余計な詮索をうけず、無事に佐久原領を抜け出せよう。

「金太夫様、比紗様、加津様、本当にお世話になりました。生涯、このご恩は忘れませぬ」

手甲を付け脚絆をまとって菅笠を手にした旅姿で、世津は流れ落ちる涙を拭おうともせず、丁寧に何度も頭を垂れて礼を言った。

世津に手を引かれた江津も同じように頭を下げている。桜の花を散らばせた柄の着物に黄色い蝶の絵模様の手甲と脚絆をまとい、赤い鼻緒の小さな草鞋という旅姿である。

まだ稚い幼さ、そのうえに明日をも知れない江津の運命の儚さを案じていた加津が、「せめて旅立ちは華やかに」と、数日前から手縫いで用意した心尽くしの品々であった。

「おばば様、きれいなお着物をありがとう。そして、ててうえ様、さようなら。おははうえ様、ごきげんよう。つぎは、江津はひげのててうえ様に会いたいです」

赤くなった江津の頬にも二筋三筋光るものがあった。金太夫にとってはじめて見る江津の涙であった。この三歳の幼女は、実の父の行方も自分の行く末もわからぬ暗澹たる前途を憂えるとともに、一旦金太夫一家と別れなば、後日に再会することは約されていないことを、その小さな胸で感じ取っているのであろうか。

「おう、おう、江津よ、このててうえも江津と別れるのは辛く悲しいぞ。また会おうな。そして、ひげのとと様にも必ず会えるようにしてつかわすぞ。安心するがよい」

「はい、江津はててうえ様の言うとおりにします」

「なんと……、なんとこの子の健気なことよ……」

金太夫の側にあって世津母子を見送っていた比紗の声が小さくくぐもって途切れた。

そうして、

「まだまだ三歳と少し……あどけなさも抜けぬというに」

と、感極まった比紗は、我が子を愛おしむかのように江津を抱き寄せて、声を詰まらせた。

「気をつけてな、これをもって行きなされ」

加津は懐紙に包んだ菓子を江津に握らせている。

実質的には僅か一両日であったが、その間に実の兄妹のように馴染んで江津の遊び相手になってきた小太郎も神妙な顔つきで立ち尽くしている。

「もはや、出立したがよかろう」

金太夫が促した。

「はい、江津ともどもお身内のように遇していただき、お礼の申しようもございませぬ。何もお報いすることもできず、心苦しゅうございまするが、ここでお暇いたします」

世津は江津の頭を抑え、二人して深々と頭を下げた。

「あっ、そうでした」

下げた頭が上がる間もなく、世津が声を発した。

そして、袂から油紙に包まれた一束の紙を取り出した。

「そうでした。お世話になりついでに、もう一つ大事なお願いがございます。金太夫様、夫権之進からは日頃から家宝の短刀とこの書付を〈自分に何かあった際は必ず持ち出すように〉と、言いつかっておりました。書付は兄弥太郎の残したもので、延宝元年の谷川田子川堤川除御普請(やかわたこがわつつみかわよけごふしん)の控帳(ひかえちょう)です。詳しくは存じませんが、御家の政(まつりごと)に関する重要なものだと聞いております。短刀は私がこのまま持参致しますが、書付につきましては、恐れ入りますが、金太夫様、これをお預かりいただけませんでしょうか。向後(こうご)、権之進は敵として討たれることもありえますし、私とも必ず再会できるとも限りませぬ。御家の政に活かすには、それが最も賢明だと思い至りました。権之進もそのように望まれるのではないかと……」

「承知いたした。慥(たし)かにお預かり申す。何が書かれているかは存ぜぬが、弥太郎殿が残し、権之進殿が大事に守ってきた物。拙者もそれが一番かと存じますれば」

「なにとぞ、よしなにお願いいたします」

「権之進殿は若党の中野与助に西国に落ち延びると言い残したそうですが、今何処にいるかはまったくわかりませぬ。しかし、いずれにしても権之進殿が世津殿に何かを伝えるとすれば、残された唯一の手づるはこの儂でありましょう。かならず時節をみて拙者に消息を伝え来るはず。さすれば、すぐにも世津殿にその旨をお伝えしましょう。なあに、それには何年もはかかるまい。それまで心落ち着けて比紗の里でお過ごしなされい」

世津は油紙の包みを金太夫の手に握らすと、

「ありがとうございまする。このご恩は生涯忘れませぬ」

と、黒い絹布の奇特頭巾で顔を覆って金太夫の屋敷を出た。江津を背負った田村金右衛門、文筥を肩にした中間頭の木崎軍兵、荷物を背負った女中頭の光が続いて門をくぐる。皆手甲に脚絆の旅姿である。

「世津様は見かけとは違い、なんと気丈なお心をお持ちでしょうか。それに……、あの、あの江津様のあどけない笑顔、目に焼き付きました。今度はいつ会えるのでしょうか」

世津ら一行が屋敷の角を曲がるまで見送っていた比紗の目頭には、うっすらと浮かぶものがいつまでも消えずにあった。

「それに……さぞ、さぞ旦那様もお辛いことでしょう。私には辛さを見せぬよう、旦那様はことさらに気強く振る舞われていると、お見受けしておりました。……お心をお察しいたします」

傍らでそれとなく漏らした比紗のこの言葉に金太夫は少しく訝しさも感じたが、思い当たることもあり、それ以上気に留める様子は見せずに小さく頷いた。

その夜、比紗は金太夫の寝所に侍った。そして貪るように金太夫を激しく求めた。比紗が自らの意思でかような行為に及ぶことは初めてだった。

そんな比紗の思いがけない行動に驚きながらも、

〈儂の寂寞（せきばく）を慰めるためか〉

と、金太夫は心底から比紗を〈愛おしい〉と感じるのであった。


下諏訪から軍兵と光も戻り、暮の藪入でそれぞれの里や実家に帰っていた奉公人たちも戻ってきて、再び金太夫の屋敷にも日常が訪れた。城勤めも通常となった。

そうしたある日、比紗が金太夫に言った。

「世津様、そしてあの江津様は今どうしているでしょうか。息災に過ごしておりましょうや」

「うん、下諏訪からはまだ便りがないのでわからぬが、和田家に庇護されて、ともかく今は落ち着いておろう。それにあの江津のことじゃ、幼いとはいっても世津殿もたいへん心強かろうし、末の頼りにもなろうよ」

「そうでござりましょう。江津様は可愛うございました。……ところで旦那様、旦那様は……世津様には全くはじめてお会いした訳ではないのでしょう」

比紗が、金太夫を見上げるように顔を傾げてそう尋ねた。いたずらっぽい小さな笑みがその面持ちに浮かんでいる。

「うーん、……若きころに見知ってはいた。十年近くも前のことだ。しかし、なぜ……そのことを。何故……、なぜにそう思うた。……世津殿に聞いたのか」

金太夫は不意を突かれ、狼狽（うろた）えた。そのうえ、何事も悟られまいとしたためにかえって気を乱し、その声は上擦っている。

「はぁあー、やはりそうでございましたか。いえ、世津様からは何も聞いてはおりませぬ。そう思うたのは、女の勘でございますよ」

比紗は口元を締めて金太夫を見つめた。その眼差しには〈図星でしょう〉といった得意げな表情が見え隠れしている。

比紗は金太夫に嫁入りした当初から、金太夫が別の女性への思慕の情を秘め持ってきたことに、感づいていたのである。

比紗は続けた。

「そうか、〈彼の女性はこの人だったのか〉と、世津様が当屋敷に駆け込んで来た時にすぐに私は直感しました。旦那様が私にも明かさず、ずっと心の底で人知れないように想い繋いできたお相手が世津様であったことに」

「うーむ、左様であったか、比紗はこの一件のはじめからそのことに気づいていたのか。であれば……、それを知ったうえで……、其方は……比紗は過日、儂と世津殿をこの屋敷に残すことに心配はせなんだか」

「ホッー、ホッホー……」

口を抑えて、比紗は心から楽しそうに笑った。

「あの世津様の律儀な態度と仕草、物腰。それに旦那様と権之進様の間柄を考えれば、いいえ、それより何よりも武士としての面目や一分を重んじる旦那様を知っていればこそ、私の心には微塵の疑いもございませなんだ」

「それは何ともかたじけない心遣い、今更ながら感服いたす。じゃが、……女心の……うーん……」

「女心の……、その続きは何でございまするか」

「いや、うーん、……さすが我が女房殿、恐れ入った……ではない、惚れ直したわい」

金太夫は思わず発した己の言葉に恥じらい、そして顔が上気し赤く変じていくのを感じて、慌ててその場を逃げ出した。

その夜の書房。

金太夫は世津と江津がこの屋敷を出て行った夜のできごとを思い出していた。そして気づいた。比紗のあの晩の湧き出るような激しい欲望は、単なる世津への嫉妬心でも対抗心によるものではなく、それは、女としての本能によるもので、体がそれを求めたものであることを。

八

二月十五日、金塚家の表門から勝之丞が敵討ち（かたきう）の旅に立とうとしていた。背に負った武者修業袋には仇討免状と藩の御用絵師の手になる安川権之進の人相書が数枚包み込まれている。

一行は、若党の篠浦九郎次、槍持ちの中間野村用助を加えた三人である。勝之丞は城勤めの経験がなく、安川権之進の顔を知らなかったため、見知っている九郎次が選ばれた。人相書があるとはいえ、それだけでは覚束ないからだ。

父数馬が安川権之進に討たれた正月二日の翌早朝、勝之丞は祖父数右衛門に同道を頼み、藩主頼忠に仇討ちを願い出、許しを得ていた。それにもかかわらず、一か月余も経ったこの日にまで勝之丞の出立が遅れたのには理由があった。公的な仇討免状を取得するにはある程度の日数が必要だったからである。


江戸時代といっても武家の敵討ち（仇討ち）が勝手に認められていたわけではない。敵討ちできるのは、討たれた者に非がないことが明白で、討手は、その子や弟、場合によっては妻や妹など、縁者に限られていた。親が子の、兄が弟の敵討ちをすることは逆縁として認められていなかった。つまり討たれた者よりも身分や地位が下位の者にしか敵討ちはできなかったのである。敵討ちする者が年少であったり女性であった場合などには、存じ寄りの者に助太刀を頼むことは許されていた。

敵討ちを望む場合、大名領ではまず藩主に願い出て、さらに藩主は幕府にその旨を届け出た。幕府領では勘定・寺社・町の三奉行のいずれかに願い出る仕組みである。すると幕府は、討たれた者に落ち度がないという条件を吟味したうえで敵討ちを公認し、仇討免状帳簿にその案件を記入して、届けてきた藩主や幕臣にその旨を返達した。こうしてその敵討ちは公認され、改めて藩主や三奉行から敵討ちを申し出た子息や縁者などに仇討免状が与えられたのである。

そして敵討ちが成就すると、討手はその旨を敵を討った当該地を管轄する幕府の奉行所や代官所に届け出る必要があった。届け出を受けた奉行所、代官所からその報告が幕府に送達されると、幕府ではその案件を仇討免状帳簿に照合し、相違ないと、その結果を仇討ちを願い出ていた藩主や幕臣に通知した。

正式な仇討ちには、こうした手続きが必要だったのである。

しかし、免状を持っているとはいえ、敵討ちは艱難辛苦の連続であった。仇敵の行方が容易に知れることは、まず、ない。ために、討手は仇敵の所在を求めて諸国をあまねく尋ね歩き、僅かな手がかりを得ると遠路を厭わずに駆けつける。その繰り返しであった。それでも敵に巡り会えることはまれで、その保証もまったくないのだ。十年、二〇年かかってやっと本懐を遂げたという例も珍しくなく、生涯を敵討ちの旅先で終えることも多かった。また、運良く敵を探し当てたとしても、返り討ちにあい、無念のままに異郷で朽ち果てていく者さえもあった。

そうした行く末がわかっていても、いったん主君の免状を得て敵討ちの旅に出た以上、敵を討ち果たすことが責務であり、それなくして国に帰ることは許されなかった。敵を討ち果たし、その首級を土産に凱旋するしか、選ぶ将来はなかったのである。

一方、逃げる敵持（かたきもち）にとっても安穏と過ごせる日は一日もなかった。いつ居場所が討手に知られて襲撃を受けるかわからないという恐怖から逃れられなかった。さらに討手は一人とは限らない。従者や助太刀がいることは普通であった。それに対して敵持は我が身一つで、常に自らを守るための用心を怠れず、街道をただすれ違う他人にも警戒心を絶やすことはできなかった。そうした緊張の中で疑心暗鬼の日々を過ごしたのである。当然、夜も安心して眠りに就くことはできず、常に刀を懐に抱いて寝て、雨や風の音にも驚き飛び起きる毎日であった。そうした精神的な重みと孤独の悲哀に耐えねばならなかったのである。

　そうした精神的な重圧だけではない。敵持にはもっと現実的な労苦が待っていた。仇討免状を得た討手には、物心両面に亘って主君や身内の支えが公然となされ、家禄の保証や路銀の支給などの経済的な支援があったが、もちろん敵持にはこうしたものは一切なかったし、身内による密かな支援があったとしても、それには限度があった。それよりなによりも、敵持にとっては、行き着く宛ても目標さえもない逃亡の旅路であったし、いつ果てるやも知れない過酷な旅程でもあった。路銀はおろか食い扶持さえも宛（あて）がわれることはなく、その日一日の寝場所はいうまでもなく、一飯にも事欠く日々であったのである。

　さらに世間はその誰もが一方的に敵討ちを奨励し、討手を誉め、これに味方した。事の善悪や成り行きの何たるかを問わず、敵持は世間からの心ない糾弾も受けねばならなかったのである。そうした生き甲斐はおろか明日の行き先もない生活に生への渇望が失われ、また、いつ討たれるかも知れぬという恐怖心から精神を病み、あるいは、そうした苦難から逃れるために、自ら名乗り出て討たれる途を選ぶ者もあった。さらには自刃をもって自らの苦悩を断ち切る者さえあったのである。

敵討ちは、追われる者にとっても討手にとっても、自らの命を削る旅であった。


「では参る。落合殿、留守中の祖父数右衛門や家門のことをお頼み申す。何か手に負えないことあらば、横目付の梶田殿か、地方奉行の大石殿を頼って下され」

〈再びこの地に戻れるのはいつか〉

という感慨もあったが、勝之丞はまだ二一歳と若く、そして藩や金塚一統の期待や援助も厚い今にあっては、行く末の不安はまだ実感ではなかった。

〈よおし、かならず本懐を遂げてみせる〉

と、もたげる一抹の不安を打ち消して、勝之丞は奮い立つのだった。

「永の旅になるやも知れませぬが、後のことは拙者がお引き受け申す。お家のことはお気に召されず、みごと怨敵（おんてき）安川権之進を討ち果たして帰還されますよう、一同願っておりまする」

落合甚左衛門は慇懃（いんぎん）にそして力強くそう言うと、深々と勝之丞に頭を下げた。

数馬亡きあと勝之丞が金塚家の家督を継ぐことが認められて、二〇〇〇石の知行地はそのまま安堵された。また、筆頭家老の職は当面は空席とするも、勝之丞が本懐を遂げて帰藩すれば、勝之丞が襲職することが約された。家内にあっては、当主勝之丞が留守の間は、落合甚左衛門が家宰として当主の権限を代行し、老いた数右衛門と寡婦邦を補佐して金塚家を護っていくことになっていたのである。

一方、権之進は勝之丞の敵だけではなく、改めて藩主に対する逆臣であるとして、安川家は断絶となって屋敷は閉門（へいもん）となり、妻の世津および娘江津は行方知らずのままであったが、その逼塞（ひっそく）が下知された。江津が娘でなく男児であったなら、江津にも連座の刑が言い渡され、その身柄が確保されれば間違いなく死罪に処せられるはずである。

すでに世津の兄弥太郎は切腹、両親は領内追放の後に相次いで世を去り、岡野家は取り潰しになっていたから、権之進も世津も、その拠るべき家をこの藩から排除されることになったのである。

勝之丞は、佐久甲州道で韮崎に出て、甲州道中の大月から駿州往還（すんしゅうおうかん）を経て、東海道蒲原（かんばら）へと向かうことにしていた。藩では安川権之進の遠い先祖が東海道筋の駿河、遠江、三河地方にあることは知られており、〈権之進が頼るにはそこしかあるまい〉と踏んだためである。しかし、その三国が安川家の遠祖の地といっても慥かな証があるわけでもなく、呆とした話ではあるが、それ以外の頼るべき縁（よすが）もなかったからである。

第二章　疑惑

一

佐久原も遅い初夏を迎えた。雪の少ない冬ではあったが、それでも雪融けで水嵩が増え、千曲川は泥流になった。川岸の柳は黄緑の枝葉を揺らし、田圃の畦道には茎の先に黄色の花を担いだ蒲公英が群れ咲いている。近在の山々は深緑や黄緑色へとその衣装を替えた。遠くに臨まれる浅間山はその山容が土気色に染まり、山頂付近だけに雪が融け残っている。その冠雪の隙間からはいつものように灰色の噴煙が立ち上っていた。

そんなある日、

「姉上、お久し振りです。息災にお過ごしですか」

と、田村金右衛門が細井金太夫の屋敷にやってきた。

「あら、金右衛門様、お久し振りですね。お元気そうですね」

「兄者は在宅ですか」

「ええ、おりますよ。最近はお城務めが終わると、夕餉もそこそこに書房に籠もって一晩中、何か調べ物をすることが多いんですよ」

「そうですか。ご苦労をおかけします」

「いえ、いえ。私は特に何も。金右衛門様の用件も世津様の御兄上岡野様の件でしょう」

「はい、兄者に報告で」

「今、呼びますので、お上がり下さい」

通された奥の座敷に腰を下ろすと、比紗が茶を置いて下がるのも待ちきれずに、金右衛門はすぐに切り出した。

「兄上、以前に岡野弥太郎殿が切腹を仰せつけられた事件ですが」

「おう、何かわかったか」

金太夫も勢い込んで聞き返した。

「知り合いの横目付の手代に頼んで、横目付の仕置日録を調べてみました。すると弥太郎殿切腹に関する当日の記録は綴じた冊子の中の一丁に二行で〈延宝二年九月廿（二十）一日、作事奉行配下与力岡野弥太郎儀於テ城中ニ抜脇差（じょうちゅうにおいてわきざしをぬき）候ニ付被命切腹（せっぷくめいじられ）候〉と、起こった事柄が簡単に書かれているだけで、特に不審を抱かされるような記述はありません。経緯にも作為のあとは見当たりません。記録には金塚数馬様の直接の関与は残されていないのです」

「ということは、なぜ脇差を抜いたのかについてはわからないのだな」

「はい、記録には何も残されてはいませんでした。そこで、弥太郎殿が脇差を抜いたという現場に居合わせた藩士を探しました」

「それで見つかったのか」

「ええ、何人か。その前々日に弥太郎殿と一緒に宿直（とのい）していたという番士をやっと探し出しました。ただ、数馬殿の名を拙者が口にすると、みな口をつぐんでその時の有様はなかなか聞かせてもらえませんでした。金塚家の威勢を恐れているようです」

「しかし、数馬殿は斬られ、勝之丞もいつ戻るやも知れない仇討ちの旅の途次ではないか。まだ金塚家に斟酌（しんしゃく）するのか」

「そうなんですが、まだまだ金塚家の威光は強いのです。横目付の梶田殿は数馬殿の子飼いと誰もが知っていますし、殿の後ろ盾もあります。で、何度も会って名は秘すという条件で、やっと二人の番士から教えてもらうことができたんです」

「そうか、金塚家には老齢ながら数右衛門様も健在であるしな。それで何と」

「その番士によると、切腹を命じられた二日前の夜に弥太郎殿は宿直でお城の詰所で寝ずの番をしましたが、その翌朝、広間で金塚数馬殿と大声で諍（いさか）いを演じている場を何人もの番士が目撃しておりました。しかし、その場にいたこれらの番士は〈弥太郎殿が脇差に手をかけた処は見ていない〉と、いうのです。一致しているのは数馬殿と言い争っていた、ということだけなんです。三年前のこととはいえ、問うた二人の番士が同じように証言しているのです」

「うむ、憶測すれば、切腹の直接の理由とされた城内での抜刀そのものが捏造（ねつぞう）されたと」

「そうとしか、考えられませんね」

「だとすると、捏造までして弥太郎殿を切腹させる、その理由は何だ。数馬殿には何か不都合な理由が隠されているかも知れぬ。それも調べねばなるまい」

「やはり今回の番組表の貼り位置をめぐる数馬殿の所業とどこか似通っている点もありますね」

そこまで一気に話し終えると、金右衛門はとっくに冷めた茶をすすった。そして、〈今度は兄者の番〉とでも言うかのように、

「ところで兄者、世津様が託された、弥太郎殿の御普請控帳(ごふしんひかえちょう)には何が書かれているんですか」

と、金太夫に顔を向けて促した。

「うむ、ちょっと待て」

金太夫は座を立ち、書房の手文庫から書付を持ってきた。そして、

「これがその御普請控帳だ」

と、それを金右衛門の前に置いた。その表書きには「延宝元年御領内谷川(やかわ)田子川堤川除(かわよけ)急場御普請日毎控　岡野弥太郎」とある。

「この御普請とは領内の谷川と田子川が寛文十一年に大氾濫したので、その翌年からこの二つの川の流域一〇二間に亘って国役として行われた堤川除工事のことで、作事奉行配下の与力だった岡野弥太郎殿が総元締となって進めた。普請すべき六箇所毎に関係十九か村を分けて請け負わせて行ったが、その普請に要した、丸木や竹材、縄、砂利など蛇籠(じゃかご)や棚牛(たなうし)を造るのに要した諸資材の数や分量、川職人の員数、村方から集めた夫役人足らの員数など、とにかく詳細に村方毎、日毎に記載し

である、いわば備忘録のようなものだ」

「その控を弥太郎殿は何故に手元に置いていたのでしょうか。いったんお終いになった普請の記録、しかも控で既に用済みですし、その代わりに正規の記録として、要した資材、人足数、その賃銭などの詳細が記載された出来形帳が藩庁に保存されているはずです。それなのに控を必死に護り通そうとしたのは何故でしょうか」

「うん、儂もそれが不審でな。しかし、ざっと見たくらいでは何もわからぬ。子細に吟味する必要があろう。四か月もかかった大工事だったので、控に記載された内容も詳細に亘っており膨大だしな」

「いずれにしても、自分の身に死が迫っているなかで弥太郎殿がその父上に託し、さらに権之進殿、世津様へと非常時にもかかわらず持ち出され伝えられてきた書付で、相応の理由が隠されているのは間違いないでしょう」

「そうだろうな。なにか手掛かりはないか、大分日数はかかろうが、まずはこの控の内容をもう少し詳しく吟味してみるとするか」


佐久原領には領内をほぼ南北に貫通する大河千曲川があるが、その千曲川に注ぎ込む支流もたくさんあって、そのいくつかが度々決壊していた。決壊の多くの要因は浅間山の噴火である。特に正保元年（一六四四）から承応、明暦、万治各年間を経て寛文九年（一六六九）までの二五年間には計十六度も噴火していた。吐き出された噴石や火砕流による土砂が次第に川底に堆積し、洪水被害をもたらしていたのである。

度々水害に苦しんだ流域の村々も手を拱(こまね)いて見ていただけではなく、自ら治水のための川普請を例年の務めとして実施していた。村々が共同して人足を出し、また村入用から資金を調達して専門の川人足を雇い、自前で修復していたのである。

しかし、寛文十一年の被害は未曽有なものとなった。八月下旬から十月中旬に及んだ長雨による増水で千曲川の支流である谷川と田子川が大氾濫して、田畑はもちろん家居までが水没し、収穫前の稲は汚泥につかり、刈り入れて納屋にあった籾も流出した。非常時用に保存してあった夫食米(ふじきまい)や麦はおろか来年用の種籾(たねもみ)までが失われた。家畜の牛馬や人もが濁流に飲み込まれた。決壊した堤防から流れ出た濁水は、沿岸の野沢村、入沢村、中込(なかごめ)村、臼田村などの十九か村に直接、間接に被害を与えたのである。

最も損壊のひどかった決壊箇所は、過去にも何度か決壊していた所であったが、寛文十一年の場合、激増した川の流れが岩盤につきあたって逆流して付近一帯を大きく抉(えぐ)り、例のない決壊規模に達したのである。この箇所を含めて規模の大きい決壊場所は、二つの川を合わせた約二里の間に六箇所あった。その六箇所では完全に決壊した場所に加えて、その周囲にようやく保たれたが修築が必要なところもあり、これらを合わせて普請が必要な場所は一〇二間もの長さに及ぶことが判明した。

流域の村々だけでは到底この決壊箇所を修築する大普請を成し遂げるだけの人的、財政的な備えはなかった。そこで関係十九か村の名主が連名で藩に要望を出し、藩もその財政の柱である年貢を安定的に確保するためにも、それに応じ、両川の堤川除普請を藩の治績の一環として認めるに至ったのであった。これは過去数十年間なかった規模の工事であり、藩の支出も莫大なものになると予測されていた。また、流域の関係十九か村にも村高に応じた夫役が課され、資材なども同様に負担するよう義務づけられた。

そして準備に一年余の期間を見込み、寛文十二年の十二月から翌延宝元年三月にかけて、この大普請は進められることになった。

大普請がこの期間に決められたのは、稲の収穫及び年貢の搬入が済んだ後という農事との関係が第一であるが、冬で川の水量が減り、また晴れの日が多く工事が行い易いというのも大きな利点であった。その一方、この時期に多い積雪や吹雪などの天候上の悪条件も考えられたが、それは承知の上での決断であった。

この大規模な堤防普請は、作事奉行配下の与力岡野弥太郎が総元締となった。弥太郎はまだ二四歳と若かったが、日頃から作事方にあってその緻密で先見性のある手腕が評判になっていた。それが買われて大抜擢されたのであろう。

当時の幕府や藩は、通常の堤防工事や水利事業、道普請などの民政は基本的には行政組織の末端である村に任せていたが、領国をまたがったり、関係する村が数十にも達するような大規模な堤普請や道普請は、国役として幕府や藩が主導し、農民を動員してこれを行っていた。寛文十二年からの佐久原藩の谷川田子川の堤川除普請も、藩が主導して行った国役といえるものであった。

「もう一度この控を巨細に調べてみるか」

金右衛門が屋敷を辞したあと、金太夫は改めて岡野弥太郎の控を手にとってそうつぶやいた。しかし、実際その作業に着手してみると、事は簡単には運ばなかった。

弥太郎が書き遺した控は、普請期間だけではなく、その準備段階も含んだ一年間余に亘る個人の備忘録であり、いずれ弥太郎自身が藩に呈出する御普請出来形帳のための基礎資料であった。出来形帳とは普請が終わった時点で藩に提出する、いわば普請の公的な最終報告書、収支報告書である。弥太郎の控はそのための個人の覚書であり、もとより他人に見せるものではない。したがって、記載には走り書きが多く、また弥太郎にしかわからないような一文や符丁も散見され、略された人名や地名なども頻出するものであった。しかも長期に亘る日毎の記録だったので大部でもあったのである。

紐で綴じられた大部な控を一丁ごと、一日分の記載ごとにめくり、走り書きや符丁を解読し、その内容を逐一吟味し整理していくのは難渋を極める作業であった。それも、城務めの合間を縫って行うことであり、想像以上の手間と日数を要したのである。

二

むき出しの土色であった浅間山の山頂は薄く雪化粧され、深緑に蔽われていた山麓には鮮やかな紅葉色も混じるようになった。武家町でも熟した柿の実が土塀越しに撓(たわ)わに稔り下がり、殺風景な町並みに彩りを添えている。

空気もほどよく冷たく、そして透明になっている。

佐久原城下も秋たけなわとなった。

金太夫の手許には、弥太郎の控から抜き出して作成された資料ができていた。それには各普請場ごとの担当村方、およびその村方から運び込まれた丸太や竹材などの資材の数量、蛇籠などに用いられた砂利や石材の総量とともに、それらが普請場に搬入された月日、雇われた川職人や夫役で動員された村人の員数とその動員期間などが、集計・合計された形で表されていた。

例えば、野沢村の場合は以下のようであった。

佐久郡　野沢村　　高五拾(十)六石参(三)斗六升弐(二)合
　谷川沿　字川尻

一　堤欠所　長参拾四間　平均　高八尺
　　　　　　　　　　　　幅壱丈四尺
　同所下　埋　長参拾四間　平均　深参尺
　　　　　　　　　　　　横壱丈

右入用
　砂利　百弐拾六坪八合　内　野沢村分　参拾参坪　十月二十日
　此延人足　八百九拾人　内　川人足　五拾人　自十二月十日
　　　　　　　　　　　　　　　　　　　　　至十二月二十四日
　　　　　　　　　　　　内　野沢村分　弐拾八人　自十二月十日
　　　　　　　　　　　　　　　　　　　　　至十二月十四日

右同所　前囲
一　棚牛　拾組　但四尺小間　壱箇所
　　　　　　　　九尺小間　九箇所

右入用
　丸木　弐拾四本　長弐間　末口四寸　内　野沢村分　拾弐本
　丸木　拾弐本　長弐間半　末口参寸　内　野沢村分　六本
　丸木　拾本　長九尺　末口参寸　内　野沢村分　五本

此延人足　五百五拾人

内　川人足　拾人

内　野沢村分　弐拾八人

以上十一月三十日
自一月十日
至二月二十日
自二月十日
至二月十四日

これは、谷川沿いの川尻という処の決壊箇所に関する普請の控で、修築箇所の長さや高さ、その基礎にあたる底の長さと幅、及び修築の方法が示され、野沢村が負担すべき資材として砂利や丸木などの量や本数などが記されている。特に丸木はその長さや太さまでが示されており、詳細である。その下の日付はこれらの資材の搬入日である。この川尻の普請に野沢村は夫役人足二八人を十二月と翌年二月に各五日間出していることもわかる。この右入用で不足する人足や資材は他村の負担で賄われていることになる。

控を詳細に調査し、各数値をこのように一覧にまとめた金太夫にも、これらの数値を見る限りでは不審な点は見つからなかった。

しかし実は、こうして金太夫が集計した数値は普請の全容を表すものではなかったのである。控が膨大であったにもかかわらず、記載の日次が幾日分か欠けていたり、普請に関係した十九か村の内、中込村や原村など十か村については記載そのものがなかったのである。

〈普請の全容を記した訳でもない、この書付に弥太郎殿は何故拘ったのか。命に代えてもこれを護ろうとしたのにはどんな理由があってのことだろうか〉

と、思う金太夫の当初の疑問はいつまで経っても氷解しなかった。

〈その答えはこの控だけではまったくわからない。と、すれば、この普請に弥太郎殿とともに直接関わった人物に確かめるほかはあるまい〉

金太夫は、一旦この控から離れて別の方途での解明を目指すしかないと、思い至るのだった。

三

色鮮やかであった秋が白黒を基調とする初冬へと、いつしか季節が変わっていた。浅間山は白く雪に覆われ、佐久原城下でも枯葉がすっかり風に散り、時折、風花も舞うようになった。底冷えのする季節がすぐに来よう。

金太夫は城の書庫にいた。このところ、金太夫は旗奉行としての仕事を終えると書庫に直行するのが日課になっていた。書庫には藩の公的な治績記録が各種保存されている。これは、藩士誰もが自由に閲覧できるものではなかったが、金太夫は職権で閲覧が可能になったのである。

「旗奉行として、泰平の世に相応しい軍備を整えるにあたって御家の古い記録を調べたい」

というのが、その名目であったので、金太夫の申し出を疑問に思う者はいなかった。もちろん、金太夫の目的は、寛文十二年十二月朔日から延宝二年十一月末までの足かけ三年間に亘る藩の出来事や治績を記した日録にあたることだった。これは谷川田子川堤川除急場御普請の開始から弥太郎の切腹後二か月が過ぎた期間である。

この日録は、藩政の部門別紀年式の記録簿であり、佐久原藩と幕府あるいは朝廷との間に交わされた各種の公的文書や記録が最も分量が多く、近隣や縁続きの大名との各種の遣り取りなどの対外的な事項の記述が次ぎ、さらに季節ごとの年中行事や諸儀式、奥向きの出来事などの記載が多かった。これらに加えて、城内の石垣や奥御殿などの修築や堤防工事などを職務とする作事方、村政や年貢徴収などの農村業務を主に職務とする地方、領内の治安や犯罪捜査を与る町方、宗門改めを通じて藩の人民を掌握し寺社も取り締まる寺社方、藩の財政管理を職務とする勘定方など、藩の実務についての各部門ごとの日毎の細かな記録も煩瑣で、その冊子の総数は膨大な量にのぼっていた。

調査の対象とする期間が足かけ三年間に限られるとはいえ、これらの記録を日毎に逐一に確認していく作業もまた大仕事であった。

加えて、これは城外への帯出は禁じられていて藩の書庫での閲覧しか許されず、それも庫内は火気厳禁で行燈も持ち込めないために昼間に限られた。しかも季節は秋から冬、陽の差し込まない庫内は殊の外寒く、また湿気もあって決して居心地は良くなかった。さらに、これも旗奉行としての勤めの合間を縫ってのことだったし、何よりも、金塚家一統の不審や疑念を呼んではならず、事を内密に慎重にしかも迅速に運ぶ必要があったのである。

　そうして、寸暇を惜しんでは藩庫に籠もって日の差し込む場所を探してひたすら日録をめくる日々が三か月にも及んだ。当然のことながら、御普請の着工と竣工、岡野弥太郎の出来形帳奏上の日次は該当の冊子に正確に記載されている。しかし、金太夫が目を皿のようにして探す記事にはなかなか辿り着けなかった。

〈これほどの時と手間をかけても目当ての記録には何一つ辿り着けぬのか〉

と、流石の金太夫も諦めかけていたある日、それは延宝五年十二月も数日で暮れようという日であった。

　最後と思ってめくった丁合に、

　　延宝二甲寅年十一月廿二日
　作事奉行配下与力奥田仁左衛門（にざえもん）儀、延宝元年御領内谷川田子川堤川除急場御普請ニ際シ川人足壱百五拾五人ニ賃料可支払（しはらうべき）旨被命（めいじられ）候へ共、人足賃料之一部ヲ窃（ひそか）ニ掠取（かすめとり）候事、不届ニ付、向後免其役ヲ召上家禄ヲ可為闕所（そのやくをめんじかろくをめしあげけっしょとなすべく）候

と、記された数行の記載が金太夫の目に飛び込んできたのである。

〈これは奇跡に近い〉

と、金太夫はその数行を震える手で書き留め、さらなる記述を探したが、いくら次の丁合をめくっても、金太夫が探す目的の記事はこの数行の他には見つからなかった。

金太夫の発見した唯一の記載の日付は「延宝二甲寅年十一月廿三日」、弥太郎が切腹を命じられた日からおよそ二か月後のことである。この日、弥太郎と同じ作事奉行配下の与力奥田仁左衛門が人足の賃料をごまかして自分の懐に入れたとされ、役を免じられ、家禄も屋敷も召し上げになったとある。

「この改易された与力の奥田仁左衛門とは、弥太郎殿の控に登場する〈オ〉と略された人物とおそらく同一人で、当然弥太郎殿とは知り合いであろう。この奥田がおそらく何か存じていようが、同じ普請に関して咎を受けていることにも何か裏があると思われる。この奥田に会って弥太郎殿の一件について訊ねてみるのが最善最速の策であろう。儂も探索してみるが、お主も奥田の所在を突き止めてはくれぬか。お役御免、闕所にはなっているが、所払いには処されておらぬ。おそらく領内のどこかに居住しておろう」

金太夫が金右衛門にそう依頼したのは、金太夫がこの記載に辿り着いた数日後、つまり年が改まった延宝六年（一六七八）の正月だった。

この年の正月は藩主頼忠が参勤交代で江戸に出府しており不在であったが、城中では恒例の御謡初能が催されていた。祝事が血で汚された昨年の轍を踏まぬよう、厳重な警備下での開催であった。

金太夫も金右衛門も御側室や家老など藩の重役や同僚らに年始を言祝ぎ能を鑑賞してのち下城し、金太夫の屋敷で正月を祝った席でのことだった。

その後二人は、それぞれ非番の日に、ある時には一人、ある日には二人で、奥田仁左衛門の所在を突き止めようと、奥田を知ると思われる藩士の屋敷を訪ね歩く日々を重ねた。その際、民間刊行の城下絵図に家紋で表された重臣・家臣の屋敷所在地が載っており、それが大いに役だった。当時は、商家の看板などを除けば、家屋敷に表札を掲げる慣わしはなかったのである。

しかし、訪ねた藩士には奥田その人を知らぬ者もいて、やっと面識のある屋敷を訪ね当てても、奥田の在職当時の上役や同輩、後輩の誰もが、

「さあて、あやつが城勤めを辞めてから相当経つし、特に昵懇（じっこん）にしていたわけでもないので、その後の消息はわからぬ」

「奥田仁左衛門の消息とな、存ぜぬなあ」

「いいや、まったく知らぬ。いつの間にか城中では顔を見なくなったが、奥田様が御役御免になったとは。そのことも拙者は知らなかったくらいだ」

「奥田殿とは職務上での面識はあったが、それ以上の付き合いはなく、もちろん今どこに住んでいるかも知らぬ」

と、答えるのみで、不思議なことに誰もが御役御免になった理由も経緯も、またその後の居場所も知らなかった。奥田仁左衛門は当松下家に仕官してから十年ほどで比較的年数が浅く、上役や同

輩との付き合いもほとんどなかったらしい。加えて家臣たちの間には、〈奥田は金塚数馬殿に通じている〉という噂があったため、金塚派以外の藩士には近寄りがたい存在と思われていたという。

こうして金太夫らが奥田の上役や同輩などの屋敷を訪ね歩いても、その筋からは奥田には辿り着けなかった。

しかし、家禄が没収され屋敷も闕所とされている以上、武家町に奥田の住居はないはずである。そこで金太夫らは職人や商人の住む町屋を中心に探索を続けることにし、町名主や長屋の大家などに消息を尋ね回ったが、そこでも手掛かりはつかめなかった。

そうした二月初旬のある日、

「金右衛門、今日はこれまでにして、たまには一杯飲るか」

探索に足を棒にして歩きまわったある夕詰め、金太夫と金右衛門は、職人町の一画にある居酒屋の縄暖簾(なわのれん)をくぐった。職人や商人たちを常連客とするのであろうが、まだ夕刻には間があったためか他に客はいない。

「親父、熱いのを一本つけてくれ」

春とはいえ信州の二月初めの朝夕はまだ寒かった。

金太夫と金右衛門の二人は上がった小座敷で、傍らに置かれた火鉢にかじかんだ手をかざし、強ばった足をさすった。疲れも溜まり、交わす言葉がすぐには出てこない。

しばらく二人は黙り込んだまま、杯を重ねた。

「これだけ捜しても行き当たらないとは、既にこの領内を出たのではないでしょうか」

ようやく杯を置いて、箸でつまんだ蜂の子の炒め煮を口に運びながら、金右衛門が小首を傾げて呟いた。

「よもや消されたのではあるまいな」

金太夫は一番気がかりな、そして言いたくない事態を口にした。もしそうなら、真相を知る手掛かりさえも失ったことになる。二人とも内心では〈奥田は既にこの世にいないのでは〉という懸念に囚われることもあったが、そのことだけは口に出せずにいた。口にすると、現実にそうなってしまいそうな気がしたためである。

「万が一でもそうでないことを願いますよ」

「うん、だといいがな」

金太夫は頬張っていた田楽豆腐を噛み下すと、不安を消し去るように後ろを振り返って言った。

「親父、熱燗でもう一本だ。それに鯉濃（こいこく）も頼むぞ」

兄弟といえど、二人だけで居酒屋で酒を酌み交わすことは滅多にないことだった。が、話す話題は取り留めのないことで、それもすでに尽きている。むろん、こうした場所での話題に今探索中のことを口にのぼすわけにはいかない。いきおい、二人の酒は、盃と肴を交互に口に運ぶだけの静かなものとならざるをえなかった。

そうして二人が半時ほどを過ごした時、

「よおっ」

威勢のいい掛け声とともに、三人の町人が道具箱を肩に店に入ってきた。いずれも同じ印袢纏(しるしばんてん)に藍染めの腹巻、股引(ももひき)という格好である。その身拵えから大工仲間と見当がついた。

「親父、熱燗三本、肴はいつものやつ」

馴染み客らしい。それぞれ道具箱を土間の隅に積み重ねて置くと、金太夫らのいる席から一つおいた卓を囲んで座り込んだ。

「酒がくるまで、まずは一服といくか」

最年長とおぼしき大工が煙管(キセル)に煙草(タバコ)を詰めて身をかがめた。そして、

「これは国分物(こくぶ)だ。吸ってみな」

と、火鉢から顔をあげて〈フウー〉と紫煙を吐き出しながら、刻み煙草、といっても当時はそれしかないが、その袋を差し出して若い者にも勧めている。

国分物とは大隅(おおすみ)国国分で産する煙草を特にそういい、上物とされていた。

煙草はこの頃から一二〇年ほど前に南蛮貿易によって日本にもたらされた。しかし、田圃で煙草を栽培すれば米の収穫が減ると、幕府は慶長十七年（一六一二）と元和二年（一六一六）に煙草の吸引と栽培を禁止した。しかし、その禁令にもかかわらず、身分を問わず大人の嗜好品として全国

的に普及していたのである。

「へぃー、三本、それに野沢菜と里芋の煮付。お待ちどお」

「おおっ、来たか。さあ呑もうぞ」

大工たちの酒がすすむと、それまで静かだった店が俄に賑わしくなった。

金太夫がそれとなく金右衛門に視線を送る。

〈そろそろ出ようか〉

と、いうことだろう。

「そうですね、この銚子を空にしたら出ましょうか」

そうした二人のことなど気に留める風もなく、大工たちは交互に煙草を吸い、茶碗に酒を注ぎ合い、次々とあおっていく。そうして段々と酔いのまわった彼らの顔は赤く火照っていき、喋くる声も次第に大きく高くなり、騒々しくさえなった。

仕事仲間の酒の席では、まずその仕事に関する話題や上司への愚痴が中心になるのは今も昔も変わらない。この三人の大工たちも口を開くや、この場にいない棟梁（とうりょう）への不満をてんで勝手に吐き出すと、次は、仕事について口角泡を飛ばし始めた。

「今日の仕事は捗（はかど）らなかったなぁ」

「うん、予定では今日か明日で葺き終わるはずだったが、もう二、三日はかかりそうだ」

この大工たちは屋根瓦の葺き替えにあたっているところらしい。

「いやー、しかし参ったなぁ。あれほどこっぴどく怒られるとはなぁ」

「あれにゃあ、たまげたなぁ」

「ただ、屋根の上から〈奥田様〉と呼んだだけなのによー」

「しかし、そりゃあ、あたりめぃだ。あれほどくどくどしく〈俺の名前は内密にしろ〉って言われていたじゃあねえか」


「えっ」

小さく声を漏らしたのは金右衛門だった。聞くともなく大工たちの会話が耳に入ったのだ。

「うむ……」

金太夫も小さく頷いた。その顔は心なしか強ばってみえる。金太夫も大工の口から出た「奥田様」に気を留めたのだ。手にした盃は唇に付けたままである。

「もしやすると」

「うむ、そうかも知れぬ。今少し、あやつらの話を聞いてみるか」

「親父、もう一本つけてくれ」

二人はふたたび黙って盃を交わしながら耳に全神経を集めた。

自分たちの話が聞かれているとは露程も思わず、大工たちの愚痴は続いた。

「そうよなぁ、慥かにそう言われちゃあいたがな、だけんどもよぉ、雨樋の一部が腐っているからついでに直すかどうか、こちとらにもお聞きしてぇことがあるからご親切にもお呼び申し上げたんだ。それなのに、なんであんなに怒られなきゃあなんねぇんだー」

茶碗酒を片手に若い大工が卓を拳で叩いて息巻いている。

「俺も梯子の位置を変えようとしたら〈屋内を覗くな〉って怒鳴られたぞ。まだ老け込む年でもなさそうなのに、奥方も子どももいねぇ、独り身のくせになぁ。そんな男鰥の部屋を誰が覗くもんか。いくらお侍さんだからといって、威張るんじゃねえよなぁ」

「シッ、少し声が大きいぞ」

なだめる側にいるはずの中年の大工が、そう言ってチラリとこちらに視線を飛ばした。

しかし、金太夫たちが自分らをまったく気に留めてもいないと見てとったか、グビッと茶碗酒を呑み干すと、すぐに若い大工につられて唾を飛ばしはじめ、仲間との話に乗じている。

「独り身だから怒ったたぁ限るめぇだろ。その証拠におめぇにゃ嬶がいるが、おめぇはいつも怒りっぽいじゃあねえか。まあ、それ以上におめぇの方が嬶にいつも怒られっぱなしだがな」

「怒るな、怒るな。疾うの昔にお城の役目は召し上げられたっていっても、相手はお武家様だ。こちとらに何かあったってぇ、結局は敵わねぃぞ。あんまり係わらねぇこったな、でねぇと火傷をおうぞ」

最年長らしい初老の大工が茶碗を卓におくと、二人を交互に見て諭すように言った。

それでこの話に落ちがついたのか、他の二人も相槌をうって言った。

「もうちょいとの辛抱だからな。仕事が終わりゃあ、あの気難しいお侍ともおさらばさ」

「そうよなー。それよりも親父ぃー、酒が切れたぞー。もう三本つけてくれー」

大工たちの口からは、それ以上の情報は得られなかった。

「小股の切れ上がったいい女だったなー」

「あの女郎、顔だけでなくあそこも最高だったぞ」

「なんだ、おまえもあの女郎屋に揚がったのか」

「それより、町外れの小屋で今掛かっている遊女歌舞伎、どうせ紛い物の一座だろうが、中に目の覚めるような色っぽい別嬪（べっぴん）がいるぞ。観ておいて損はないぞ」


「今宵はこれまでだな」

金太夫と金右衛門の二人はどちらから声をかけるまでもなく、立ち上がった。

酒がしこたま入った大工たちの興味は、遊郭の女郎の品定めから町外れにある寺の境内に掛けられている地方（どさ）回りの旅一座の女芸人へと向けられ、卑猥な話題になっていったからである。

「二、三日で仕事も終わると言ってたな。なら、その後でここの親父にあの大工たちの言ってた侍について聞いてみるとしよう。直にあやつらに聞けば、その口から儂らのことが相手に伝わらんとも限らん。そうなれば、かえって面倒となろう」

数日が過ぎてから二人が訪ねた居酒屋の親父によれば、大工たちが屋根の葺き替えに通った屋敷は出職人が多く住む町外れの一画にあり、この店からもそう遠くはないという。四年前の十一月か十二月、浪人が一人で空き家になっていたその戸建の町家に越してきた。浪人は、それから三か月に一度くらいの頻度でこの店にも顔を出すようになったが、名乗ることはなく、大抵は一人で黙って酒を飲む。金払いはよく、時折り、酒が入ると冗長になって城務めの手柄話をすることもあったという。

〈酒屋の親父は名前は知らなかったが、四年前に越して来たということからも間違いなかろう、その浪人は、探し求めてきた作事奉行配下の元与力奥田仁左衛門に相違あるまい〉

そう確信した金太夫と金右衛門がその侍の屋敷を訪ねたのは、居酒屋で大工たちの話を耳にした日から十数日後のことであった。

その町家は生垣(いけがき)で囲まれてひっそりと佇んでいた。派手さはなく一見質素にも見えるが、数寄屋(すきや)造りを模した洒脱な屋敷で、狭いながらも築山や枯山水が配置された庭園もある。梅や桃、百日紅(さるすべり)に柘植(つげ)・松などの庭木も要所に植えられており、それぞれに小さく蕾や若芽が膨らんでいる。信州の冬の厳しい寒さに耐えた樹木には、ようやくやって来た春の僅かな温もりさえも感じることができるのであろう。

この屋敷の趣は、おそらくこの屋敷を売り払った前の持ち主の風流を嗜む趣向によって醸成されたものであろう。三年や四年でここまでの風情ある景観に育てるのは不可能である。無骨な武家屋敷とはまったく趣が異なり、家禄三〇〇石の金右衛門にとっては贅沢にも感じられる屋敷であった。無論、これが奥田の屋敷とすれば、お役御免となって収入を断たれた身にはいかにも不釣り合いである。

「お頼み申す。どなたかござらぬか」

最前から金太夫が表口から何度も声を掛けるが、その屋敷内からの反応はまったくない。

「今日は留守なのか」

「人の気配もありません。出直しますか」

「そうするしかあるまい」

そして後日も、

「また、留守か」

「今日も不在か」

何度来ても同じであった。

〈ここには誰も住んでいないのか〉

そう疑うこともある金太夫たちであったが、空き家とはどうしても思えなかった。いつ訪ねても留守ながら、生垣や庭木には普段の手入れがなされており、庭園の砂地も掃き清められていたからである。

もし、これが奥田仁左衛門の屋敷ならば、大工たちが言っていたように、妻子や従僕など他に家人がいる様子もなかったので、奥田自身が自ら庭の手入れを行っていることになる。

「見ろ、庭の砂地の掃き目がまだ新しい。今日は少し間をおいて、あとでもう一度来てみるか」

声をかけてもいつものように反応がなかったある日、金太夫が金右衛門に言った。

すでにこの屋敷には二人合わせて五、六回も足を運んでいた。最初の訪問からは三か月が経って、季節も移ろい、いつしか夏の様相が濃くなっている。

「まだ人の気配はしませんね」

「しっ」

一刻ほどして戻って来た二人が隣家の塀に身を隠し、それとなく見張っていると、表戸が僅かに開かれた。

「誰かいる」

開いた引戸の隙間から外の様子を覗き見て、誰もいないことを確かめたのか、ゆっくりと戸が開けられた。そして、総髪に着流し、顎髭を蓄えた男が姿を見せた。腰には脇差を挟み、初夏の訪れで俄に枝葉を伸ばし始めた庭木を剪枝しようとしたのか、剪定鋏を手にして庭の方に歩いて行く。

年の頃は四〇を少し越えたくらいか。

「不躾(ぶしつけ)ながら奥田仁左衛門殿でござろうか、みどもは旗奉行の細井金太夫と申す」

剪定鋏を右手に庭の松の木に向き合っていたその男は、思いもかけず自分に掛けられた声に一瞬

たじろいたが、すぐに向き直ると、

「ええ、ご尊顔は存じておりまする。その細井殿が拙者に何用でござろうか」

と、奥田であるか否かには答えず、丁寧に言葉を返してきた。口元を少し緩ませ笑みをたたえている。

「率爾ながら単刀直入にお伺い申すが、拙者どもは四年前に切腹になった作事方与力岡野弥太郎殿と存じ寄りの者でござる。彼の切腹の理由は城中で脇差を抜いた故とされておるが、何故に脇差を抜いたのか、その真の理由を知りたくて、弥太郎殿と同じ作事方与力であった奥田殿が何かご存じではないかと、これまで方々を巡り、ようやくこのお屋敷を訪ね当てた次第。何かご存じであれば、何卒ご教示願えまいか」

「左様でしたか。慥かに拙者は奥田仁左衛門と申す。岡野殿については、もちろん同僚のこと、切腹になったことは存じておる。その理由についても貴殿の言われるように脇差を城内で抜いた、そのように承知しており申す」

「弥太郎殿が総元締として行った延宝元年の谷川田子川堤川除急場御普請には同僚であった貴殿も何らかの形で関わっておられたのではないか。もしやこの御普請に関して何か問題があったのではと、愚考しておる次第」

するとと奥田は、ほんの一瞬顔を強ばらせたが、すぐに何食わぬ顔に戻ると、

「御普請は御家をあげての一大事業。それを担うのは作事方ですので、拙者も岡野殿の下でそれに

従事しており申したが、拙者に限らず作事方の奉行はもちろん、与力、手代の誰しもがその普請には携わっております。しかし、何か問題があったとは聞いたこともござらぬ。何故かように思われるのか、拙者にはわかりかねまする」

　と、少し顔を赤らめて声を強めた。

「そうでしたか。余計な穿鑿でしたか、許されよ。ところで過去の事績に立ち入るようで相済まぬが、貴殿がお役御免、改易となったのは、普請費用を私ししたためと藩の日録に記されているが、事実でござろうか」

「そこまでご存じであったとは……左様、拙者がお役御免になったのはすべて己自身の不行跡がため、いわば武門の恥というべきもの。申し訳ないが、これ以上恥はさらしとうない、お聞き下さるな」

「わかり申した。ただ貴殿のお役御免は、もしかすると弥太郎殿同様に筆頭家老とのいざこざがその原因であったのではないか、と邪推してみましたもので」

「拙者と金塚数馬殿との間には何もござらぬ。穿鑿無用に願いたい」

　金太夫の直截の問いかけは、即座に、それも厳しい口調で否定された。

「そうですか。もしや記録にはない裏向きの理由があったのではと勘ぐったものですから、敢えてお尋ねしたまでです」

「いいや、藩の記録にある通り、あくまでも拙者自身の責によるもの。裏向きの理由なんぞありませぬし、他人様の関与する余地もまったくござらぬ」

奥田は顎髭を摩りながらきっぱりと言い切った。

「でござろうが、……実はこれには家臣一人の命とその家族の命運がかかってござる。武士の情け、何とかお教え願えないだろうか」

「武士に二言はござらぬ。知らぬものはお答えしようにもできかねまする」

金太夫の重ねての問いかけにも、それ以上、奥田は頑に口を開こうとはしなかった。

その十日後も金太夫と金右衛門は再び奥田宅を訪ねたが、口から出る仁左衛門の言葉は前回と変わることはなかった。

諦めきれない金太夫と金右衛門は、それからも数日の間をおいては、三度、四度と奥田宅を訪ねたが、いつも同じ光景と問答が繰り返されるだけだった。ただ前のように留守のことはなくなった。

「奥田は、急度何かを知っておりまする。先に兄者が〈御普請に関して何か問題があったのでは〉と聞いた折、一瞬ですが、怯えるかのような仕草を見せました」

「うん、儂もそれには気付いた。何とかして本音に迫る手立てはないか」

帰る道すがら、決まったように金太夫と金右衛門は次の手を考えるが、これといった方途はそうやたらに見つかるはずもなかった。

四

はじめて奥田仁左衛門の屋敷を訪れてから四か月が過ぎようとしていた六月のある日、申刻（午後四時）頃であった。

金太夫はいつものように勤めを終えて下城、帰宅の途についた。その道程（みちのり）の大半は土塀の巡らされた武家町であるが、金太夫がその路を十町ほど歩いて、自分の屋敷が見えてくる辻を曲がった、その時、

「えぃ（ぁ）や、待たれよ。細井金太夫殿とお見受けするが、いかぁ（が）に」

と、金太夫は土塀の角から飛び出てきた三人の男たちに行く手を遮られた。

三人は、既に扇の形に陣形を敷いており、その扇の要（かなめ）にあたる先端に声掛けした男、左右の親骨の先に各一人を配して、三人が同時に斬りかかる態勢を整えている。

この者たち、いかにも浪人といった風の、町ではみかけない顔であった。皆身なりはみすぼらしい。小袖の襟の色がくすんで擦り切れている髭面の男、着古した袴の裾が千切れている太りぎみの者もいる。声を掛けてきた黒小袖に縦縞袴の浪人が首領らしい。陸奥（むつ）か、出羽（でわ）か、奥羽方面の出自と見当がついた。その男のくぐもった言葉には独特の癖がある。背が高く痩せぎすで、頬は窪み、

眼だけが人を射竦めるように鈍く光を放っている。

丁寧な言葉遣いとは裏腹にその声は殺気を含んでおり、顔つきも強ばっている。

「いかにも、それがしは細井金太夫であるが、お主らは何者だ。まずは名を名乗れ」

そう答えると、金太夫は槍持ちの中間木崎軍兵と若党佐田甚内を後ろにかばい、

「後ろの路地に控えておれ」

と命じた。そして再び、

「名を名乗れ」

と一喝するや、草履を脱ぎ捨てて足袋のまま地面に足裏を密着させると、腰を落とし、右手を柄に添え居合抜きの構えをとった。どこから見てもその姿態には一分の隙もなかった。

〈もしや〉

と、まだ確たる証はないが、弥太郎と権之進の一事には底でつながる大きな力が働いていると感じていた金太夫は、

〈いずれは儂にも〉

と、この時のあることを予感していた。したがって、

〈いつか襲われる〉

そう心に備えがあった。ために、金太夫は突然の襲撃にも慌てることなく冷静に対処できたのである。

金太夫の一喝と万全の構えに、浪人たちは一瞬だがたじろいだ。その刹那、金太夫は後ろにズイッと大きく右足を引き、浪人たちが敷いていた陣形から身を外し、刀身の届く間合いを逃れた。

思わぬ金太夫の動きに慌てたのは、要の位置にいた痩せぎすの首領格らしき浪人である。陣形を立て直す余裕はなかったが、それでも首領としての役目上、

「お主とは赤の他人、我々との縁はなく、ましてや怨恨もない。名乗る必要もない。が、死んでもらわねばならぬ。覚悟しろっ」

と、言い放つと同時に刀を抜いた。

それが合図であったのか、あとの二人もともに鞘を払って前方に躍り出てくると、金太夫に向かって襲い掛かってきた。しかし、一度崩された陣形のままであったので、二人あるいは三人で同時に斬りかかるはずが、個別にそれぞれの呼吸で斬りかからざるをえなくなった。

そのため金太夫には、まず先頭の一人に全力で対処すればいいという、僅かなゆとりができた。

身を翻して最初の一撃を避けると、

「槍っ、槍をっ」

と叫びながら、金太夫は供の二人が控えている後ろの路地に駆け込んだ。

その路地は道幅が極端に狭められている。

この路地は筋違いと呼ばれる。城下町では、敵兵が城を目指して一直線に進めないように、道が途中で屋敷の石垣などに突き当たり、さらに前に進むためには、石垣を左右どちらかに曲がり、も

う一度直角に方向を変えて、この筋違いという細い路地を進むしかない、そのような構造が多いのだ。

軍兵によって抜き身の槍が素早く金太夫の手に渡され、若党の甚内も抜刀して身構えた。金太夫は槍を真上に振り上げた。

道幅のない路地を追いかけてきた先頭の髭の浪人が、一旦振り下ろした白刃を青眼に構え直して、そのままに金太夫に突きかかってきた。

「えっえっー……ヒェー」

その浪人の気合いは声にはならなかった。掛けた気合いが一瞬で断ち切られて悲鳴に変わったのである。上段から叩き下ろした金太夫の槍先が、浪人の左耳を切り剥がしてその勢いのままに肩口から下に五寸ほど切り割いたのだ。

「グウッー、ゲエッー」

と、獣の吠声のような息遣いの音を吐き出して浪人はその場に倒れ込んだ。たちまち顔の半分と左の肘が朱に染まっていく。

「おのれー」

上段に大刀を構え直して躍りかかってきた二人目の太った浪人は、金太夫の繰り出した槍に右の太股を突き貫れて、そのままドオゥと膝から崩れ落ちた。

「くそっー、覚えておれ」

残る首領らしき痩せぎすの男は、二人が瞬時に毀れ落ちた様に抗う意思をなくしたとみえて、抜刀したまま猛々しい捨て台詞を残して逃げ失せた。

後には、息も絶え絶えになった二人が己の傷口を抑えながら路地に転がって呻いている。流れ出た鮮血が地面に吸い込まれ、みるみるうちにどす黒く変色していく。

如何なる剣の遣い手といえども同時に三人を相手に切り結んで勝てる保証は、ない。ましてや道場での木剣や竹刀での立合ではない。斬るか斬られるかの真剣勝負は時も場所も選ばない。相手の顔も太刀筋も判別できない暗闇での立合もあれば、真正面から日光に照らされて相手を凝視できない立合もある。置かれている場所も時間も千差万別、一様ではない。踏みしめる地面も起伏に富み、追い詰められれば、背を任す羽目板もない。かかる立合時には自らの身の置き場所を一瞬に決定せねばならない。僅かでもその対応が遅れれば、そのまま自らの命を失うことに繋がるのである。

この場合、金太夫は行く手を遮られたその刹那に自分の生命をより安全な位置に据え直すことを選んだ。背後の筋違いを斬り合いの場に選んだのだ。その狭い路地では三人が同時に切り込むほどの幅はない、自ずから一人ずつ斬りかからねばならない。また、左右に自由に刀を振れない筋違いでは上下の動きに頼るしかないが、その場合、刀より長い槍の方が優位なのは自明である。軍兵の担いでいた槍はいわゆる手槍で長さは一間ほど、戦場での長槍に比べれば半分にも満たない長さだが、それでも刀身の倍近い。

そうした幾つかの要素を金太夫は瞬時に判断したのである。場の状況に応じて敵に先んじて地の利を得ることも剣の極意の一つといえよう。そのことを、これも一瞬で体現し得た金太夫の先手勝ちであった。金太夫の咄嗟の機転が勝敗を決めたのだ。

「止めを刺すまでもなかろう。軍兵、町奉行所の番屋に届けよ」

と、金太夫は中間木崎軍兵に言い付けると、首を傾げて、

「誰かに金で雇われた輩だろう。であれば、今、儂らが穿鑿している川普請の事に関係しているとしか思い当たることもないが……当たらずといえども……遠からず、か」

と独りごちた。

町奉行所与力による吟味では、襲われたのが御家の重臣旗奉行の細井金太夫であり、その中間の届け出と現場の状況が一致しており、またすでに瞳孔が開き脈もとれない相手方二人は、身許もわからない浪人者で藩の給人でもないことから、「穿鑿を遂げるにあたらず」となり、金太夫は「我が身に降りかかった火の粉を振り払った」として、お構いなしとされた。

しかしこの一件は、これまでの金太夫らの行動を危惧した者による襲撃としか考えられず、金太夫と金右衛門の穿鑿先が的外れでないことを図らずも証明するものとなった。

「あっ、そうかっ、であれば……危ない」

「お構いなし」とされて、屋敷へと歩を進め始めた、その時、金太夫が突然吠えるような声を上げた。そして若党佐田甚内に命じた。

「大急ぎで舎弟田村金右衛門を訪ねよ。そしてすぐに奥田仁左衛門が宅に馳せ参るよう伝えよ。儂もこれから駆けつけるとな」

「しまった。くそーっ、遅かったか」

果たして、奥田は庭の隅の柘植（つげ）の木の根本に倒れていた。左鎖骨から脇腹に達する傷口からは赤黒い血潮が大量に吹きこぼれ、庭の白い砂礫を染めている。斬られてからまだ時はそれほど経ってはいまいが、誰が見ても既に事切れているとみえた。その奥田の側には血にまみれた竹箒が投げ出されたまま転がっている。倒れている庭には人が乱れ争った跡は見られず、砂礫に付けられた箒目も乱れているのは奥田の倒れている周りだけだ。奥田は身構える暇もなく、不意に襲われたようだ。

「ムッ」

金太夫は思わず顔をしかめた。奥田に駆け寄った金太夫の足下から真っ黒い大きな蠅が一斉に羽音を立てて舞い上がったのだ。無数にいる。奥田の顔や胸、箒についた血に群がっていたのであろう。

「おい、奥田殿、しっかりしろ。これはどうした事だ。誰に斬られた。拙者の言うことがわかるか」

金太夫はかがみ込んで奥田の襟を掴むと、耳元でそう呼びかけた。そして、

「もうだめか」

と、口惜しそうに呟いた。

その時、

「むぅー、ウゥー、ンーッ」

〈もう果てたか〉と思われた奥田が、虫の息のなかから喘ぎ声を絞り出した。そして血を浴びた顔を微かに立て、閉じられていた瞼を震わせて細く目を開けた。しかと見えたかどうかはわからないが、側にいる金太夫に向かって何事かを語りかけ、自らの腰の脇差に左手を添えると、

「こっ……グワッー、こっ、ゲエッー、これっ」

と、鮮血と一緒に呻き声を吐き出した。何かを訴えるかのようであった。

「奥田殿、気を慥かに、仁左衛門殿」

奥田は金太夫の声に既に光を失った白目を剥いて、血に染まった脇差を前に押し出した。

そして、
ガクリ
と頭を落とした。

奥田仁左衛門はまったく息絶えた。

「もはや、だめか、兄者」

「おぉ、金右衛門、それに甚内も来ていたのか。見ての通りだ。今事切れた。儂が駆けつけるのが、ちょっとのことだったが遅く、間に合わなんだ」

「しかし誰が、何のために、この男を襲ったのだろうか」

「見当はつくが、まだわからん。見ろ、奥田の側には竹箒が放られたままになっておる。庭を掃き清めている処だったのだろう。まったく抗うこともなく、正面から斬られている。おそらくこの男を斬った相手は顔見知りだろう。それに、あれを見ろ。それほど荒らされた様子はないが、屋敷内に土足の跡がある。何かを探していたのであろうが、儂が駆けつけたので、慌てて逃げて行ったのかも知れぬな」

「兄者も襲われたとか、大事なくて良かった」

　金右衛門は改めて返り血に染まった金太夫の袴をみて言った。

「うん、おそらく、儂らを襲った一団と同じ者に雇われた刺客の仕業だろう。奥田の斬られ方から推測すれば、刺客は一人。もしかすると、あの奥州訛りの浪人が儂を襲ったその足でこちらに廻ったのかも知れぬ」

　金右衛門はそれに同意するように頷くと、

「ところで、奥田殿が今わの際に脇差に手をかけて腰から押し出そうとしていましたが、何のためだったのでしょうか。何か告げたかったようにも見えましたが」

　と尋ねた。

「うん、何か言いたそうではあったが、言葉にはならなかった。見た限りでは何も変わったところがない脇差だが、何やら謂われがあるのかも知れぬ。持ち帰って調べてみるか」

「旦那様、このことは町方に届けますか」

甚内が首を傾げながら聞いた。

「いや、このままでいい。儂らとこの奥田との関係は襲った者以外は誰も知らぬこと、下手に届け出ればかえって面倒なこととなろう。幸いに見た者もおらぬしな。よし、早々に立ち去るぞ。直ぐに日も暮れよう」

その日の払暁、金太夫は寝床の中で目覚めた。遠くからと思われるが、早打ちの半鐘（はんしょう）の音が風に乗って運ばれてきたのだ。

「火事か」

後日に判明したが、この夜の火事は奥田仁左衛門の屋敷であった。町奉行所の調べではその出火原因は不明、屋敷は全焼し、その焼け落ちた屋内から黒焦げの遺体が発見されたという。

金太夫と金右衛門が昨年正月以来一年半の間続けてきた岡野弥太郎の切腹の真相を探る秘かな活動も、奥田仁左衛門の暗殺によって、暗礁に乗り上げた。次に打つべき手が見つからなかったのである。

焦りを誘いながらも月日は否応なく進んでいった。

五

奥田仁左衛門が何者かに暗殺されてから半年ほどが過ぎた。

その間、金太夫と金右衛門は領内の幾つかの村を廻り、それぞれの村名主を訪ねていた。岡野弥太郎切腹の真相を探る活動が奥田の死によって断ち切られたために、弥太郎が直接携わった御普請がどのように遂行されたのか、普請にあたって何か問題となる事件は起きなかったのか、などの情報を村方から得て、そこから真相の糸口を掴もうとしたのである。

しかし、どの村方でもまともに金太夫らに対応してはくれなかった。もちろん、草取りや稲刈り、脱穀、年貢納入などで農家にとって夏から晩秋は最重要の時期で多忙なこともある。それを考慮して農事の合間を縫って面会を求めても、名主の口は重かったのである。それが何に起因するか、はっきりとはわからないが、百姓たちに藩に対する不信感が募っているようにも金太夫は感じていた。そうした状況では、村方と直接に対応する地方奉行配下の役人であっても彼らの信を得ることは難しいであろう。ましてや、金太夫は旗奉行、金右衛門も公事方与力で、地方とは直接の関与がない役職である。その役職の二人の来村そのものに、農民たちの不審の目が特別強く向けられたとしても、それは当然であろう。

「百姓衆は何かに怯え、また憤っているようにもみえるな」

「ええ、所詮は百姓と武士、もともと相容れぬ持ち分や領域があるのでしょうか。それにしても、訪ねた村名主が一様に口をつぐんで肝腎なことに答えようとしないのには、何か根に持つ藩庁への不満や憤りがあると感じますが」

「うん、彼らの信を得て何かを聞き出すためには、真摯に時間をかけて彼らと向き合う必要があろう」

「少し長丁場になるやも知れませんな」

二人はそう覚悟して村方に足を運んだが、いつ訪ねても名主らの対応は相変わらずのままだった。


年が明けて延宝七年(一六七九)となった。

そうした二月のある日、兄金太夫が登城日であったため、金右衛門は石井半造に馬の口を取らせて長戸路の屋敷を出た。

この石井半造は数少ない田村家譜代の中間で、中間頭である。先にも述べたが、この当時、三〇〇石の田村家ほどの家禄では、若党や中間などの郎党を多く抱えるゆとりはなかったので、藩主のお供を命じられるなど家禄に応じた従者が必要になると、ほとんどをその場その場で口入屋に頼んで一時凌ぎの渡り奉公人で済ませていたのである。

金右衛門主従は城下外れにある中込村へと向かった。中込村名主清八郎宅を訪ねるためである。

これが二度目の訪問であった。

もちろん岡野弥太郎についての情報を聞くのがその目的であったが、初めての時と同じく清八郎の口から出る言葉は挨拶程度で得るところはなかった。

「やはりな。予想してはいたが、相変わらず口が固いな。肝腎なことには口をつぐんでしまう」

清八郎の屋敷を出ると、金右衛門はそう半造に声を掛けて肩を落とし、馬に跨がった。山の端に沈もうとする太陽はその光と熱をほとんど失っている。まだ諸処に融け残った雪の残る田圃を吹き抜けてくる風は、金右衛門にはことのほか冷たく感じられた。

〈しかし、あの清八郎に限らず各村の名主たちには慇懃無礼な言葉の端々にも言い淀むような風がある。おそらく儂ら家臣に言いたいことがあってそれを隠しているのだろう。もっと、本音を曝け出して儂らの思いを伝えれば、彼らもそれに応えてくれるのではないだろうか〉

そう思い、気を取り直す金右衛門であった。


その金右衛門主従が佐久原城下に入る頃、辺りはうっすらと夕闇に包まれていた。

「お待ちなせえ」

主従は突然、稲荷神社の杜陰から躍り出た五、六人の男たちに行く手を遮られた。いずれもが薄汚れた小袖の着流しに長短刀という、いかにも無宿者かヤクザ者といった風体である。

「何者だ。拙者を田村金右衛門と知ってのことか」

「お前が誰であろうと関係ねえ、おとなしく金を置いていけ。さもないと怪我をすることになるぞ」

「何っ、金とな。では盗人か、さもなくば追い剥ぎか、お前らは」

「俺たちにゃあ、相手は誰であろうと金さえあればそれでいい。盗人か追い剥ぎか、それはお前が勝手に決めればいい。俺たちゃあ、金さえあればそれで文句はねぇんだ」

「そうか、しかし、お主たちは盗人ではあるまい。そう見せかけているのだろう。おそらく誰かに頼まれたのであろうが、大凡の見当はつく。であれば話は早い。相手になってやろう。半造、其方は少し離れて見ておれ」

と命じるや否や、金右衛門は身を翻して馬の背から飛んだ。

「いえっいー、ギャーアッ」

それは一瞬であった。

馬から二間も先に降り立った金右衛門の右手にはいつの間にか抜き身の大刀が握られていて、その足下に一人の男が転がっている。

この男、金右衛門が馬から飛び下りる瞬間を狙って、長短刀を振りかざして襲い掛かったのだが、金右衛門が飛び降りながら一閃した刃で首筋を五分ほどの深さになぎ払われたのだ。そのしなやかな太刀筋を確と認め得た者はいなかった。

地面に転がった男は首の動脈を断ち切られており、パックリと口を開いた傷口からは泡だった鮮血が心臓の鼓動に合わせて高く低く吹き出している。

辺りは湯気のような血煙と鉄錆のような血の匂いに包まれていく。

「ウ、ムムッ、ムー」

残った男たちは、その凄まじい現場にただ息をのむばかり、その顔は色を失って蒼白と化している。手にしている長短刀は小刻みに揺れ、前に踏み出すのを誰もが躊躇っている。

「死にたくなくば、退け。お前たちの腕では儂は切れぬ。嘘だと思うならかかって来い。相手になってやる。ただし、お前たちが貰うなけなしの給金とたった一つの命とを引き替える覚悟があればだ。さあどうした、来いっ」

この金右衛門の恫喝が効いた。生臭い血の匂いと金右衛門の自信に満ちた脅しに、襲ってきた連中は怖じ気づいたのである。また、僅かな給金に己が命をかける、その馬鹿馬鹿しさにも気付いた男たちには、もう斬り合う意気地はまったくなかった。

「待て、倒れている男を連れて行け」

金右衛門の声を背に、もはや息はしていないだろう男を幾人かで担いだ男たちは、一斉に逃げ去った。

「旦那様、お見事でした」

離れて成り行きを凝視していた半造が馬の手綱を曳き金右衛門に駆け寄って言った。驚きに満ちた声だった。

「うぬ、しかし、儂とて真剣での立合は生まれて初めてのこと、内心は怖くて震えておったわ。お主にはわからぬだろうが、儂の脇下は冷や汗でグッショリと濡れたままだ」

金右衛門はそう言って刀の血糊を拭き取り、〈フーッ〉と大きく息を吐き出した。

「しかし、そのような風には微塵も感じませぬ。旦那様は内山道場でご修業されましたが、それがこのような危急の際にお役に立った訳ですね」

「内山道場で師範代まで務めた兄者金太夫に比べれば腕は劣るだろうが、どうにか免許は許されておるしな。それよりもその兄から真剣勝負の極意を聞いたばかりで、それが儂の命を救うことになった」

「金太夫様は何と」

「兄はな、〈真剣勝負では、まず自分の身を守る場を確保せよ。しかるうえで相手の機先を制するにはどうすればよいか、切っ先は一寸でもその半分でもいい、それが顔のどこかか、手の指の二、三本か、首筋か、相手に届く間合いを先に瞬時に見極めることが肝要だ〉と実戦に即した対処を教えてくれた。それが頭を過ぎったのだ」

「そうでしたか。金太夫様のおっしゃるようになさったのですね」

「うむ、儂らの行く手が遮られた時、相手は五、六人いたが、一目でこいつらは烏合の衆とにらんだ。ならばやつらは、統制の取れた攻撃はできないだろうと見当がついた。そこで儂は、やつらと言い争う間に、まず馬から素早く己に有利な場所に飛び降りることを考え、社の杉に邪魔されて敵が一どきには斬りかかれぬ場所を見つけたのだ。そして最初に斬りかかってくるのは儂の右側にいた一人あるいは二人だろうと見越した。そこには邪魔な木がないからだ。その上で、まず最初に斬りかかって来る一人を倒すことに全力を傾けた。しかし、どう飛び降り、どう刀を振り回したのか、実は、儂はよくは覚えておらぬのだ。ただ、最初の一人を斬ったそのあとは、儂の思った通りに事が進んだ」

「よく瞬時にそこまで断じられました」

「必死だったので返って冷静に見られたのかも知れぬがな」

「それにしても、あやつらが烏合の衆とどこで見取ったのですか」

「それはな、連中の長短刀の差し方よ。無宿人やヤクザならば長短刀を腰から縦に落としぎみに差す。ところがさっきの連中の中には刀を背に回して差している者もおった。これは、挟箱や長槍を担ぐ時に多くの中間にみられる刀の差し方だ。それでこやつらは中間、それも譜代ではなく渡り中間だろうと見当がついた。まさか譜代の下僕ならばこうした刺客には仕立てないだろうからな」

「なるほど、渡り者なら金だけで雇われた一匹狼みたいなもの、まとまった動きには慣れておりませぬ」

「うん、そして最初の一人が斬られた時点で〈これは手強いぞ〉と恐れたろう。当初〈味方は多勢で相手は一人〉と見くびっておった分、恐怖の念も強かったはずだ。渡り中間ならば一年季で二、三両ほどの僅かな給金を目当てに集まったどこの馬の骨ともわからぬ手合。それにいくらかの銭を貰ったにせよ、己の命との損得を考えたはずだ。もちろん人を斬る大義なんぞ持ち合わせていない。だから儂の一喝に反抗するそぶりもみせず退却した。……ただ奴らがまとまって一斉に掛かって来たならば、儂はあたふたとこの場を逃げ出していたろうよ。さもなくば滅多斬りにあったやも知れぬ」

「天晴れです。はじめての真剣での立合でそこまで冷静に判断し、しかもご自身は傷一つ負わずに勝利を収められるとは。まさに真の侍ではありませぬか」

褒め言葉に照れている金右衛門に馬に乗るように勧めると、半造は続けた。

「ところで旦那様、先ほどの敵の中に見知っている顔がありました。取り囲まれた時は、薄暗いこともあって〈はてどこかで見た顔だ〉くらいにしかわからなかったのですが、旦那様の言われた〈渡り中間〉で思い出しました。まず間違いありませぬ」

「何と、半造の見知った顔だとな。して、その者は誰の郎党だ」

「はい、昨年の十月ころに旦那様の草履取りとしてお城にあがった折りに、金塚家の草履取りとして中間控の間におりました。慥か久助という渡り者で、主人の威光を傘に威張り散らして、中間仲間に嫌われておりました。当時は筆頭家老の職は空席でしたが、その日には金塚家の家宰落合甚左衛門様が殿様に呼ばれて臨時に登城したとかで、特に記憶に残っております」

「やはりな。金塚家の渡り中間であったか。思った通りだ」

「田村金右衛門様、横目付梶田様がお呼びでございます」

城中でいつものように公事方与力同士の評定を終えたところで、金右衛門が茶坊主にこう告げられたのは、襲撃を受けてから十日ほどが経った日のことであった。

〈はて、横目付殿に呼ばれる覚えはないが〉

と、不審の念を持ちながら金右衛門が呼ばれた広間に行くと、そこには横目付梶田木工左衛門の他、次席家老増田弥右衛門、勘定奉行甲斐孝三郎、地方奉行大石太兵衛ら、藩の重鎮一同が顔を揃えていた。

「公事方与力筆頭田村金右衛門、お呼びにより罷り越しました」

畏まって平伏する金右衛門に、梶田は厳かな口調で次のように申し渡した。

「公事方筆頭与力田村金右衛門、急なことだが、心して聞くがいい。昨日の藩の重臣の評定でお主を今春の殿の江戸出府の道中奉行に任じることが決定した」

「ええっ。拙者がですか。……しかし……、しかし今春の道中奉行は既に勘定方の吉村俊三郎殿に決定しているのではございませぬか」

金右衛門にとっては予想もできぬ、しかも寝耳に水の命令であった。

参勤交代は公儀つまり幕府によってどの大名にも課された義務であり、藩主は隔年毎に江戸と国許で過ごさねばならない。つまり、二年に一度は必ず国許から江戸への往還があるわけだから、〈いずれ、道中奉行を命じられることもあろう〉と、中堅以上の家臣ならば誰しもが思うことであった。金右衛門とてそれは例外ではなかったが、彼にとっては、藩の役職からも年齢からしても、それは〈まだまだ先のこと〉であったのである。

「うむ、お主のいうように、勘定方組頭の吉村俊三郎に命じてあり、既に準備に取りかかっておったが、吉村が急な病で寝込む始末となり、急遽、お主に代替を命じることになったのだ。お主なら公事方の筆頭与力として、殿の警備はいうまでもなく、他藩領の通行許可、本陣をはじめ旅籠など宿舎の確保、家格に見合った行列の手配、雇い中間や人足の雇傭など、参勤交代を無事にやり遂げるための手順や交渉には長じておろう。必要な権限を与える故、吉村の手控帳と前回の道中録を参考に、出発まであと二か月しかないが、吉村のやり残した分、全力を傾けて万全の準備を整えよ」

江戸に向けての出立まで残すところ二か月しかないこの時期に代替を命じられることは、前代未聞のことであった。

〈僅か二か月での準備は不可能に近い〉と、内心憤りもしたが、藩の命令は絶対である。当然、金右衛門もそれに従うしかなかった。であれば、

〈よおし、ならば見事にやり遂げてみせようぞ〉

と、持ち前の律儀さと負けん気で出立の準備に励んだ金右衛門であった。

が、

〈今回の道中奉行をめぐる沙汰には、いかにもとってつけたような危うさが初めから臭っている。この代替命令は、果たして儂が金塚家の渡り中間どもに襲われたことと無関係だろうか。どうも、

そうではない気がする。金塚派が儂の存在を懸念するために、自派の重臣に裏から手を回して一先ず儂を江戸に追いやろうと画策したのではないか〉

そうした疑念が脳裏から消える事はなかったのである。

六

細井金太夫は菅笠（すげがさ）、裁付袴（たつつけばかま）という外歩きの格好で入沢村にいた。

「久しぶりの遠出だ。馬も時には長く走らせぬと脚が弱ってしまうからな」

今朝方、比紗にそう言い残して馬を駆り、佐久原の城下から十里ほど南に下ったこの入沢村にやってきたのである。

入沢村を谷川が貫流して千曲川に注いでいる。延宝元年に行われた御普請の一箇所はこの村境にもかかっていた。

田圃（たんぼ）は一面濃い緑色に染まっている。時折りの風に吹かれると、稲の葉先は一斉に同じ方向に靡いて風に抗い、靡いた葉先は陽光を跳ね返して光のうねりを生み、その光のうねりが大海原の波のように緑の田圃に次々と伝わり、去り、そして再び生まれる。

「この稲が育って稔ることで我々武士も日々の食にありつけまする。農は国の基（もとい）なりと申しますすが、稔りをもたらすまでにはどのくらいの百姓衆の汗が必要か、御家の上席の方々に知って欲しいものです」

金太夫の隣に佇んでともに田圃を眺め回していた若侍が、手ぬぐいで顔や首筋を拭いながら誰に言うともなく呟いた。

この若侍、渡辺正次郎(しょうじろう)といった。御家から三〇俵二人扶持の禄米を与えられ、城下相生町に母光(みつ)と二人で住まっている。この禄米では下僕を雇うゆとりはなく、年老いた下女が通いで時々台所を手伝っていた。身長六尺三寸(約一九〇センチ)、体重は三五貫目(約一三一キロ)ほどもある巨漢だが、その大きく丸い顔には、似つかわしくない小さな目、団子鼻、おちょぼ口が中央に寄って配置されている。年齢は二二だ。

菅笠をかぶり、帯に二、三本の手ぬぐいを挟んだ股引(ももひき)、その上に袢纏(はんてん)を羽織った出で立ちで正次郎も馬でやってきた。しかし、金太夫のごとく颯爽とはいえない乗馬姿である。

日本古来の馬は体格はがっちりしているが、その体高は低く、現代的に言えば一四〇センチくらいしかない。巨体の正次郎が馬に跨がると、まるで大人が幼児用の玩具の馬に乗っているようにも見えるのである。しかし、見かけによらず、その栗毛の馬は太く短い足で正次郎の巨体をしっかり支え、土を跳ね上げ跳ね上げ、それなりに駈けてきたのである。

正次郎は内山道場での金太夫の後輩である。入門した当初から、師範代も務めていた金太夫の剣裁きに魅了され、勝手に金太夫の一番弟子と吹聴していた。金太夫もこの憎めない巨漢の後輩を特別に叱咤督励して鍛えていたが、いくら修業してもお世辞にも剣の腕前が上達したとはいえなかった。巨漢故に首や手足が自分の意図する通りには動かなかったのであろうか。

しかしこの若侍、巨漢に似合わず、心根は正直で優しく、誰に対しても分け隔てなく接したので、皆から好かれていた。そうした人の良い性格が禍して、藩の仕事も他の家臣が敬遠するような部門を押しつけられることが多かったが、それにも腐ることなく、よく務めに励んでいた。今は、地方（じかた）奉行配下の手代で、主な仕事は領内の村々の見回り、百姓たちに政（まつりごと）の令達をしたり、また、百姓たちの政についての要望を聞く事だった。武士身分を威張ることもなく、農民の立場で百姓衆と接する正次郎には、百姓たちも篤い信頼を寄せていた。しかし、金塚家と姻戚の地方奉行やその配下たちには疎（うと）んじられ、検見（けみ）や年貢収納などの重要な用向きは任せて貰えない、いわば閑職であった。

金右衛門が参勤交代の道中奉行として佐久原を発ってから二か月が経っていた。金右衛門が佐久原に帰還するのは来年延宝八年の五月頃になろう。その間の相棒にと、金太夫はその正次郎を見込んだ。とかくの噂のあった金塚数馬の、ひいては金塚家一統について、自分とともにその周辺を探索し穿鑿することを依頼したのである。

「六年前の堤川除御普請のお陰で今年も無事に収穫の時を迎えられまする。御普請の総元締であった岡野弥太郎様にはお礼の言葉もありませんが、お腹を召されたと後でうかがいました。本当に残念です」

入沢村の名主助右衛門は谷川の土手に立ち、白い飛沫を上げながら流れ下る川面を見ながらそう述懐した。

金太夫は金右衛門を伴い、助右衛門には昨年以来すでに三度会っていた。もちろん、数馬と弥太郎との諍いの原因が延宝元年の御普請に関わりがあると考え、それを探ろうと訪ねてきたのである。しかし、再三再四の懇請にも拘わらず、助右衛門や中込村の名主清八郎だけではなく一般の百姓たちにも、金太夫らはまともに対応してもらえなかった。百姓たちは一様に口が重かったのである。それが、長く武士階級に支配され、虐げられてきたという歴史のなかで培われた、百姓たちの武士に対する自衛の本能によることに金太夫は気づいていた。そのことも踏まえて金太夫は農民たちに接してきてはいたが、そうであってもなお、彼らの重い口を開かせることは難儀だったのである。

そこで金太夫の脳裏に浮かんだのが、この渡辺正次郎であった。

正次郎は金太夫を〈我が師〉と自認し、常日頃から務めである地方(じかた)廻りが終わると、

「食べて下され」

と、四季折々の野菜や西瓜・柿などの果物、千曲川の鮎や鯉などを金太夫の屋敷にたびたび届けてくれていた。聞けば、見廻り先の村々で百姓衆に貰ってきた物という。それだけ農民にも頼られ、好かれている証であろう。金太夫はそれを思い出したのである。

果たして、正次郎を起用したことはすぐに効果をもたらした。あれほど口の重かった百姓衆が正

次郎にはまるで身内にでも話すかのように、問いかけに気軽に答えてくれるようになったのである。

この入沢村の名主助右衛門についても、これまでは、金太夫らが会ったにせよ、けんもほろろにされ、決まりきった時候の挨拶に当たり障りのない受け応えという応対しかしてくれなかった人物である。

その助右衛門が正次郎の顔を見ると、まるで別人のように接してくれたのである。

「実は岡野弥太郎殿の切腹には幾分納得いかない点、よもや咎なくして切腹になったのではないか、という疑念がありましてな。そこで、こうして罷り越した次第」

金太夫がそう前置きをして、これまでの次第を詳しく説明すると、

「そうでしたか、岡野様は私ども村方の者にとっても大事な方でありました。その岡野様の名誉を回復することに役立つなら、知っていることはお話し申し上げましょう」

助右衛門はそう即応した。

岡野弥太郎が総元締を務めた延宝元年の谷川田子川堤川除急場御普請では、川底に積り重なった浅間山の噴石を取り除いて水深を確保して水流を増やし、増水時に水が直に当たる岸辺には菱牛（ひしうし）あるいは棚牛（たなうし）と呼ばれる小中仕立の仕掛、特に水の激しく当たる処には弁慶枠（べんけいわく）という大掛かりな仕掛がそれぞれ設置された。菱牛とは砂利の入った蛇籠（じゃかご）を三個ほど積み重ねてその周りに四本の丸木を打ち込んで築く水止めの小仕掛、棚牛は菱牛を二、三個合わせたような中仕掛である。弁慶枠とは一抱えもある石を箱形に沢山積み重ねてその四方を五〇本ほどの丸木で囲んだ大掛かりな仕掛であ

る。

「ここだけを見ても、当時の堤川除御普請がいかに大がかりに為されたのか、よく見てとれる。弥太郎殿のご苦労も推察できるというものだ」

「あそこをご覧じませ。岸辺近くで水流を弱めているのが弁慶枠や棚牛です。それに堤の上にはどこにも柳や孟宗竹が生い茂っております。おそらく堤の地中には根がしっかりと張っておることでしょう。これらの柳や孟宗竹も岡野様の命によって村方一同で植えました」

　助右衛門は村名主としての普請時の辛苦を思い浮かべたのか、あるいは岡野弥太郎の在りし日に想いを馳せたのか、目を細め、そして屡叩いた。

「この村に限らず、普請には百姓衆の負担も相当なものであったと聞いておるが」

「はい、谷川と田子川の決壊は六箇所でしたが、その周囲にも決壊の恐れがある箇所があり、それらを含めた川普請の恩恵を受ける各村々がそれぞれの箇所ごとに普請を割り当てられました。各村からは、国役としてその石高に応分の夫役人足を出し、丸木や竹材、砂利、縄、空俵なども石高相当数を拠出しました。芝塼という、これは激流に土を浚われないように土手の表面に敷き込む一種の瓦ですが、入会地からそれに適した土を掘り出して、それを捏ねて型にはめ焼成するのは、村方の女子衆や子どもたちの仕事でした」

「そうした割り当ては、普請が始まる前に通達されていないと円滑に普請が進まないと思うが」

「もちろん、それだけのことは短期間では無理です。しかし、御普請は寛文十二年十二月に開始するので、その前月三〇日までに準備を終えるよう、岡野様の作成した「御普請目論見帳（もくろみちょう）」に基づいた人足数や資材量の村割付状が工事開始の一年前に下達されておりまする。それに忠実に従って人足の予定を決め、資材を用意し、準備が整うと、岡野様に報告いたしました」

当時は、普請を行う場合、事前に、普請に必要な人員数、資材の種類とその数量、費用、かかる日数などを十分に吟味、計算して、目論見帳という事前計画案を作成するのが普通であった。そして、この目論見帳に基づいて、必要な人員、資材を普請までに用意することが、普請を効率よく短気にしかも完全に仕上げるためには必須であった。この点は今日の同種工事でも基本的には同じである。

金太夫は、弥太郎の几帳面な性格がそのまま反映されている御普請控の筆跡を思い出していた。

正次郎が話をつないだ。

「では、目論見帳通りに順調に準備が進んだと」

「いいえ、短期間では困難なことも多くありました。なかでも一番手間がかかったのは、弁慶枠に使う石の確保でした。この辺りは火山の噴石は多くありますが、噴石は軽くて小さく、防護枠内の石積みには適しませんので。それに適した石材がある山を切り開いて切出し場をつくるなど、難渋（なんじゅう）な作業でした。でも百姓衆は、〈これも我らがため〉と、労を惜しまず普請に従事してくれました」

助右衛門の話を頷いて聞いていた正次郎が、

「どの村でも普請の苦労話はよく聞いております。農閑期とはいえ、春の農耕開始までにやらねばならぬ仕事が山積しておりますから、百姓衆は。また、もっとも寒い時節でしたから、手足は凍傷で痛み、風邪で寝込む人も多かったかと」

と、小さな口を突き出してよく回る舌で補足した。名主さえ知らぬ普請の苦労話も見聞きしているようで、正次郎には名主などの村役人だけでなく、一般の本百姓たちも懐いているらしい。

「普請の人足はその員数など、どのような基準で決められたのか。それも岡野殿の指示によったのか」

金太夫がそう尋ねると、助右衛門は、

「人足は村高二石につき一人と決められていました。関係した村は全部で十九村で、石高が五〇〇石の村もあれば八〇石の村もありますが、比較的小高の村が多く、その村高の合計は約四二〇〇石になります。したがいまして、全村に割り当てられた人足は総計では二一〇〇人となります。この二一〇〇人全員が同じ日、同じ場所に夫役に出るのではなく、六箇所の修築箇所ごとに村々が割り当てられておりますので、普請場ごとに日にちを変えて出たわけです」

「谷川田子川の御普請は寛文十二年十二月から翌延宝元年三月までの四か月に亘って行われているが、もちろん、毎日普請があったのではなく、雨や雪による工事の中断、それに年越しや正月の祝い、人足たちの休息も時には必要であったはず。実際の延べ普請日数は一〇〇日間を超えることはなかったと思うが」

「ええ、およそ一〇〇日であったと思います。各村から六箇所の普請場ごとに五日ずつ、計二度夫役に従事したことになります」

「とすると、都合二一〇〇人が十日間、ということになるな」

「多少の出入りはありまするが、大方はそういうことになりましょう」

「藩が国役として行った御普請ではあるが、人足に出た百姓たちには賃銭は出たのか、多少なりとも」

「御普請の夫役に出た者には、一人一日当たり二〇文を駄賃としてお支払いいただきました。各普請場で五日間の夫役が終わった時点でその都度支払われました」

　金太夫は矢立から筆を取り出して持ってきた綴じ紙に書き留めると、再び聞いた。

「村で普請用に調達、供出した芝塼や竹材、丸木、筵などの諸資材は各村方から普請場まで運んだのか」

「芝塼、丸木、竹材などの資材もその数量が村高に応じて割り当てられ、随時、馬や牛の背に乗せて、大量の場合は牛車や大八車に積み込んで普請場まで運びました。その人足については賃銭はありませんでした」

「一軒前の本百姓家には農耕用に牛や馬が飼われておりますので、それが最も効率的な運搬方法なのです」

　正次郎が付け加えた。

　頷きながら金太夫がさらに聞いた。

「ところで丸木や竹材はどこから切り出したのか。また膨大な縄も入用と思うが、これも各村ごとに数量割り当てがなされたのか」

「藩の御用林と村の入会地から切り出しました。またその役目も各村から本百姓衆が人足としてそれに当たっております。この人足は自前で負担したものです。また、普請場に出向く人足数が確保できない場合は、村入用から費用を出して他村から雇い入れる日もありました。縄も各村に一〇〇丈（約三〇〇メートル）単位で十巻、二〇巻というように割り当てられ、これも主に女子衆の仕事でこなした次第です」

「なるほど、しかし、丸木や竹材などは総計すれば数万本にもなろう。その一本一本を岡野殿はどうやって勘定したのか」

「岡野様は几帳面な方で、あらかじめ丸木は十本毎、竹材は五〇本で一纏めに結ぶよう申しつかっておりました。しかも丸木は、長さ、太さが違う物が何種かあり、それぞれに結束したのです。蛇籠用の砂利も四斗詰めの俵に詰めて運び込むよう指示がありました。これらについては、村方からも総計の数量を書付にして持参しておりました」

「なるほど、そうすれば数量の確認も効率的になるということか。その確認も岡野殿の役目とすれば、岡野殿にとっては相当な激務であったろう。十九か村から資材種別に毎日のように搬入されてくることでもあるし……」

「ええ、岡野弥太郎様が総元締として受け付け、毎日、員数と数量を確認、それを御普請控帳に記載され、そして村宛には、これも日毎にまとめた人足の員数についての出役明細書や資材の数量についての請取明細書を出されましたが、岡野様お一人では六箇所の普請場すべてを管轄するのは不可能ですので、半分の三箇所、十か村については岡野様と同じ作事方与力の奥田様が副元締として務めておりました」

「むっ、今、今、奥田と申したか。それは奥田仁左衛門のことか」

「はい、左様です。岡野様の同僚の奥田仁左衛門様です。細井様にも御存じ寄りの方でしたか」

金太夫は逸る気持ちを殺して、

「とすると、その奥田殿の請け負っていた十か村についても毎日の人足員数と資材の数量が彼の御普請控帳に記載されているということになるが……」

と、つとめて平静さを装ってそれとなく呟いた。

だが胸の内では、〈弥太郎殿の控に記載洩れがあったのはそのためか。しかし、奥田仁左衛門の御普請控帳はもはや残ってはおるまい〉と、反芻するのだった。

すると、

「であれば、奥田殿の請け負った十か村にも、その日毎の請取明細書と出役明細書があるということになりますな」

金太夫がそのことに考え及ぶ前に、正次郎がそう呟いた。この正次郎、大きな体に反比例して頭の回転は早そうだ。

「ええ、これは臨時的とはいえ年貢と同じですから当然です。国役の夫役と物納を果たしたことの証で、支払われた人足賃の台帳でもあります。その一件書類は、以後の先例となり、また後世に先例を逸脱するような御普請が命じられた場合、それを拒絶する根拠ともなります。したがいまして、事前の村割付状に基づく請取明細書と出役明細書は村にとっては極めて重要な書類でありますから、各村の名主の元で厳重に保管されているはずです」

金太夫は、

〈そうだ、弥太郎殿の残した控と、その控には記載のない村については、その各村で保管されている請取明細書と出役明細書を全部調べ、それぞれの数値を合計すれば、この御普請の全容が掴めることになる〉

と、奥田仁左衛門の暗殺によって暗礁に乗り上げた弥太郎切腹の真相に迫る道筋に一筋の暁光が差してきたことに気づいた。

「しかし、このように几帳面に、それも百姓衆にも無理のないように大事な御普請をやり遂げて下さった岡野様が、どんな落ち度があったにせよ、切腹の憂き目にあったとは、残念でたまりません。本当に惜しい方を亡くしました」

助右衛門はそう言うと、再び俯いて両目をそっと拭った。

入沢村からの帰途、馬を並べている正次郎に金太夫はこう依頼した。

「すまんが、この御普請で奥田仁左衛門が担当した普請三箇所、十か村の名主をたずねて、普請時に出された各村の請取明細書と出役明細書を書き写してはくれぬか。先ほどの助右衛門の話にも出ていた中込村や原村などの十か村だ。奥田はこの控を所持していただろうが、奥田が処分したか、あるいは火事で焼けたか、おそらくもうこの世には存在しないだろう。しかし、お主の今後の働きでその内容は知ることができるというもの。もちろん、弥太郎殿と金塚数馬の諍いに関する調査であることは表に出さず、百姓衆には、今後の教訓、範例にするためと言ってな。村を訪ね廻っても、地方奉行配下のお主なら金塚家の連中にも怪しまれることはあるまい。それにお主は百姓たちにも信頼されており、好かれてもいるようだから、武士に対しては口の固い百姓衆も心を割って話してくれよう」

「はい、承知いたしました。しかし、十もの村々を廻らねばなりませんし、百姓衆はこれから田の草取りや施肥、虫追い、ついで稲刈、脱穀と農作業が続きますし、特にここ二か月は田の水が切れぬよう、毎朝の見回りも重要です。また七月には、罪穢（つみけがれ）を祓う夏祭りや祖先供養の盂蘭盆会（うらぼんえ）など大事な行事もあります。百姓衆は一年で最も大事な時期を迎えることになりますので、しばらく日時がかかると思いますが、それでよろしいですか」

「うむ、今日明日という訳にもいくまい。日数がかかるのはやむを得ん。舎弟の田村金右衛門がおれば、お主も少しは楽できようが、生憎（あいにく）、参勤交代で江戸出府を命じられておる。それに百姓衆は金右衛門にも容易には心を開いてくれぬ。結局はお主に頼るしかないのだ」

「はい、わかりました。金右衛門様にも身分や役所を超えて日頃からお世話になっておりました。帰国するまでと言わず、少しでもお力になれるようズク出して頑張ります」

「宜しく頼む。おう、もう日が暮れるなあ。急ごうか、正次郎」

暮れなずみ、次第に黄緑色や深緑色を失い始めた山並みを見上げて金太夫はそう言うと、鹿毛色の馬に鞭をくれた。

七

「安川権之進様の奥方世津様でございましょうか」

と、世津を訪ねてきた一人の旅の僧があった。世津には見知らぬ顔であった。

延宝五年の正月、細井金太夫の助けを得て、世津は娘江津ともども金塚家一統の追及を避けて下諏訪に逃れきて、金太夫の妻比紗の実家である和田平次郎の許に身を寄せた。そして下諏訪城下に和田家の譜代若党の実家を借りて、そこで江津と暮らすようになった。ちょうど若党の実家が空家になっていたし、もちろん和田家の世話によるものである。

和田家に身を寄せた当初は、

〈権之進様はいずこにおはすのか、無事に過ごされているのか、金塚家の追撃を受けねばいいが〉と、我が身の行く末よりも夫権之進の身の上が気懸かりで、和田家の照が用意してくれる食事にも手がつけられなかった。

そうして日に日に痩せ細っていく世津の身を案じたのは、ほかならぬ江津であった。

江津は、

「おはは上様、江津は残さずにちゃんと食べますから、おはは上様もこれだけは残さずお食べ下さい」

と、自分で椀に飯をよそおって、泣き崩れている世津の身に寄り添うのだった。

それはそれまで江津自身がいつも母世津に諭されてきた日常の一齣でもあった。その健気な江津の存在そのものが次第に世津の支えになっていった。

〈なにか生活の方便（たずき）を〉

いつまでも和田家の世話になっている訳にはいかない、それに江津を悲しませる訳にもいかない。〈自分がしっかりしなくては〉と、世津が始めたのは、和歌、それも古今の女流歌人の詠んだ和歌を元にした教授であった。少女の時代から長く師匠について学んできた和歌については多少の自負も、培ってきた知識もあった。

こうして細々とほんの数人から始まった世津の和歌の教授であったが、世津自身に備わった、たおやかな風格と穏やかな語り口、そして何よりもその教えの深さが評判を呼ぶようになり、次第に武家や豊かな商家の子女が大勢通ってくるようになった。権之進のことを忘れることは決してなかったが、この歌塾は世津の生き甲斐にもなっていった。

次第に生気を取り戻した世津が歌を講じている間、不思議なことに江津も席の一番後ろに座って静かに聴講しているのだった。講義の内容を理解しているとは思えぬが、そのあどけない姿は皆を童心に誘い、座を和ませ、また新しい生徒を呼び寄せるという効果をもたらした。

和歌の教授で得られる束脩（そくしゅう）や謝金は決して高額ではなかったが、母子二人が食べていくには十分な額だった。そこで世津は、和田家のそれまでの恩を謝して援助を辞退するとともに、町方に小さな一軒家を借りた。まだ不安はあったが、〈いつまでも和田家に頼るわけにはいかない〉と、新しい自活の道を選んだのである。

こうした折り、世津を旅の僧侶が訪ね来たのである。

それは、世津が下諏訪城下の町家に移ってから一年半ほどが経った延宝七年（一六七九）五月のある日であった。

「拙僧は安蓮と申します。安川権之進様のご依頼を受け、罷り越しました」

その僧は怪訝な顔つきの世津に向かってこう告げた。

〈えっ〉

世津は言葉を発し得なかった。安蓮とかいうその僧の言うことが咄嗟には理解できなかったのである。

「ええっ、今何と、何と申されました。権之進様の依頼とおっしゃいましたか」

驚き、冷静さを失った世津であったが、次第に落ち着いて我を取り戻すと、

〈もしや旦那様のことをご存じか〉

と期待した。しかしすぐに、

〈はて、このお坊さんは私のここの居所をなぜ知っているのだろう〉

と、この数年の悍（おぞ）ましい体験で身についた慎重さから、次は訝った。

するとその旅僧は、

「突然に驚かれたでしょうが、拙僧は旅先の駿河国藤枝で出会った安川権之進様のお頼みで佐久原城下に細井金太夫様をお訪ねして経緯をうかがい、また金太夫様の紹介状を持って下諏訪藩勘定奉行の和田様のお屋敷を訪ね、こちらをお教えいただきました」

と、僧侶らしく静かにそう告げた。

「何と、本当に権之進様の依頼ですと。では、……では、権之進様は健在にお過ごしか、今どちらにおはすのですか、金塚家の討手は」

世津は、安蓮の次の言葉を待つのももどかしげに矢継ぎ早に質問を重ねた。

無理のないことであった。権之進が佐久原を逐電してから二年と四月（よつき）、その所在はおろか、生存しているか否かも知れなかったのであるから。

「権之進様は難なく他領に逃げ失せ、ご無事にてお過ごしでした。今日で藤枝でお目にかかってから一年ほどが経っていますが、おそらく今も追手には気づかれてはいますまい」

「して、して権之進様は駿河の何処に」

「奥方様、落ち着かれませ。大事なことです。まず拙僧の言うことに耳を傾けてお聞きなされ」

「これは失礼いたしました。私としたことが取り乱しました。お許し下さい」

「無理もございませぬが、安川権之進様の伝言、しかとお伝えいたしますゆえ」

安蓮はそこで一息ついて話を続けた。

「安川様には昨年の四月に藤枝宿の木賃宿にて偶然お会いいたしました。若党の中野与助という方もご一緒におられました。安川様は、僧であることのみを以て拙僧を信頼され、伝言を依頼なさったのです。信をいただいた拙僧もそれに信をもってお応えしようと、ここに訪ねてまいりました。ただ、拙僧も修行中の身、修行を重ねながらの毎日で、お訪ねするのが今日になってしまいました。その点は事情をご推察いただきご寛容下さい」

「そうでしたか。わざわざのご足労、ありがとうございます。して、権之進は何とご伝言を」

世津は逸る気持ちを抑えて再びそう尋ねた。すでに平常心を取り戻していた。

「はい、お目にかかった時、安川様はこう申しておられました。あなた様を細井金太夫様に託したこと、それは与助から聞いているが、拙僧が今こうしてあなた様の無事なお姿にお目通りできているることで、あなた様の身柄を細井様に託したことは間違いではなかった、その証であると。安川様はそこまで細井金太夫様に信をおかれておられました。そして、この先自分がどこに落ち延びようと、あなた様は自立の方途を見出し、娘江津様も立派にお育てになるとも信じておられました。ただ、ご自身のこととしては、敵として狙われている身には落ち着く余裕(ゆとり)はなく、その日の食扶持(くいぶち)を稼ぐことを何よりも優先し、ねぐらを求めて各地を彷徨する毎日であると。しかし、若党与助と巡り会うことができ、日々ともにあることは何かにつけて大変心強いとも言っておられました」

「その日の食にも事欠くとは、何とお気の毒な……」

「いいえ、安川様はそうした窮乏の日々をお過ごしながらもご自身の生きる希望は決して失ってはおられませぬ。そしてご伝言の結びで〈儂のことは案ずるな、其方(そなた)は何としても生きよ。いつか会える日もあろう〉と、かえってあなた様の身を案じておられます」

「なんというお志、ご自身の明日も知れぬ境遇というに。でも、与助が同道している由、その点は安心ですが……。せめて日々の食料だけでも事欠くことがなければ」

世津の言葉は湿りがちになった。

「おははは上様、泣いてはいけません。江津は……江津は泣きませぬ。それでお坊様、ひげのおちち上様は今どこにおはすの」

いつの間にやら江津が二人の会話を聞いていた。母の心を敏感に感じ取れる子であった。

「今、どちらにおはすのか……。残念ですが、それは拙僧にもわからないのです。お嬢様」

安蓮は腰をかがめて江津を覗き込むようにして答え、改めて世津を見て続けた。

「先ほど申し上げましたように、拙僧が駿河藤枝で安川様に巡り会ってから既に一年余、その間も安川様は日々流浪の身、一所に安住することはありますまい。それに拙僧もまだ未熟で廻国修行の若輩者であれば、この後、いつ安川様に巡り会えるのか……もちろん会えることがあれば今日のことはお伝えいたしましょう」

「ありがとうございます。よろしくお願いいたします」

「そうだ、もう一つ、忘れるところだった。安川様が日頃、非常時には持ち出すように奥方様に言っておられた、先祖伝来の家宝の短刀と兄君様の遺された書付ですが、その行方を気にかけておられましたが」

「はい、短刀は私が肌身につけて持っており、書付は細井金太夫様にお託しいたしました」

「左様でしたか。それを聞けば安川様も安堵されましょう」

安蓮はそこまで言うと、

「これから江戸、そして安房国小湊（こみなと）、下総国中山、相模国の鎌倉へと廻り、京へと戻る予定です」

と、別れを告げたのだった。

世津は、それから心落ち着いた日々を過ごすことができるようになった。見も知らぬ遠き異国で逢うことはできぬまでも、権之進が慥かに息災で過ごしていると思うだけで、また、いずれ殿様のご勘気も解けて権之進ともども佐久原へ帰れる日もくるであろうとの淡い期待さえ芽生え、気持ちのうえで安心できたのである。

安蓮が去って五か月が過ぎた。

下諏訪の湖には雁や白鳥などの冬鳥が飛来していた。無数の鳥がその疲れた羽を波間に休めている。

そんな十月のある昼下がり、

「世津様。お久し振りです」

世津の町家に顔を見せたのは、比紗であった。

「これは、なんと……お比紗様、……細井金太夫様の奥方様ではありませぬか」

「お元気そうでなによりです。里に来たのでどんなご様子かと」

比紗が下諏訪の実家を訪ねたのは、二年前の正月に細井家に匿っていた世津母子のために道中手形を得ようと帰省して以来のことであった。

「あの節は本当にお世話になりました。急なことで気が動顛したまま十分に御礼もせずにお暇してしまいました。申し訳なく存じております」

世津は、改まって深々と頭を垂れてお詫びと御礼を申し述べた。

「突然に恐縮です。どうしてもご様子を知りたくてお伺いした次第です。世津様も息災にお過ごしのようですね」

「ありがとうございます。お陰様で。こちらに来てからも御姉上の照様にはご面倒をおかけするばかり、本当に細井家、そして和田家の方々のお陰で母子共々何とか命永らえておりまする。感謝しかございません」

世津は再び腰を折ってお礼を述べた。そして、

「あれ、そこに、そこにおはすのは小太郎様ですか」

と、比紗の後ろで畏まっている小太郎に気づき、微笑みかけた。

「はい、小太郎です。奥方様、お久し振りです」

はにかみながら比紗の前に姿を見せた小太郎であったが、その容姿からは幼児の面影はすっかり失われ、瑞々しい少年の趣さえも呈している。

「ほんにお久し振りですね。小太郎様もずいぶん成長なされましたね。慥か七歳におなりですね」

「はい、私も七歳になりました」

幾分緊張した口調で小太郎の答えが返ってくる。まだ結ってから日が浅いのであろう、若衆髷の前髪が少し短いが、きりりとした少年武者ぶりである。

その小太郎の顔を満足げに覗きながら比紗が言った。

「世津様が我が家から下諏訪に移られてすぐに五歳の袴着の祝をしましたが、まだまだ子どもでした。それで、七歳になった今年、髪も伸び揃いましたので、里を訪ねるのをよい機会に初めて髷を結ったんです。本人はまだ少し照れくさそうですがね」

「そうでしたか、小太郎様、おめでとうございます」

そう言って世津が頭を傾げると、小太郎も少し改まった風に頭を下げ、

「ありがとうございます。お目にかかれて嬉しゅうございます」

と、口ごもりながら答えた。

「あら、なんとしっかりとしたご挨拶、もう子どもではありませんね」

「いえ、いえ、口ぶりは大人びてはいても、まだまだ私には甘えてくるほんの子どもにすぎませんわ」

自慢の子であった。比紗はそれを気取られないように、

「オホッホォ、オホッホー」

と小さく嬉しそうに笑みを返した。

「ところで、……江津様のお姿がありませんが、どちらに。小太郎も私同様に常々江津様のことを気にかけているようで、それで里帰りに伴ってきたのですよ」

「それはありがとうございます。江津も健やかに、今家(うち)の中におります。ともあれ、立ち話では……どうぞ、むさ苦しい所ですが、お上がり下さい。世を忍ぶ身、何もございませぬが、粗茶の一杯なりともお召し上がり下さいませ」

世津は手にしていた庭箒を仕舞うと、比紗母子を家に招き入れた。

比紗が通された六畳ほどの座敷からは、諏訪の湖(うみ)がすぐ真下に見えた。

江津は座敷の隣の間で天神机に向かって座り、世津が書いて与えたのであろう「いろは歌」を手

本に手習いの真っ最中であったが、座敷から聞こえる声に聞き覚えがあったのか、小さな右手に大きすぎる筆を持ったまま、襖を開けて、顔を覗かせた。その額には墨跡が薄く筋を描いている。

江津は比紗の前にぎこちなく正座すると、

「おはは上様、ようこそ。江津です」

と、世津によく似たくりくりした目を輝かせて挨拶をした。

「あら、江津様。しばらく見ないうちにずいぶんと大きく、賢くなられて。幼い身にはいろいろありすぎ、その小さなお心をさぞ痛めたでしょうに。……安心いたしましたわ。もう五歳ですね。さぞ権之進様もお会いしたいでしょうねえ」

比紗は思わず目頭を熱くした。

「ええ、江津もひげのちち上様ともう一人のちち上様にお会いしたいと。口癖のように……幼い心で願い続けているようです」

そう言うと、世津は諏訪の湖面からの照り返しを避ける仕草をして涙を隠し、江津を抱き寄せた。

「ところで世津様、安蓮という若いお坊様が世津様をお訪ねしませんでしたか」

と、世津の悲しげな様子を見た比紗が話題を変えた。

「ええ、五か月ほど前に。金太夫様にお聞きして和田様をお訪ねして私どものこの町家にお出でになりました。それで権之進が佐久原を無事に落ち延び、駿河、遠江、伊豆の辺りで居所は定まらぬまでも息災に過ごしている由、うかがいまして一安心しております」

「そうでしたか、その安蓮殿は四月の終わりころに私どもの屋敷にお見えになり、自ら名乗り、権之進様のご依頼ということで、世津様の居所をお聞きになりました。最初は見知らぬ旅僧ですし、金太夫も教えるのを躊躇(ためら)ったのですが、安蓮殿が〈これを安川権之進様の若党中野与助様からお返しするように〉と金太夫に印籠を差し出したのです。それで金太夫も疑いなく、一筆認めましてそれを持って〈下諏訪の和田家を訪ねるよう〉にと。でも安蓮様は、権之進様が駿河辺りで息災にお過ごしであるということ以外は何一つ言わなかったそうです。おそらくそれは権之進様のご意向であろうと金太夫は申しておりました」

「印籠は金太夫様が与助にお預けしたもので……」

「ええ、世津様を我が屋敷でお匿いする際に、金太夫が〈自分の証〉ということで与助殿に預けたものです。それにその与助殿ですが、金太夫が指示にて、彼の母御紀代様は我が細井家がお預かりし、離れの母上加津の身の回りのお世話などを手伝うてもろうておりまする」

「私の知らないところで重ね重ねお世話をおかけしていたんですね。ありがとうございます」

「いえいえ、金太夫がお約束したこと、自分の言ったことを守るのは武士として当然です。それに、権之進様が他国で無事に命をつないでいることを知って、金太夫は本当に喜んでおりました」

そういうと、比紗は諏訪の湖から視線を世津の顔に向けて頷いた。その顔はほころんでいる。

「権之進は地味な性格で、言うことも行うことも派手ではありませぬが、芯は強く、大抵の苦労も厭いません。地を這ってでも生き永らえることでしょう。おそらく私どもにその所在を明かすと、かえって私の心労がいや増すことを懸念しているのでしょう。その意を汲んで私も江津もしっかりと根を張って生きていかねばと、改めて心を固めています」

「世津様もお強いですね。それで私も安心いたしました。今日お訪ねした甲斐がありました。今日のことは金太夫にもお伝えしておきましょう。これで懸念なく佐久原に戻れます」

「一縷の望みとしか思えませんが、いつか、権之進も私たちも佐久原に帰れる日が来ることを願っています。果たしてその日が来るのか……わかりませぬが」

「ええ、諦めてはなりません。必ずその日は来ますよ」

この言葉、それを比紗は気休めに口にしたのではなかった。ここ二、三年、夫金太夫と義弟金右衛門の二人が、金塚家がそれまでに直接関わった藩政の疑惑について関係者を訪ね歩き、また、度々深夜まで行燈の油が切れるまで書付を調べていること、またその二人が金塚家の指矩と思われる刺客にも襲われたことなど、権之進の行く末を左右するようなできごとが続いていることを知っていた。そのことを世津に告げたい気持ちは山々であったが、比紗は堪えた。まだ、その証がなかったし、告げて世津にぬか喜びさせては、かえって世津の明日が覚束なかろうと、世津の気性を危惧したからである。

「ありがとうございます。私もそう信じております。ところで比紗様、私は比紗様とはこれまで僅か四日、今日も含めてたった四日しかお目にかかってはいませんが、なぜか旧来の、いえ幼友達であったかのような懐かしい気がいたします。不思議な気持ちです」

「ええ、実は私もそうなのですよ。私も世津様を身内のように感じております。そこにある諏訪大社下社秋宮様のお引き合わせでしょうかね。私はほんの幼い時分からよくお参りにきていましたのよ」

「そうでしたか、私はまだ一度しかお参りしておりません。近いうちにまた参詣いたしましょうほどに」

「それがよろしくてよ」

「ところで比紗様、諏訪大社下社の春宮のすぐお側に珍しい御仏様があるのをご存じですか。先日、江津とお散歩の際に偶然通りかかり、夫の無事を祈念いたしました」

「ええ、私も二、三度お参りしたことがあります。阿弥陀如来像でそのお体は半球状の大きな自然石に浮き彫りされているでしょう。その座石の周囲は六間もあるそうで、その上に二尺を超える大きさで独特な表情のお顔が直に据えられていますよね」

「何か、由緒がありそうですね」

「二〇年程前の万治年間に造立された御仏です。何でも下社の春宮に建てる大鳥居を造ろうと、石工が付近にあった石に鑿を打ち込んだところ、その石が血を流したそうです。それで中断したらその夜にお告げがあり、別の石のありかを教えてくれて、無事に大鳥居を造ることができたそうです。そのお礼にはじめの石に阿弥陀如来像を刻んだと、言い伝えられています。私はまだ子どもでしたが、不思議な話として今も記憶に残っているんです」

「そうでしたか。慥かに不思議な言い伝えですね。広い信州、まだまだ知らないことが一杯あるんですね」

比紗の話に世津が驚き感心して聞き入ると、比紗はさらに目を輝かせて話に興じた。その口調は軽く朗らかである。

「信濃はね、南北に長い大きな国ですよね。でも、善光寺のある長野や上田・小諸・佐久原などの北側、東側と、松本・諏訪・飯田などの西側、南側とに中央に聳える高い山々で遮られていて、その所為(せい)かどうか、両側で人々の気質が違うような気がしますよ。ただ〈ズク出せ〉といって、何事にもくじけずに精出す根性が備わっているのは信州人に共通していますけどね」

「そうですか、比紗様はどちらの側でも生活されてきたから、おわかりになるんですね。私はまだこの下諏訪での暮らしが短いのでそこまではわかりません。でも〈ズク出せ〉は佐久原でも下諏訪でもたまに使っていますが」

「雪の多い北側、東側の信州人はあまり感情を表に出さない内向的性格、西側、南側の地方はどちらかと言えば開放的な性格のような気がします。だから私と世津様は相持つ気性が異なるがために馴染み易いのでは、と思ったりします。でも私の夫金太夫は東側の佐久原生まれですが、明らかに南側の性向ですね。不思議なことですが」

「そう言われれば、私の夫権之進は典型的な北型、東型ということで間違いないですわ」

「金太夫が南側の気質をもっているのは、今日あることを知っていた神様がそのように仕向けて下さったのかもしれませんね。私たちと同じように権之進様と相反する性向に。だから金太夫と権之進様の肝胆相照らす仲なのは宿命なのかも知れませんわ」

　この比紗の説明に、〈あながち嘘ではない〉と思い至って、思わず二人は顔を見合わせて、笑い転げた。二人にとっては本当に久しぶりの心緩む一時であった。

〈このお方なら〉

　世津は金太夫の伴侶として〈自分は比紗様には叶うまい〉と、安堵するのであった。

　すぐ下に臨まれる諏訪の湖は穏やかであった。さざ波が高い秋の陽光を跳ね返して小さな光の波となり、それが次々に打ち寄せてくる。その湖面には鴨たちがその身を波に委ねて揺蕩（たゆた）っている。岸辺近くには丸太と孟宗竹を湖底に突き刺して組んだ台に取り付けた二間四方もある大きな四手網がいくつも連なって設置され、その台上の小屋では老漁師が公魚（わかさぎ）や鯉、鰻などの魚が網に入り込むのを終日（ひねもす）のんびりと待っている。いかにも諏訪湖らしい光景である。

「あれ、江津はどこに、小太郎様もいない」

　女同士打ち解け合った話が一区切りついたとき、世津が気づいた。

　ついさきほど、母たちの話に食傷気味とみえた江津が小太郎を誘って裏庭に出て行き、樹上に小太郎を登らせて下から何やら指図していた。二人は赤く色づいた柿の実取りに興じていたのである。

大人びているとはいえ、まだ七歳、五歳の童である。

それがいない。

「あれ、ここにもいない」

世津は慌てて立ち上がって隣の部屋の襖を開け、大きな声を立てた。

すると、

「世津様、世津様、あそこをご覧じませ」

世津とともに慌てて立ち上がって部屋の障子を開けた比紗が世津に呼びかけた。落ち着いた声である。

比紗の指さす濡れ縁の隅に、江津と小太郎はいた。

二人は互いに頭を寄せ合い、八の字になって寝入っている。

「あれまぁ、実の兄妹のようですね」

「ほんに……でも、つい今しがた大人になったと世津様に褒めていただいたのに、何と小太郎のだらしないこと」

「いいえ、いいえ、比紗様、小太郎様の右手を見て下さいな。江津が縁から転がり落ちぬようしっかりと肩口を支えてくれてるじゃあありませんか」

横を向いた江津の左手もしっかりと小太郎の袖口を握っている。軽い寝息を立てている江津の薄紅色の頬に稚児髷のほつれ毛が風に揺られていた。

比紗がこの時期に実家に戻ったのは、義兄の和田平次郎が藩公の命で九月から下諏訪藩の大坂蔵屋敷に出向いて長期不在であったので、姉照の無聊を慰めるとともに、長く患いの床につく父の丹左衛門を見舞うためにであった。もちろん世津母子に会うこともその目的の一つである。

比紗は、世津の所在や近況については姉照からの時折りの便りで知ってはいた。したがってわざわざ世津母子を訪ねる要はなかったのであるが、金太夫の心底を慮(おもんばか)って、直に世津に逢いに来たのである。もちろんそれだけではない。あの可愛らしい江津の今が比紗にも気懸かりであったことも理由である。

滅多に口には出さないが、金太夫は権之進の、いやそれ以上に世津母子の行く末に深い憂慮を寄せていた。その懊悩を知るが故の比紗の下諏訪訪問でもあった。

世津を訪ねて、

〈世津様なれば……、我が夫金太夫様がそっと秘めてきた女人(ひと)、それが世津様ならば許せる〉

と、比紗は心からそう思うのだった。

そして、金太夫には強がりを言って否定してきたが、比紗が世津に対して心の中で感じていた小さな刺、それは嫉妬でも悋気でもなかったことに改めて比紗は気付き、安堵するに至ったのだった。

比紗が佐久原の屋敷に戻ったのはそれから四日経ってからだった。その僅かな日々で夫金太夫がより頼もしく、より可愛くもなったように見える比紗であった。

第三章　上意

一

筆頭家老金塚家の疑惑をめぐる細井金太夫の穿鑿の舞台が村方へと移り、その主な活動が地方奉行配下の手代渡辺正次郎へと託されてから、一年が過ぎた。

しかし、当初正次郎が予測したように、その穿鑿は日々農事に勤しむ百姓衆の都合を優先して行うしかなく、未だ終わったという正次郎の報告はきていなかった。

昨年四月から参勤交代で江戸出府中の田村金右衛門は、例年より一月(ひとつき)程遅れると連絡してきて間もなく帰藩するはずであったが、まだその知らせは来ていなかった。

そうした延宝八年(一六八〇)六月十二日、金太夫は勤番であった。

「即刻、我が屋敷に来られたし」

と、横目付梶田木工左衛門からの呼び出しが来たのは、金太夫がお城勤めを終えて下城し、屋敷に戻り着いて間もなくだった。

家臣の非違を監査・検察し主君に報告する横目付は、同等位の役職よりもその権限故に少し上位におかれていた。当然、旗奉行の金太夫にしてもその呼び出しを無視するわけにはいかない。

その頃から篠突(しのつ)くような雨が落ちてきていた。このところ夕方になると決まって雨が降った。

梶田の屋敷の門をくぐった金太夫の簑や菅笠からは雨が滴り落ち、小袖の袖口や袴の裾もグッショリと濡れていた。差してきた唐傘もまったく役立たなかった。梶田家の下僕に出してもらった手ぬぐいで衣服を拭くだけで、身支度を調える十分な暇も与えられず、金太夫はすぐに座敷へと案内された。

「細井金太夫、お召しにより罷り越しました」

「雨中、ご苦労でござった。早速に恐れ入るが、これをご覧じろ」

梶田は、金太夫の挨拶が終わるのを待ちかねてそう言うと、一通の書付を差し出した。

「これは……御公儀よりの令達、公儀が御当家に何用でござるか」

上下を折り畳んで封をされた封書には、宛名書きに「信州佐久原領松下越中守家中」とあり、その下に記された差出人は「勘定奉行大岡備前守清重」、日付は「延宝庚申八年六月五日」となっている。

「ともかく目を通されよ」

「何と……何とこれは」

手渡された書付を一瞥（いちべつ）した金太夫は言葉に詰まった。

「うむ、御公儀勘定奉行から当家宛に届けられた幕府韮山（にらやま）代官所の検分書の写しだ。先年、公儀へ届け出た金塚勝之丞殿の仇討免状に照会し、六月六日に当家江戸藩邸に通達されてきたものだ。殿はちょうど帰藩の直前でこれをご覧になり、早飛脚に託され、当藩庁には一昨日に届いた」

金太夫は改めて食い入るように書付に目を通すと、それを折り畳んで膝の前に置き、真っ直ぐに梶田を見て言った。

「これには金塚勝之丞殿が先月の十六日に豆州で返り討ちにあったと」

「しかり、勝之丞殿は〈父の敵〉と名乗って立ち合ったそうだが、〈返り討ちにあった〉とある」

「相手の者については、これには何も記載はありませぬ」

「立合の現場は伊豆国加茂郡の山間にある湯ヶ野村の外れ、左胸を一太刀で突き抜かれて首筋に止めを受けており、畑の脇の草藪に頭を突っ込んだ体様で見つかった。背に負っていた武者修業袋にあった仇討免状で勝之丞殿と身許が知れた。じゃが、討手については何も記されておらぬ」

「名乗って立ち合った、とありますが、立合を見た者がいたんでしょうか」

「うむ、この御公儀の書付には添状があり、それには近在の百姓がこの立合の現場近くにおり、決着がついたあと死体を発見した。既に討手の姿は見当たらなかったという。その百姓がすぐに湯ヶ野村名主を通じて韮山代官所に届け出たとある。湯ヶ野村は天領に付き、現場に出張った韮山代官所の手代が名主に聞き込んだところ、名主に届け出たその百姓が、現場は見ておらぬが、〈父の敵〉と名乗った声を耳にしたと話しており、それで、勝之丞殿は仇討ちに臨んだが、安川権之進の返り討ちにあったと判明したらしい」

金太夫の脳裏には、鋭い踏み込みで突きを入れる内山道場での権之進の姿が浮かんでいた。

激しかった雨音はいつの間にか聞こえなくなっている。

「〈返り討ち〉という以上、勝之丞殿は権之進に後れを取ったことになりますが」

しばらくの沈黙の後、金太夫が口を開いた。

「実はな、この幕府の通達が当家江戸藩邸から佐久原の御家に回送された三日前に、勝之丞殿の供をしておった若党篠浦九郎次と中間野村用助という二人の金塚家の郎党が帰藩して、金塚家を通じて横目付に顛末書を届け出てきた。それによると、勝之丞殿らは、去る五月十日に東海道島田宿で豆州に権之進が潜んでおるという手がかりを得たという。そこで、東海道から下田街道を辿って南に向かい、途中で三方向に別れて探索することにして、もし誰かが途中で権之進に遭遇しても知らぬ振りをしてやり過ごし、十八日に下田にて落ち合ってから今度は三人でとって返して勝負を挑もうと約していたという。ところが、下田街道をとった勝之丞殿が約束の日限を四日過ぎても下田に姿をみせなかったと。それで二人は、〈主人勝之丞様に何事か出来したに違いない〉と、下田街道を逆に辿って道々勝之丞殿の消息を尋ね歩いたが、判明せず、天城峠を越えて韮山代官所を訪ね、手代から湯ヶ野村において主人勝之丞殿が討ち果たされたと聞き及んだ。そこで再度湯ヶ野村に戻り、名主に事情を聞いて勝之丞殿の仮埋葬地と血のついた着衣を確認して、急遽帰藩、勝之丞殿が返り討ちにあった経緯と、権之進が潜んでいるとして伊豆の各地を探索すべき旨を藩庁に奏上してきたのだ」

「豆州に権之進が潜んでいたと……やはり勝之丞殿は権之進に返り討ちに」

「うむ、しかし、この仇討免状を与えた勝之丞殿が返り討ちにあったことは当家にとっては恥の上塗りだ。江戸にあった殿もことのほかご立腹。〈このうえは是が非でも権之進を討たねばならぬ〉と、次席家老増田殿を通じて拙者にそう下命された。また、当主を欠いた金塚家では、急遽、数馬殿の奥方邦様の陸奥白河にある実家坂内(ばんない)一族から当年十四歳の甥慎之助殿を養子に迎える手はずを整え、慎之助殿への家督相続を殿に願い出られた。信頼篤き金塚家のこと、殿は帰藩されれば直ちにこれをお許しになるであろう。ただし、筆頭家老の役職は暫時空席となろう」

そこまで言うと、梶田は大きく息を吸い、そして吐き出す息に言葉を乗せた。

「そこでだ、金太夫殿、貴殿を夜半急遽招いた訳はそこにある。貴殿も考え及んでおろうが、このうえは内山道場で権之進と双璧と言われたお主に、貴殿にしかこの役目を果たせる者は当家にはおらぬ」

梶田は襟をしごいて衣服を整え、膝を改めると、威儀を正して厳かに言った。

「上意につき言葉を改めまする」

そして続けた。

「細井金太夫、上意である。逆臣、安川権之進を討て」

「えっ、拙者が……」

「上意」と聞いて平伏した金太夫が大きく肩を上下させて、吐き、吸う、その言葉のない荒い息遣いだけが広い座敷の空気を動かしている。

金太夫が畳に着けていたその顔を上げて元のように端座した後も、身に刺さるような静寂はそのままに続いている。


俄に外の庭石を叩く雨音が再び激しくなった。


それを機に金太夫がようやく重い口を開いた。

「しかし、……梶田殿。……金塚家には政(まつりごと)を私(わたくし)しておるなどのよからぬ噂が絶えませぬ。お耳にも届いておるとは存じますが。勝之丞殿が返り討ちにあったとはいえ、その金塚家の名誉を守るための上意討ちとは、多くの家臣にとっては素直に肯んじ難い措置ではないでしょうか」

この金太夫の言い分は決して簡単に口に出せるものではなかった。


金塚家は佐久原藩主松下家譜代の家臣ではなかった。先々代藩主頼義のころ領内に流れ込んできた金塚数右衛門は、その出自も不分明な一浪人であったが、ある時、

「御領内を見聞したところ、領内を流れる千曲川には多くの支流があるが、その流れは人の手によって制御されていず、自然のままである。ついては領民に農閑期の稼ぎにそれらの支流を開削させて用水路を整備させてはいかが。それをうまく利用すれば田圃が水不足に陥る恐れは少なくなるし、

さらに、新田を開発して石高を稼ぐこともできよう。また、その用水路で鯉を飼育させて飢饉に備えさせるとともに戦時の非常食とする。さらに河岸など、水田にできぬ荒れ地には桑の木が多く自生しておる。そこで百姓に蚕を飼わせて糸を紡がせ、それを畑年貢の代替として納めさせ、大坂蔵屋敷で専売すれば藩の財源にもなる」

と奏上した。

これが、時の勘定奉行の眼に止まり、その推挙で、数右衛門は元和四年（一六一八）、二五歳の時に三〇俵ほどで藩の扶持に与るようになった。その後、持ち前の経済感覚をもって藩財政の倹約と新たな財源を見つけ出して、時の藩主頼義の信頼を得ていった。そして、寛永十年（一六三三）、頼義が死去すると跡を継いだ先代頼定によって、四〇歳で筆頭家老職に任じられ、二〇〇〇石の知行地を拝領するまでになった。いわば出世頭である。しかし、藩の石高は無限ではない。金塚家に分封された二〇〇〇石は、譜代の家臣知行地から割り裂いたり召し上げたりして用立てられたもので、当然、譜代家臣の顰蹙も買うことになった。

この当時は、武辺こそが侍の本分であるとし、他領からの侵攻に備えるための構えを築き、武具を揃え、武芸に秀でた家臣をより多く育成することでお家は安泰すると考えている武士がまだ多かった。したがって成り上がって立身出世を遂げた金塚家には、知行地を召し上げられた譜代家臣の嫉妬に加えて、「刀の代わりに算盤を腰にさす新参者」と、軽蔑や嘲りの目も向けられていた。

このように数右衛門の異例な立身出世を妬む家臣も多かったが、一方では藩財政の確立に果たした数右衛門の手腕を高く評価する向きもあって、数右衛門はその双方に気遣いしてうまく立ちまわった。万治元年（一六五八）、六五歳で家督を三九歳の嫡男数馬に譲って隠居したのちも、時折藩主頼定に呼び出されては登城し、政の相談にのったり、茶飲み話に興じたりしていた。公式な職ではないが、いわば参与の役目を果たしていたのである。こうした参与としての立場は、万治三年に頼定が卒し、当時三一歳の頼忠が藩主になったあとも、登城の回数が減っただけで、基本的には同じであった。

　ところが、金塚家二代目の数馬は、家督を譲られる前から父の補佐を受け、城中に家老職の見習いとして詰めていたが、父の才覚や器量を学ぶことはなかった。筆頭家老職を継いだ後も、父から受け継いだその権威と身分を殊更に鼻にかけるばかりで、家臣の評判は頗（すこぶ）る芳しくなかった。さらに、城下の口入屋で両替商も営む美濃屋（みのや）四郎兵衛の娘清を金塚家の養女に迎えたうえで藩公頼忠の側室に入れたが、美貌との評判が高かったその側室清の方が頼忠の寵愛を一身に受けるようになると、数馬の尊大さと権柄さはいっそう増した。加えて数馬には、家臣からも領内の村方や町方からも「強制的に賂（まいない）を無心された」などの黒い噂が絶えなかったのである。

　金太夫が湿りのない舌でやっと言葉をつないで横目付梶田に申し述べたのは、そうした金塚家にまつわる悪評についてであった。それは、取りも直さず、上意討ちに対する金太夫の否定的な考えの表明でもあった。そのうえ、今、ここで金太夫が対面している横目付の梶田も、数馬の権威権力にすり寄ってその地位を得た金塚派の一員であることは家臣間では疑いようのない事実であった。

「うむ、……そのことは……、筆頭家老の数馬殿に種々の噂があることは、拙者も知らぬ所ではないが、そのことと今回のことは無縁であろう。また、参与としてまだ殿に信頼されておる数右衛門殿に疎まれるようなことをせぬほうが、貴殿にとっても望ましいことではあるまいか」

「……」

「いいか、金太夫殿、これは殿のご命令である。上意なのだ。言うまでもないことであるが、逆らうことは許されぬ。逆らえば貴殿といえども逆臣の烙印を押されかねぬぞ」

梶田はさらに繰り返した。その言葉の端々には恫喝の意図さえ匂っている。

「はぁ、お言葉は十分にわかっておりまするが……それに勝之丞様を討ったという権之進の姿を見た者は誰一人もおりませぬ」

さらに金太夫がそう抗弁すると、梶田は、その細長い顔を紅潮させて、

「慥かに誰も権之進を見てはおらぬが、勝之丞殿が〈父の敵〉と呼ぶのは権之進以外にはおらぬ。数馬殿の風評について危惧する貴殿の言い分もわからぬわけではない。しかしな、これは殿のご意志なのだ。儂は、殿のご意志を代弁しているに過ぎないのだ。それをよく考えてみられよ。……これで対面を終わりにする。よろしいかな、細井金太夫殿」

と告げたうえで、その丁寧な言い回しとは裏腹に、強い命令口調で言い放った。

「これは上意なのだ。いいか上意であるぞ」

金塚勝之丞は敵討ちの悲願を達成する事もなく、旅先で最期を迎えることになったが、今、金太夫が命じられた上意討ちも、逃げ回る相手の所在を日本国六九州といえども探し回らねばならぬ、敵討ちと名目だけしか違わない過酷な旅であった。ましてそれが気のすすまない意に反する旅であったとしても、主君の命令は絶対であった。

金太夫も意を決した。

二

上意討ちの命を受けてから五日後、細井金太夫は支度を整えると旅路に発ち、佐久甲州道へと向かった。上意討ちの相手が安川権之進とあって供は連れず一人である。

千曲川上流沿いを流れに逆らって小海、海尻へと抜け、甲州道中の韮崎宿に出る。そこから同道中を下って笹子峠を越え大月に着くと、鎌倉往還道に入り、谷村、上吉田、須走（すばしり）、御殿場、佐野を経て東海道沼津宿を目指す。さらに、沼津から東海道を東に下り、三島宿を経て伊豆国に向かうという算段である。

伊豆国は、知れる限りでは権之進の最後の消息が伝えられた地である。

甲州道中の韮崎を過ぎる辺りまで来ると、甲府の城下越し南西方向に霊峰富士の雄大な姿が望まれるようになる。富士を前方に見ながら甲府城下を過ぎると、山道になって富士は視界から消えるが、大月から先の脇街道では険しい道の山間から右先方に富士が周辺の山々を睥睨（へいげい）して聳（そび）え立っているのが、再三再四見えてくる。

その気高い姿で古来から霊山として崇められてきた富士の壮大な山容を目に留めても、金太夫には特別の感慨はなかった。かつて京の遊学を終えた時、上洛した折の中山道ではなく、わざわざ東海道と駿州往還を辿り、佐久原に帰藩したことがあったが、その際に東海道の各宿から仰ぎ見た富士の高貴さは、今の金太夫には感じられなかった。自分の行く手を遮る巨大な壁に思えたのである。乗り越えた壁の前にはまた次の壁が立ちはだかり、何度乗り越えても限りなく前途を塞ぐ大きな壁。それは権之進であり、主君頼忠であり、金塚家の壁でもあった。

藩公の命令に従えば、家臣としての忠義は貫けるが、朋友の信と命を奪い、あるいは自分の命さえ奪われることになりかねない。また、筋目正しき武門には侮蔑の対象でもある金塚家を助勢することにもなる。逆に朋友への信を保てば、主君への裏切りとなり、不忠者の誹（そし）りは免れない。そうなれば比紗も小太郎も連座の咎を被ることになろう。

〈儂にどうしろと言うんだ〉

聳え立つ富士に向かって金太夫は立ち尽くし、心に叫び続けた。

その金太夫の四囲に樹つ木々からは油蟬がそのけたたましい鳴き声を地面に突き刺していた。

両側に熊笹の生い茂る山深い道が次第に緩やかになり、人家や畑なども点在する山村や里村に至ると、道の法面（のりめん）を覆い尽くす叢のあちこちに笹百合が思い思いに場所を定めて隠れ咲いていた。三尺ほどの丈で、茎の先端には薄桜色の、先端に向かって大きくなる細長い花が控えめに六枚の花弁を広げ、黄緑色の葉もか細い。

その楚々とした控えめな立ち姿は、あの日の世津を、桜の花の下で見送ってくれた十七歳の世津を金太夫に思い起こさせた。

〈世津は下諏訪で恙（つつが）なく暮らしているであろうか。江津も元気だろうか〉

あの憂いと悲しみを秘めた世津の白く透き通った顔、そしてあのあどけない笑顔の江津。今、二人はどんな思いで日々を過ごしているのであろう。それを思うと金太夫はいたたまれなかった。痛いほど想いは募るが、しかし、不思議と世津に逢いたいという思いは湧いてこなかった。甲州道中の韮崎に着いた時も〈ここから下諏訪までは十四、五里、夜に昼をついで歩けば一日足らずで辿り着けよう〉と思いはしたが、〈行こう〉という気持ちにはなれなかった。その理由はわからなかったが、世津の面影にはいつも権之進の姿が重なっていた。

〈世津も儂にとっては壁なのだろうか〉

佐久原を発って以来、野に伏せ、小さな祠に身を休め、幾分かの銭を払って農家の納屋を仮の宿として雨露を凌ぎ、その間、糒（ほしいい）と谷川の水で腹を満たし、百姓衆から譲ってもらった瓜や胡瓜で喉を潤して、金太夫は七日をかけて沼津宿に辿り着いた。

沼津の旅籠で久しぶりに風呂を浴びて旅の垢を落とし、炊いた米の旨さを改めて実感した金太夫は、体を休める暇もなく、翌朝早くに宿を発つと三島宿を抜けて、伊豆の韮山代官所へと足を向けた。金塚勝之丞が伊豆国加茂郡湯ヶ野村にて返り討ちになった一件についての記録を確かめるのが目的である。

韮山代官所の手代は、藩命による上意討ちのためであるとする金太夫の求めに快く応じて、一件についての綴りを出してくれた。それは藩に通達された幕府の文書と大差なかったが、添えられた湯ヶ野村名主の届出書によって、名主の名や勝之丞の遺体のあった場所などのより詳細な情報も得ることができた。

韮山から湯ヶ野村までは下田街道をおよそ九里、一日で十分に歩き通せる距離であるが、金太夫には二日半の道程であった。難所天城峠を越える山道ということだけではない。金太夫の足が進まなかったからである。

権之進の足跡を辿ることは権之進の消息を知ることになる。その分、権之進との距離が縮まっていくことにもなるというのが、気も足もすすまない理由であったが、さらに〈権之進を討たねばならぬ、だが、討ちたくはない〉という、その相反する思いが金太夫の足に重く絡みついていたためでもあった。

「ここが勝之丞の討たれた場所か」

金太夫は、湯ヶ野村の畑脇に佇んでいた。勝之丞が頭から突っ込んで、その屍を晒していたという草藪には、夏の盛り、名も知らぬ草々が絡み合い、天に向かってその緑の丈を凌ぎ合っていた。

代官所の手代の話では、勝之丞には心の臓を貫く傷に加えて、首筋に止めを受けた傷もあったという。叢に顔を突っ込んで目を剥(む)いて倒れていて、髻(もとどり)の切れた頭髪が血で顔に貼り付いており、遺体の周囲の青草は大量の血で赤黒く染まっていた。検分した代官所の手代は、そのように幕府に報告し、そのまま佐久原藩に通達された。

無論、そうした痕跡は、もうまったく残ってはいなかった。

〈権之進よ、なぜお主はここに来たのか。そして何処に行ったのだ〉

立合の現場で金太夫が想いを馳せたのは、討たれた勝之丞ではなく、討った方の権之進であった。

〈なんという巡り合わせだ、なんという不条理だ〉

金太夫は己の境遇を呪った。立合で敵と相見(あいまみ)えるのではない、今己が立ち合わねばならぬのは、言葉のいらない朋友、そして若き日から己の胸底に密かに思慕の炎を燃やし続けてきた女人の、その亭主ではないか。その巡ってくる非業の輪廻……その運命を、天の悪戯(いたずら)を恨まずにおれなかったのである。

〈討ちたくはない、討たれたくもない〉

それが己の正直な気持ちである。

だが、その思いは直ぐに相反する理念に打ち消される。

〈しかし、武士たるものは、やはり……〉

中天は過ぎたが、まだ強い夏の太陽の深紅の光陰に己の身を曝しながら、心の奥に知らず知らずの内に燃え立ってくるのは、疑いもなく武士としての気概であった……その存在にも金太夫は気づかねばならなかった。

〈儂は武士だ。侍ではないか。武士ならば主君の命は絶対でなければならぬ〉

武士という男がこの世に存在する最も大きな理由は、主君への忠節である。武士たる者にとっては、何よりも主君への忠節が優先されねばならないことは身や心の隅々にまで染みついている。それを疑う余地はまったくない。いや、疑うことさえも想像できないのが当時の武士の在り方であった。家臣の勤めであり、存在価値でもあった。それは金太夫にとって、いや武士にとっての永遠不変の命題であった。

腰に帯びた大刀の柄に手を添えると、金太夫は揺れ惑う己が決意を〈儂も武士〉と侍の本分に引き戻し、改めて主君への忠義を確かめるのだった。

〈この地を踏むことは二度とあるまい〉

勝之丞の死体が発見されたという現場で、金太夫は手を合わせると「南無阿弥陀仏」と念仏を称えて、一礼した。

〈死者に対する尊崇の念に敵味方はない。それがこの国の慣いだ〉

そう心に念じたのである。

閉じた目を開け、踵（きびす）を返して一歩を踏み出そうとした時であった。

「もしや、お武家様」

「ン……」

周囲に人がいるとは思ってもいなかった。

不意の声がけに驚いた金太夫が声の方に振り向くと、数間ほど離れた畑道から一人の老農夫がこちらを見ている。畑仕事を終え、家路を急ごうとしていたのか、鍬を担ぎ、手には竹籠を持っている。その竹籠には収穫した茄子（なす）と胡瓜が覗いていた。

「えっ……拙者に何か用か」

訝しげに問い返す金太夫に、その老農夫は恐る恐る口を開いた。

「お武家様……お武家様はもしかしたら、この前ここで斬られなさったお侍さんのお身内の方ですか」

「いや、身内ではないが、同じ家中だ」

「ならば、お節介かも知らねえですが、その亡くなったお侍の倒れていたのは、そこじゃねえですだ。そちらの大きな柿の木の根元ですだ」

と二間ほど先を指さした。

「おっ、そうだったのか、それはかたじけない。礼を申す。じゃが、なぜそのように親切に」

「お武家様が亡くなられた方へ手を合わせ念仏を称えているお姿を見て、感じ入りましたのでな」

　金太夫は教えてもらった柿の根元で改めて合掌すると、農夫に尋ねた。

「ところで、そなたはなぜ遺体のあった場所を知っているのか、立合を見ておったのか」

「いえ、いえ、滅相もありませぬ。とても立合を見るなんて怖ぇことはできません。あの日、四〇日前のあの日……今日と同じようにその上の畑で草取りをしておりましただ。すると突然、〈父の敵〉と言う大きな声がしましたので、藪の隙間から覗いたんです。そしたら、畑の下のこの小路で二人のお侍が刀を抜いて睨み合っておりました。この目で真剣勝負なんて見たこともねぇ、俺ぁ恐ろしくなって、そのまま慌てて畑の脇の藪に逃げ込み、そこに眼を瞑ってしゃがみ込んでおりましただ」

　老農夫はその時の恐怖を思い出したのか、身震いし、担いでいた鍬を降ろして地面に立てると、左手の掌で柄頭をグッと握りしめた。

　金太夫は公儀の令達にあった、立合で〈父の敵〉という叫びを聞いたと報告した近在の百姓がこの労農夫であることを問い糺して確認すると、次のように聞いた。

「それじゃあ、二人の侍の顔はよくは見ておらぬのか」

「へぇ、ただ背の高い侍と旅姿のお侍ぇとしか……、お顔を見る余裕も勇気もありませんでした」

「二人の言い争いは聞かなかったのか」

「ええ、〈父の敵〉という声だけですだ。ただ、直ぐ後で〈人違いだ〉という低く小さな声も聞いたような気がしますが、俺ぁは怖くて後ろに身を隠すのに精一杯で……慥かではありません。覚えておるのはそれだけですだ。最初の声もその主がどちらなのか、それもわかりませぬ。……どのくらい経ったか、足音も人声もまったくしなくなりましたので、恐る恐る下の路を覗いてみましたら、その柿の根元に旅姿のお侍が突っ伏しており、胸や首の辺りは真っ赤な血で染まっておりましただ。それを見て一目散に名主様の家に駆け込みました」

「そうだったか。ところで、名主に届けたあとで代官所の役人に何か聞かれたかと思うが、役人にはどのように話したのだ」

「へぇ、俺ぁは名主様に届け出ただけです。お役人には会いとうもないので、あとは名主様にお任せしました。代官所のお役人と関わり合うとあれこれ聞かれ、しばらくは野良仕事もできませぬ。それに、いつも威張りくさって……俺ぁお役人が一番嫌いですじゃあ」

老農夫は何度も左右に首を振って、そう言い捨てた。その口調は厳しかった。

「それで、斬られた侍の遺体はどうなったのだ」

「その次の日、怖くて畑に来るのもいやだったんですが、雑草は待ってはくれません。それで恐る恐る畑に来たんですが、その時はもう遺体はありませんでした。でもまだその柿の木の下草にはどす黒い血がこびりついておりました。後で名主様に聞くと、〈大騒ぎになるのは面倒〉と、名主様と代官所のお役人だけで立合のあったその日のうちにどこぞのお寺の墓地に埋葬したと。何という寺かも知りません。俺ぁにはその後のことは知らせてもらっておりませんでな。もっとも聞く気もございませんがね」

老農夫は柿の木に眼をやった。

そして、

「お武家様、今日のこともお代官所にはご内聞に願いますだ。煩わしいことはご免被りたく」

と、眉をひそめて小さく言った。

「相わかった。その通りにしよう。心配無用だ」

金太夫の言に、老農夫は礼でもするかのように深く頷くと、鍬を再び肩に担いで背を向けて歩み始めた。老農夫には似合わない早足であった。

〈あの農夫の言うことは公儀の通達と相違がない。ただ、通達にはなかった「人違いだ」という声については慥かでなかったので、名主には言わなかったのであろう。しかし、それが本当だとすれば、権之進は何故「人違いだ」と言ったのだろうか。勝之丞は人相書に頼ったにせよ、権之進とは面識はあるまい。それで権之進は嘘をついて立合から逃れようとしたのだろうか。それにしても権之進がそのような姑息なことをするだろうか、追手に遭遇しないために嘘をつくことはあるかも知れぬが、いざとなれば、彼奴(あやつ)は堂々と立ち合うのではなかろうか。そして、何故勝之丞は一人で斬り結んだのか。権之進を見つけたならば、その場はやり過ごして、下田で落ち合った供と三人合力して立ち合うとしていたのではなかったか〉

いくつか腑に落ちない点はあったものの、金太夫は現場を訪ねたことに満足した。権之進が「人違いだ」と言ったという新しい情報を得られたこと、また、少なくとも権之進の足跡を確かめられたと。

〈もはや権之進はこの豆州にはおるまい。一旦三島に戻るか〉

金太夫は草鞋の紐を結び直すと、もと来た下田街道へとつながる脇道に歩を進めた。

〈ん、この香りは〉

三町ほど歩んだところで、金太夫の鼻腔は強い花の香に満たされた。

山百合である。路傍の畑の畔から小川に続く土手に乱れ咲いている。伸びきった雑草より頭一つ抜きん出て、一茎にいくつもの大きな花を重ね咲かせ、強い香りを撒き散らしていた。黄色の筋と赤い斑点をもつ白い六枚の花弁に橙色の雄蘂（おしべ）が五本という派手な花姿。笹百合が陰ならば、この山百合は間違いなく陽である。照り残る夏の日差しを真っ向から受けて立ち上がり、己の存在を周囲に知らしめるかのように白く大きな花を風に委ねて揺らしている。

山百合のその強い香が金太夫は好きだった。

〈比紗、お前に会いたい〉

山百合の香りのなかで、金太夫は比紗を思い出していた。この山百合のように、他に比べれば高く細いその背の如く、自己主張も強いが、我を張ることはなく、そして〈賢く健気で強い心と優しい気持ちを合わせ持つ妻である〉と改めて思うのだった。

あの日、「権之進を討て」との上意討ちの命が告げられた六月十二日の夜、金太夫は，横目付梶田木左衛門の屋敷から帰宅するとすぐに、比紗を座敷に呼んで、そのことを告げた。雨に打たれてまだ乾ききらない金太夫の小袖や袴からは湯気が立ち上っていた。紅潮しひずんだ金太夫の顔にはその苦衷の深さが皺になって刻まれていた。

金太夫は己の考えや感情を一切捨てて、「安川権之進に対する上意討ちを命じられた」と、比紗には淡々と告げただけであった。

三年半前、家臣としての立場を敢えて捨て、一家一族、家門の存続さえもかけて武士の一分で護り通した朋権之進への信、その妻子世津、江津の行く末。それが、なんという運命の悪戯か、今度はその朋の命と信を、そして助けたその妻子の行く末を、「金太夫、お主が奪え」という、無情な主命。比紗を、いや金太夫自身もさえ納得させる理、それを言い表す言葉なんぞあろうはずがなかったからである。

金太夫から上意討ちの沙汰を聞いた比紗はただ頷くことしかできなかった。いや、相手が権之進故に苦しみ喘ぐ夫金太夫の苦悩を見かねて、その苦衷を一瞬でも和らげる言の葉を探したのだが、何かしゃべろうとすると、得体の知れない大きな獣に体を押さえ込まれているような錯覚に襲われて、また淑（しと）やかで気丈夫な世津、あどけない江津の顔が頭に浮かび、声一つ出せなかったのである。

できれば、「上意討ちのお相手が安川権之進様でなければと存じますが、それを私が云々することは差し控えまする。ただご無事で」と一言、旅立つ夫に持たせたかったが、それもとうとう果たせずに翌朝を迎えたのだった。

金太夫は山の端に沈もうとする太陽を追いかけるように歩を速めた。ともかく権之進は探さねばならない。僧安蓮は権之進と駿河で会ったと世津に告げたというし、権之進も落ち延びる際、若党に「西国に」と言い残したという。金太夫はまず三島に戻り、それから東海道を西に向かうことにした。

湯ヶ野から下田街道で一里ほどの距離にある梨本村の神社の前で、金太夫は思わず足を留めた。神社下の河津川の水面は岸辺に生い茂る樹木によって覆い隠されているが、その樹木の至る処から、カナ、カナ、カナ、カナ、カナ……

カナ、カナ、カナ、カナ、カナ……

と、無数の蜩（ひぐらし）が暗くなり始めた周辺の空気を振るわし、川音も打ち消して鳴き競っていたのである。

金太夫はその蜩の哀調のある鳴き声に、またも比紗とのことを思い出していた。婚姻が決まって比紗の下諏訪の実家を訪ね、比紗を伴ったその帰り途、泊まることになった中山道長久保宿の旅籠での夕暮れ時、宿の傍らを流れる五十鈴川の河畔から夥（おびただ）しい蜩の鳴き声が沸き起こり、二人きりの旅籠の一室を満たしていたことを。

その夜に二人は初めて結ばれた。


上意討ちのために佐久原城下を出立するその日早朝、比紗は金太夫の寝間に自ら忍んできた。それは、あの日、世津と江津が細井家を秘かに抜け出て下諏訪に向かったあの日の夜と同じであった。金太夫の布団に滑り込んできた比紗の肢体は白くひんやりと冷たかった。そして比紗は、あの日と同様に金太夫を求めた。激しくあえぎ、燃やした愉悦の声が閨から漏れ、荒く吸い熱く吐く息がやがておさまったあとも、薄紅色に染まった背を金太夫に向けたまま比紗はその両肩を小刻みに揺らして、そこに、金太夫の傍らにいた。そしていつの間にか、比紗は愉悦の涙を悲しみの涙に変えていた。

「生きて、生きてお戻り下さりませ。私の許に必ず……必ず」

その一時の後、比紗は玄関の框（かまち）に端然と正座して金太夫を見送った。

「ご武運をお祈りいたします」

頷いて比紗に会釈して表に踏み出す金太夫の背に、カチッと火打石を叩き合わす音が響いた。

三

細井金太夫は京にいた。伊豆の湯ヶ野を出てから一年が経っている。

江戸時代、多くの藩が朝廷のある京にその藩邸を置いていた。朝廷には政治的な実権はなかったものの古来からの尊崇性と有職(ゆうそく)的な面において無二の存在であった。例えば年号については、その実質的な制定権は幕府が握っていたが、その発布に至る典礼は朝廷において行っていた。また、いわゆる一般の武家官位は幕府の権限であったが、上級武士には朝廷自らが官位を授けていた。武家官位とは、「忠臣蔵」を例にすれば、浅野内匠頭長矩(たくみのかみながのり)、吉良上野介義央(こうずけのすけよしなか)、大石内蔵助良雄(くらのすけよしお)の、それぞれ内匠頭、上野介、内蔵助がそれにあたり、起原は古代律令制下の官位制度である。各大名家はその伝統的な朝廷の権威や尊崇に浴する願いもあって、京に屋敷を構えていたのである。

京の佐久原藩邸は、洛中の禁裏(きんり)のすぐ北、今出川通沿いにある。金太夫はその藩邸を訪ねていた。それまでの安川権之進上意討ち探索の経過報告をし、また路銀を受け取るためであった。

「ご苦労でござった。安川権之進に巡り会ったという報告は為されていない由、聞いておりまするが、その行方に何か手掛かりは掴め申したのであろうか」

引見してくれた藩邸の一室で京奉行安藤雄之祐は言った。羽織袴で正座して出迎えてはくれたものの慇懃無礼な口調だった。金太夫と同じ奉行職でありながら、どうも京詰めの身分は特別と思っているらしい。

「いや、未だ手掛かりは掴めておりませぬ。金塚勝之丞様が討たれた伊豆の山中から三島を経て東海道を西に上り、昨日上洛した次第。その途次、駿河、遠江、三河、尾張、近江と各国の宿駅を中心にその国内を隈なく探索し申したが、その行方はとんとわかりませぬ」

「うーん、この都の藩邸にも権之進らしき者を見かけたという知らせも噂さえも聞こえてこぬ。もしかすると、きやつめ、上方ではなく江戸に下ったのやも知れぬなあ」

「拙者も同様に覚えまする。今度は東海道を逆に下って江戸まで足を伸ばそうと愚考しております」

「それもよろしかろう。果てのない旅路だが、心して行かれよ。武運をお祈り申す」

自分の職務に直接関わらない、いわんや出世にはまったく無関係の仕事には関心も義務感も持たないのが役人の常である。その典型ともいえるこの京奉行安藤は、狸面の口を手で覆って出かかる欠伸に堪えながら、金太夫の目前に金子を音を立てて置き、「当面の路銀でござる」と投げやりな口調で言うと、そそくさと立ち上がった。丸い顔に合わせたように足の短い体躯であった。

「かたじけのうござる」

安藤雄之祐の背に礼の言葉を投げかけて、金太夫は藩邸を辞した。

まだまだ先の見えない旅路への不安も頭をよぎったが、

〈権之進、貴様を探さねばならぬが、見つからずにいてくれたほうがいい〉

と、すぐに自分でもその二律背反する悩みに陥った。この悩みは謂わばいつものことであった。

京は金太夫にとっては、遊学を終えて帰藩した寛文十二年（一六七二）から九年ぶりのことであった。懐かしさ以外これといったはっきりとした行き先はなかったが、藩邸を出て、かつて馴染んだ地を廻って歩くうち、金太夫はいつしか北野天満宮に行き当たっていた。

金太夫は、寛文十年に遊学のために上洛したが、その一年後に世津の嫁入りを知った。世津の嫁入り先が朋輩の安川権之進であることにはどこかに納得する部分があったものの、世津の嫁入りそのものに心が折れ、以後、洛中の三条大橋、五条大橋辺りの遊楽の地を彷徨しては酒に溺れる日々を過ごすようになっていった。

そうしたある日、いつものように酔いに任せて辿り着いた先にあったのが、この北野天満宮であった。酔い潰れて眠り込み、翌朝寒さに目覚めたが、その時、目の前にあった権現造りの本殿と拝殿の荘厳さに心を奪われ、

〈自分は何のためにこの京洛の地にいるのか〉

と、己の弱さを嘆き、自省し、以後は学問に精励したのであった。

金太夫はその時の若き自分に立ち返ると、
〈あの時を以て儂は儂になった。改めてお礼申します〉

そう念じて拝殿に向かうと頭を下げた。

ピピィーピュウー

ピピィーピュウー、ルリルリッ

と、突然、拝礼し瞑目する金太夫の頭上で鳥の声が響き渡った。

小燕だった。拝殿の軒下の窪みに作られた土の巣の中に五、六羽の小燕が黄色い嘴を突き出して、親に餌をもらおうと激しくさえずっている。

「おう、もうそんな季節か」

小さく笑みを返した金太夫は、それを機に境内を出ると、西大路通へと足を向けた。

しばらく南に歩いて東に進むと、東照宮家康の造営した二条城に辿り着くが、金太夫はそのことを意識したわけではなかった。何となく足が向いたに過ぎない。金太夫の頭の中は権之進のことで一杯であったのである。

〈権之進、今お主は何処だ。江戸にいるのか〉

そう思いながら金太夫が三町ほども歩いたところだった。

「南無妙法蓮華経……」

「南無妙法蓮華経……」

「南無妙法蓮華経……」

　と、唱えながら、

ドン、ドン、ドン
ドン、ドン、ドン

　と団扇太鼓を打ち鳴らし打ち鳴らし歩いていく十数人の集団とすれちがった。皆、南無妙法蓮華経の髭題目が書かれた白無垢の経帷子に手甲に脚絆、菅笠という旅姿である。

〈この付近に法華宗寺院があるのだろうか〉

　けたたましい太鼓の音と唱題の声が自分の側を通り過ぎたとき、

「あっ」

　突然、金太夫は大きな叫び声を上げげた。といっても、それは自分にだけしか聞こえなかったのかも知れない。

〈二年前の春、儂の屋敷に来たあの廻国修行の僧、慥か安蓮と名乗ったが、あの僧は振分け荷物に一枚の団扇太鼓をくくりつけてあった。そうだったのか、あの安蓮は法華宗の僧だったのか〉

安蓮は旅姿ではあったが、経帷子ではなく墨染の僧衣だったので、気づかなかったのだ。
〈権之進のことについては何も言わなかったが、安蓮が権之進と駿河で出会ったのは安蓮自身が廻国修行に出向いた駿河の寺院と何か関係があったのかも知れない。とすれば、法華宗寺院を尋ね行けば、あの安蓮の噂を聞けるかも知れぬし、あるいは権之進の消息を掴むことができるかも知れぬ〉

もとより他にこれといった当てのない旅。以後金太夫は、法華宗寺院を手づるに東海道を江戸に向けて下り、権之進の行方を捜すことにした。また、安蓮と巡り会うことを望んだ。しかし、法華宗に限るといってもその寺院をすべて訪問することは、相当の日数を要し、効率的ではなかった。

そこで、
「ご住職、この周辺には法華宗寺院が数多くありますが、旅僧や旅人に宿坊を提供できるほどの規模を持つお寺は他にもございますでしょうか」

そのように一定程度の規模をもつ法華宗寺院にしぼって訪ね行くこととし、権之進あるいは安蓮の消息を探ってきた。

しかし、京を発ち、近江、伊勢、美濃、尾張、三河と過ぎても、一片の情報さえ得ることはできなかった。それでも金太夫は大きく落胆することはなかった。というのも、金太夫は京の藩邸で奉行安藤雄之祐と面談した時から、
〈権之進は、駿河か遠江のいずれかに身を潜めているのではないか〉

と、直感ではあるが、推測を強くしていたのである。

金太夫は、

〈権之進は西国方面と言い残して佐久原から逃れた。その後、駿河で安蓮と逢っているが、金塚勝之丞を豆州湯ヶ野で返り討ちにしている。そうしたことから特に豆州には再度足を運ぶことはないだろうし、京の藩邸には噂さえも伝わっていないことから尾張以西にも潜んでいる可能性は低い。加えて箱根の関所を越える危険は自ら犯さないだろう〉

と、判断したのである。

そうした推測は金太夫自身に確信があったわけでは決してない。いわば希望的観測であった。

ところが、その推測が的中したのである。

金太夫は、遠江で例のようにいくつかの法華宗寺院を訪ねたが成果は得られず、気を取り直して駿河に入って三日目、半ば諦めながら府中の正蓮寺という法華宗寺院に至った時、廻国中の修行僧安蓮に巡り会ったのである。

天和元年（一六八一）十二月のことであった。

「もしや御坊は安蓮殿では」

金太夫はそう呼びかけた。その僧は正蓮寺の宿坊から何処かに出立しようと、まさに菅笠を被ろうとするところであった。金太夫にはおぼろげながらその面影に覚えがあった。

「ええ、拙僧は安蓮ですが、……ああ、貴方様はもしかすると佐久原藩の細井金太夫様ではございませんか」

両者ともに一度きりの出会いであったが、その出会いの重さから記憶に留めていたのであろう。被ろうとしていた菅笠を手を戻して、安蓮は驚きの声でそう答えた。

「よくぞ覚えておいて下さった。その細井金太夫でござる。お久し振りでござる。御坊が我が佐久原の屋敷を訪ね来られてから何年になりますかな」

「そうですね、あれから二年半が経ちまする。その時にいただいた書状を手に、お教えいただいた下諏訪の和田様を訪ね、城下にお暮らしの安川権之進様の奥方世津様と御息女にお目にかかり、権之進様の伝言をお伝えいたしました。その後、安房、下総、江戸、相模と廻国修行を続け、東海道で帰洛する途中、ここ駿河まで立ち戻ってきた次第です」

「安蓮殿が世津殿にご伝言いただいたことは拙者の妻に聞き及んでおりました。その後、権之進殿とはお会いになりましたのか」

「いいえ、拙僧も気にはしておりますが、まだ巡り会えておりませぬ。ただ、五日程前に伊豆三島の旅籠で同宿した廻国修行中の同輩僧が、ここ駿河府中の慶蓮寺と遠江相良（さがら）の妙国寺の宿坊にて同じご浪人主従にお会いしたことがあると申しておりました。両方とも大分前のことですが、ご浪人はたしか早川とか中川とか名乗っておられたと。どちらの寺でも寺の雑事を手伝ったり近在の商家や農家に出向いて日稼ぎを得ていたそうです。同じ寺に滞在するのは十日間程度らしいですが、どこでもその人柄や働きぶりの良さから住職や町人、百姓衆からも篤い人望を得ていると」

「そうでしたか、ありがとうございまする。その浪人はおそらく権之進殿がこととも思われまする。向後、その両寺を順に訪ねてみようと思います。妙国寺のある相良は東海道中筋からは外れており、未だ訪ねたことはありませんでした」

　こうして年が明けた一月十四日、金太夫は相良妙国寺へとやってきた。

　そしてその日の夕暮れ、野良着に身を包んで妙国寺宿坊に帰って行く権之進主従を見かけたのであった。

第四章　悪弊

一

細井金太夫が安川権之進の上意討ちの旅に出て三日が過ぎた、延宝八年（一六八〇）六月二〇日、藩主松下頼忠一行は、参勤交代で一年余に及んで滞在した江戸から佐久原に戻ってきた。通常の参勤交代では五月に帰藩するが、この年はその頃に関東を中心に長雨が続いたために、帰途の道中での万一の事態を恐れて、日程が一月程延期されたのである。

その決定は道中奉行田村金右衛門の権限で、藩主並びに付き添いの藩士一行を何事もなく佐久原まで連れ戻すのが彼の最大の責務であったが、慎重な金右衛門の的確な差配で特に大きな問題もなく、参勤交代の往還は無事に遂行されたのであった。

参勤交代で藩主頼忠が不在のなか、金塚家では、勝之丞の亡き後、その母邦が郷里の陸奥白河の実家坂内一族の甥慎之助を養子に迎えていたが、帰国した頼忠によって、慎之助に家督相続することが正式に認められた。慎之助はまだ十四歳と若かったために家宰落合甚左衛門がその後見人になり、筆頭家老の職は勝之丞の時に引き続き暫時空席とされた。

参勤の往還は無事に終了したが、金右衛門には道中奉行としての任務がまだ残っていた。道中での出来事や見聞を日録としてまとめ、また道中で支払った一行の本陣や旅籠の宿泊料や臨時に雇った中間や人足の賃銭などの最終的な経費精算を行い、正確な支出明細を作成、勘定奉行に呈出することだった。いずれも以後の参勤交代に役立てるためである。これが終わらないと道中奉行の職責をすべて果たしたことにはならないのだ。

　妻鈴の久々の手料理も手放しで楽しめない金右衛門であった。


　十二月のある日、道中奉行としての最後の面倒な仕事もようやく片付き、平穏な日常が戻ってきた金右衛門の屋敷を、渡辺正次郎が巨体を揺すって訪ってきた。

　出迎えたのは金右衛門の妻鈴。その顔にはいつもと変わらぬ微笑みが湛えられている。

「お久しぶりです。鈴様、金右衛門殿はご在宅でしょうか」

「あら正次郎様。ご無沙汰でしたね。ええ、おりまする。今お呼びいたします」

「おう、これは渡辺氏、寒い中よく来られた。ともかく、お上がりなさい。鈴、茶を頼む」

　金右衛門は正次郎を座敷に誘なうと、火鉢に両手をかざしながら言った。

「江戸出府の前に会って以来だなー、一年半くらい経っているか。相変わらず元気だな。いや祝着、祝着。今日は改まって……そうか、例の件で何か調べがついたらしいな」

「無事に道中奉行の大役を果たされ、ご苦労様に存じます。道中や江戸でのご見聞を聞きたくもありますが、それはいずれたっぷりとお聞かせいただきます。今日は、特に重要なご報告をお持ちいたしました」

「うん、上意討ちの旅先にある兄者金太夫が以前に貴公に依頼した件だな。兄から聞いている」

「ええ、谷川田子川の御普請に関わる調査のことです。岡野弥太郎様の控には記載のなかった、中込村などの名主宅を訪ね歩き、ようやく十か村全村の夫役人足の出役明細書と資材の請取明細書を写し終えましてございます。なにせ、これらの明細書は、人足と資材の品目別にそれが納入された日毎に出されたもので、一つの村でも少なくて十数枚はありますし、百姓衆の繁忙期とも重なりましたので、思った以上に日数がかかりました」

　正次郎は腰にぶら下げていた手ぬぐいで額の汗を拭いた。彼にとっては、夏はいうまでもなく、真冬でも数本の手ぬぐいは必需品である。

「それはかたじけない。百姓たちはお主にしか心を開かぬらしいから、手伝いもできず、申し訳なかったな」

「いいえ、これも畢竟（ひっきょう）は彼ら百姓衆のためになること、それほど苦にはなりませなんだ」

「そう言ってもらえると幾分気が休まるな。ところで、百姓たちはお主の頼みに嫌疑を抱いたり、危ぶんだりはしなかったのか」

「ええ、心配は無用でした。それがしの日頃の付き合いの一環でもあり、百姓衆にとってはその出役明細書と請取明細書に特別の隠し立てがあるわけではないうえ、〈今後の同様の普請の範例にするため〉というと、隠すどころか喜んで見せてくれました。ただ名主にとっては代々引き継ぐべき重要書類でありますので、一晩といえど貸与してもらうことはできませんでした。それで村役人の家の離れや納屋などを借りて書写いたしましたが、行燈や蝋燭を借りてまでして夜間に作業するのは心苦しくて、書写の時間は日中に限られることが一番の苦労でした。時には三日がかりという村もありました」

「それはご苦労であった。兄者に代わっても改めて礼を申す」

一口茶を啜ると、金右衛門は頭を下げて礼を言った。

正次郎は少し誇らしげに顎を少し上下させた。そして小さな団子鼻をすすって、おもむろに懐から分厚い紙の束を掴み出した。

金右衛門はそれを押し戴くように受け取ると、二、三丁分をめくって目を通した。

正次郎の筆写した紙の一枚一枚には、一村ごとの各明細書が細かい字で規則正しくびっしりと書き込まれていた。この正次郎、体に見合わず、細やかな性格の持ち主らしい。

「これと兄者がまとめてある弥太郎殿の控とを合わせ調べれば、きっと何か掴めるはず。いや、本当にご苦労でござった。幾重にもお礼を申し上げる」

「何の、少しでもお役に立てれば嬉しいです。こうして御家の政を幾分でもよき方向に向けうれば、拙者とて本望に存じます」

「うむ、これからも手を貸してくれよな」

「もちろんです。はじめて真の武士としての生き方、在り方に巡り遇った気がしております」

正次郎は大きな顔の真ん中に小さな造作を全部集めてにこやかに微笑んだ。

「少し大袈裟な感慨だな。まあ、正次郎らしいところか。ところで、金塚方から怪しまれたり、妨害されたりはしなかったのか」

「ええ、直接の関係があるとは思えませんが、臼田村で一軒の潰れ百姓が出ましたので、その田圃については、お定めに即して臼田村の百姓衆全員で耕作をする総作になすようにと、それがしが村名主と話し合っていた際、地方奉行配下の与力たちに取り囲まれたことがありました。〈潰れ百姓の田畑は入札にすべきであろう〉とすごんでおりましたが、それは口実で、彼らにはそれがしが百姓衆と懇意にしているのが気にくわないのでしょう。あるいは、入札で金塚家の知行を増やそうとしたのかも知れません」

「うむ、それで危害はなかったか。もしかしたら、その与力たちは兄者がお主に頼んだ今回の動きを懸念して機先を制したのではないか」

「いいえ、それはありません。地方奉行大石太兵衛様は金塚家と姻戚ですし、配下の与力や手代も金塚家の息のかかった者が多いのですが、普段の役割からすれば地方回りはいわばそれがしの舞台、拙者がどこにいようとも、金塚派には怪しむどころか気にかける者さえいやしませんよ。潰れ百姓の件も、たまたま私がその場に居合わせたからで、他意はないかと思います」

「ならばよいが。儂も昨年の二月、金塚家の雇われ者に襲われている。必死に切り抜けたが、お主も気をつけてくれよ」

「はい、そのことは鈴様にもうかがいました。仰せのように気をつけます」

そう答えた正次郎であったが、〈果たして俺だったら金右衛門様のように切り抜けられただろうか〉と、えも言えぬ恐怖に心が締め付けられていた。金右衛門も寡黙になった。二人は、金塚一統の底知れぬ力に今更ながら思い至ったのである。

正次郎は茶托から茶碗を取った。すでに茶は冷えていた。


「旦那様」

座敷の襖が開いた。鈴である。

「粗末な物ですが、お召し上がり下さい。旦那様もどうぞ」

と、蒸籠（せいろう）によそおった蕎麦を座に並べた。正次郎が茶碗を茶托に戻した音を確かめて〈話が一段落した〉とみた鈴が、

「少し昼餉には早うございますが」

と、用意したものである。

「わっ、これはありがたいです。みどもは打ち立ての蕎麦なんぞ滅多に口にできませぬから。いただいてよろしいでしょうか」

正次郎は、それでなくとも丸く小さい目を精一杯に見開いて、いかにも嬉しそうに言うと、そしてこれも体に似つかわしくない小さな両手を合わせてもんだ。

「どうぞ、たんと召し上がれ。まだお代わりも用意してありますからね。それに上にのせてある海

苔は江戸前です。旦那様の江戸のお土産ですよ」

「わぁー、それは豪華ですね。みどもには初物です」

正次郎がそう喜んだのは、一箸目の蕎麦を一気にすすり込んだあとだった。


鈴は、当時としてもやや小ぶりな女性で、大きなくりくりした目と小さく品のいい口元が目立つ美人であった。それに何よりも物事によく気づき、体も機敏に動いて、他人に不愉快な思いをさせることもなかった。そんな鈴であったが、まだ子宝に恵まれていないことが唯一の悩み事であり、父兵庫助(ひょうごのすけ)の亡き後、母妙(たえ)が何よりも待ち焦がれていた初孫の顔を見ることもなく先年薨じたことが、禍根であった。

正次郎はこれまでも何度か金右衛門宅を訪れていたが、そのたびに鈴は、独り身の正次郎を慮ってさまざまに手料理を振る舞っていた。それを目当てに正次郎は金右衛門宅に来るとも言えたが、鈴は一度たりとも正次郎にいやな顔をみせることはなかった。今日も、金右衛門の江戸出府中で遠慮していた正次郎が久方ぶりに姿を見せると、鈴はすぐに蕎麦を打ち始めていた。それも正次郎の食欲を計算に入れ、大量に打っていたのである。

「旨かったです。ご馳走になりました。みどもの大きな腹もお陰様で十二分に満たされました。またお願いします。明日でも明後日でも、毎日でも結構です」

正次郎はぬけぬけと世辞をいった。実際は本音であろうが、それでもその風貌のために鈴は図々しいとは感じなかった。そうした遠慮のない、そして自分の体の倍もありそうな巨体の正次郎を、鈴は自分の弟でもあるかのように遇し、可愛がった。

「はい、はい、今度は何を……何を作りましょうかね」

鈴はそう言って両の手で口元を押さえた。こみ上げてくる笑いを堪えきれなかったのである。

その鈴の視線の先には、刻んだ海苔の一片を口髭かのように上唇に貼り付けている正次郎の顔があった。

二

「ところで、金右衛門様、今度のお役目を進めているなかで、聞き捨てにできない話がありました」

食べ終わった蒸籠などを鈴が片付けて座敷を出ていくと、渡辺正次郎が思い出したように声を落として言った。

「ん、どういう話か」

「ええ、拙者が特に昵懇にしている野沢村の名主で小林重兵衛、あ、小林は通称の姓ですが、その重兵衛が〈自分が言ったことは内密に〉という条件で話してくれたことですが……」

「ほう、内密な話とな」
正次郎によれば、内密の話とは次のようであった。

過日、延宝元年御普請の関係十九村の一つ野沢村に、正次郎が請取明細書と出役明細書を写しに名主重兵衛宅を訪れた時のことであった。書写が終わり、礼を述べて辞そうと門をくぐったところで、正次郎は重兵衛に呼び止められた。

重兵衛は正次郎を再び座敷へと導き、四囲の襖と障子を開け放して誰もいないことを確かめると、声をひそめて言った。

「先の谷川田子川御普請は、私ども村方からも藩庁にお願いしたもので、人足や資材を供出するのはいわば覚悟のうえ、普請が無事に済めば村方の利にもなります。事実、御普請が終わると、洪水の被害からは免れるようになり、百姓衆も喜んでおります。その御普請の総元締であった岡野様が切腹になって驚くと同時に甚だ無念にも思っておりましたが、その岡野様は、筆頭家老の金塚数馬様に切腹に追い込まれたと、この村にも噂として届いております」

「そうであったか」

正次郎は名主の側から数馬の名が出てきたので、一瞬身構えたが、何食わぬ顔で相槌を打った。

そして、

「左様、岡野様の切腹は拙者ごとき地方回り（どさまわ）の者にとっても残念至極、惜しむことしかできぬのが疎ましい」

　と、話の穂を接いだ。

「それを聞いて安堵しました。それで私も腹をくってお話しできます。岡野様の切腹理由は数馬様との諍いと聞きますが、何があったのか、私ども百姓どもには推し測ることさえできませぬが、実は金塚数馬様には私どもを困らせてきた長年の悪弊があるのです」

「ん、悪弊とな、如何様なことだ」

　正次郎は腰から手ぬぐいを抜き取り、顔をゴシゴシと拭った。汗を拭いたのではない、そうすることで自分に緊張感を強いたのである。

「はい……」

　重兵衛はそう言うと四方に目を配り、いるはずのない空間だが、人のいないのを確かめると、さらに声をひそめて言った。

「渡辺様を見込んでお力を拝借できればと存じ、申し上げますが、これからお話し申し上げることは、ご内聞に願いますでしょうか。もし私めの仕業と判明すれば、金塚家からどんな仕打ちを受けるやら想像しても恐ろしゅうなりまする。決して口外されませぬよう、私めの命にもかかわりますゆえ」

　言い終わると、重兵衛は再び左右、そして後ろを回し見た。

「無論のこと、お主の名は決して金塚家に洩れぬよう口には出さぬ。武士の一分においても約束しよう。武士に二言はない、安心するがよい」

「かたじけのうございます。それではお話し申し上げます。……実は……金塚数馬様が斬られて我々百姓たちは、大きな声では言えませんが、本当に安堵していたんです。もうこれで村として余分な出費が要らなくなると。しかし、数馬様亡きあとも六尺入用は〈従前通り〉とお達しがきて、落胆し、また憤りも感じておるところなんです」

「うん、六尺入用と言ったか。はて、六尺とは武家方の駕籠(かご)や輿(こし)を担ぐ下男の謂(い)いだが、その入用とはどういうことだ」

　地位は低くても地方奉行配下の手代である。その正次郎さえも聞いたことのない入用であった。正次郎の強い語調は、金塚家への疑いを含んだものであった。

　重兵衛は金塚家に対する百姓たちの長年の鬱憤をほんの一端とはいえ吐露したことで、かえって肝が据わったのであろう、堰を切ったかのように話し始めた。

「はい、御公儀の高掛(たかがかり)三物の一つで六尺給米といわれる雑税がございますが、御当家では、六尺入用と称し、〈検見(けみ)役人の労苦に報いるに村方も合力せよ〉と〈村高二〇石につき一朱(しゅ)を地方奉行宛に毎年上納せよと。その代わりそれまで村の才覚で行ってきた検見役人に対する接待や袖の下をすべて禁止する〉と言ってきたのです。〈二〇石につき一朱〉は、それまでの村の才覚による費用と比べるとその方がはるかに安いので、村方がそれを承知すると、以後、長年の間賂(まいない)といってもいいこの六尺入用が金塚家から求められてきたのです」

「六尺入用となAfter。それを上納していると……。はじめて聞く話だが、よくあるように検見で賂要求が行われているのではないのか」

「ええ、検見そのものは定法に則って公正に行うので、その代わりにと」

「検見は公正とな。では何を種(ネタ)にその入用を要求してくるのか、何か百姓衆の弱みを握っているとでもいうのか」

「ええ、さきほど渡辺様は、岡野様の切腹を惜しまれていると申されましたが、その一言に賭けて詳しくご説明します。実はここ二〇年ほど、金塚数馬様が筆頭家老になられて以来、強制的に村々にこの入用が要求されてきたのです。はじめは二〇石毎に一朱と額も少なく、それなら村方がこれまで内々に検見役人を豪華な食事で接待したり、時には袖の下を掴ませてきた額よりも少なく、また検見で余計な心配をすることもなくなり、〈安い買い物〉と、〈正規の税ではない、いわば数馬様への賂である〉と知りつつ、金塚家の言い分に従っていたのですが、それに味を占めたのか、三年目、四年目になると、一朱が二朱に、二朱が三朱にと、入用額が次第に引きあげられ、十年も経つと〈一分(ぶ)出せ〉と。〈それは当初の話とも大きく異なり、困ります〉と村方がこぞって反対すると、〈毎年でなくて二年に一度でよい〉と。これは数馬様が亡くなられても地方奉行配下の筆頭与力杉崎英三郎様の指示でそのまま続いております。この悪弊は元々は検見にかこつけて行われるようになったものです。百姓衆の窮状を救うために是非この悪弊を糾(ただ)していただきたく、渡辺様のお力におすがりする次第であります」

「何と、検見そのものは公正であるが、検見にかこつけて賂紛いの入用を強制されるわけだな。検見にあたる役人が百姓衆から賂や過分な接待を受けることは、公儀も御当家もこれを厳しく禁じておるではないか。それが何故、またどのようにか、詳しく申せ」

　正次郎は手にしていた手ぬぐいで再び額を拭いて、続きを促した。

「はい、検見に際しては、厳しいお達しのとおり、お役人からの宿泊や接待など不当な要求はまったくありません。しかし、この六尺入用の上納を拒むと、検見そのものが金塚様の意向を汲んだ役人によって行われますので、検見を一通り済ませた後に、〈検見に手違いがあった〉などと言って、坪刈(つぼがり)をやり直したり、それが叶わないと、年貢の納付時に阿漕(あこぎ)なことをされるのです」

「表向きは検見を公正に行うふりをし、裏で姑息なことをするというのか」

「ええ、実に巧妙に行います……」

「検見や年貢納付に際しての阿漕なやり口」とはどんなことか。

　それを述べる前に、ここで出てきた「検見」「坪刈」などの年貢の収納仕法について、簡単に説明しておかねばなるまい。

　この頃（延宝年間、一六七〇年代）より約八〇年ほど前、太閤豊臣秀吉は天下を統一すると、全国におよぶ土地と耕作者の調査を実施した。これは太閤検地といわれるが、まず秀吉は、地域で違っていた度量衡を全国同じ基準で統一した。それまで、米等の量を計る枡(ます)の大きさや物の長さを測る棹の寸法が地方によって異なっていたからである。その統一した基準で田圃や畑などの土地を一筆毎に測量して面積を調べ、その一筆の土地から収穫できる標準的な米の量目を決めた。これを石盛といい、石盛によってすべての土地の生産性が何石何斗何升というように、米の出来高で表されるようになったのである。なお、ここでいう「米」とは籾を五分摺にした玄米と定められている。

　当然のことながら田圃や畑は、土地が肥えているか否か、水を引きやすいか否かなど、地味や水利の利便性などから米の収穫量が異なってくる。そこで石盛の際、一番多く収穫が見込まれる田圃を上田とし、一反あたり米一・五石が収穫できると見込んだ。そしてより条件が悪い田圃を中田・下田として、それぞれ一・三石、一・一石と見込んだ。畑にも上・中・下があり、それぞれ田圃より〇・二石ずつ少なく決められた。それを実際の田畑一筆毎の面積に当てはめて石高を計算するのである。

　さらに一筆毎にその土地を耕作している農民を特定して、検地帳に記載し、これを本百姓として土地の保有を認める代わりに、年貢の負担者とした。要するに、領主が農民から直接年貢を徴収する仕組みをつくったのである。

　こうして調査された耕作地名と石高および耕作者名は各筆毎に検地帳に登録された。例えば、八反の上田、四反の中畑、二反の下田各一筆を持つ本百姓の石高は十八石六斗（他に屋敷地もこれに加えるが、便宜上ここでは省く）となり、これを持高といった。村内のすべての本百姓の持高合計が村高になり、幕府や大名などの領内のすべての村高を合計したものが幕府や藩の石高となる。例えば、加賀の前田家は領内のすべての村高を合わせると一〇〇万石にもなった。

こうして決められた村高は、基本的には江戸幕府もこれを踏襲した。

上にも述べたように石高はいわば標準的な米の収穫量である。当然、米のできは干害や水害、冷害、蝗害（こうがい）などによって凶作になったり、水利や天候に恵まれて豊作にもなったりで、毎年一定ではない。そこで、藩や幕府は、その年の米の実際の出来高を調査、それを第一義として、地味や刈敷（かりしき）など肥料の入手具合、村入会地の面積、耕し易さ、用水の利便、水害や干害の有無、前年の年貢率など、百般の村況なども勘案して年貢率を決めた。

その米の実際の出来高を調べる方法が、検見といわれるものである。検見とは「けんみ」とも読まれ、毛見とも書いた。毛とは立毛（たちげ）といわれるように穀物のことで、文字通り穀物つまり米の出来高を見る、検査することである。しかし、幕府や藩の領内すべての村はおろか、一村であってもすべての田畑の収穫を検査するには人手も時間も足りない。そこで藩や幕府は、稲刈りの直前に各村に検見役人を遣わし、数か所の田圃から各一坪だけの稲穂を刈り取り（これを坪刈という）、採れた籾の量を計って、その年の豊凶を検査（毛見、検見）したのである。上田の一坪から籾が一升採れれば、石盛通りの収穫となった。つまり、一反は三〇〇坪（三〇〇歩）であるから、一反に換算すれば籾三〇〇升、つまり三石となり、それを五分摺にして米一・五石となるからである。なお、検地で上田、中田などと決める際にも坪刈を行った。

このように何か所かの田で坪刈して、その年の実際の豊凶を見て、標準的な収穫高ならば五公五民、豊作ならば六公四民、収穫が大きく落ち込んでいれば四公六民というように年貢率を決めたのである。つまり坪苅で判明した実際の収穫高がその年の年貢率を決める実質的な要素とされたのである。六公四民は為政者たる藩や幕府に年貢として村高の六割を納め、民つまり村民に四割を残すことをいい、五公五民は村高の五割が年貢となる。例えば、村高一〇〇石の場合、年貢率が六公四民だと六〇石が年貢、四〇石が農民の許に残ることになる。六公四民あるいは五公五民、四公六民という時、六と四、あるいは五と五を合わせて十になるが、その一割ずつの区切りが免で、「免一つ」などと言った。村高一〇〇石なら免一つは十石となる。農民が年貢の軽減を訴えて「年貢減免」と言ったりするが、この「免」もその意味である。

このように検見によって得られた一坪の収穫高がその年の年貢率に直結したことから、検見は、領主にとっても農民にとっても「最も厳粛にして最も至重の事項」とされていた。特に農民にとっては免一つの上下といえども、場合には死活問題にもなりかねない大事であった。

そこで百姓らは、名主・組頭・百姓代の村方三役にとどまらず大勢の本百姓たちが籾を量る枡目や坪尺という物差しに不正や誤魔化しのないよう、また恣意的な扱いのないよう、検見を行う役人の一挙手一投足を凝視、監視した。その一方、検見のために出向いてきた代官所の役人の機嫌を損なわないように最大限にもてなし、豪華な食事を用意したり、時には袖の下を握らせることもした。逆に、役人の側からも農民の弱みにつけいって賂を要求したり、豪華な待遇を求めたりすることも度々であった。

このように検見での弊害が目につくようになると、幕府は慶安二年（一六四九）に御触れを出し、役人が検見を行う時には公儀の威光を盾に驕り高ぶってはならない、百姓たちから振る舞いやお礼の品などを受領しない、百姓が提供する食事はあり合わせの野菜や所の産品を用いた一汁一菜に限るなどと令達した。この御触れは大名領でも実施されて、検見役人に対する「馳走ケ間敷義」が禁じられ、「酒肴等決して差出間敷事」など、些末な点に至るまで禁止事項が決められた。逆にいえば、それだけこの検見には役人の役得が多かったのであろう。

このように検見には毎年の手間がかかる上に、厳しい禁止事項が通達されたあとも検見役人や地方代官の不正が度重なり、また、百姓たちの負担も大きかったことから、後に八代将軍吉宗の享保改革時に検見は停止され、豊作、凶作に限らず、年貢率を六公四民というように毎年一定にする定免制となった。以後、検見は、大凶作などで特に農民が減免を求めて「検見の実施」を願い出る場合などに限って、特例として行われるだけとなった。

重兵衛は続けた。

「慶安二年に検見についての公儀のお触れが出されると、御当家でも同様のお触れが出されましたが、その時の筆頭家老金塚数右衛門様はこれを遵守され綱紀粛正をはかり、検見役人も公平でありました。しかし、その十年後の万治元年に数馬様が筆頭家老を継職すると、それは表向きとなり、誰もがあるとは疑わないような仕掛けで露骨な要求がなされるようになったのです。その名目が先に述べました六尺入用というわけです」

「それを拒むと、坪刈をやり直したり、年貢収納時に仕返しされるという訳だな」

「そうです。検見の目的は、まず第一に坪刈して実際の籾の収穫量を調べることです。この際は五分摺ではなく、籾の量をそのままで量ります。数馬様の代の検見役人は、六尺入用金を断ると、先ほど言いましたように、一旦終わった検見をやり直すのです。そして再度坪刈して採れた籾を量る時に、本来なら実の入っていない粃（しいな）や籾くずなどを取り除くのですが、わざとこれも枡に入れて籾嵩（もみかさ）を増やすのです。また、通常は一旦乾燥させた籾で量るのですが、これもわざと刈り取り直後の籾で量るのです。そうすれば、当然籾の嵩が増えます。つまり実際の米の出来高よりも多く収穫できたことになり、豊作ではないのに豊作とされて、本来ならば五公五民の年貢率が六公四民に、それも役人の恣意によって決められてしまうのです」

「豊作でもないのに豊作並の年貢を取られては、百姓衆は困窮するだろう。けしからんな。しかし、いつもいつも坪刈をやり直していれば、百姓衆とて黙ってはいないだろう」

「ええ、同じ村でやり直しを続けることはありませぬ。公正を装った別の手も用意しています。それが収納時の仕返しです」

　江戸時代、年貢は本百姓個人ではなく一括して村に課され、名主はそれを本百姓の持ち高に応じて割り当てた。本百姓たちは自分に割り当てられた年貢米（五分摺の玄米）を三斗五升ずつ俵に詰め、それを村役人の納屋などに運び込んだ。その運び込まれた年貢米の量目を地方奉行配下の役人が調べ、量目通りであれば「請取手形」を名主に与え、米は藩の倉に納めた。後日、その手形と交換に領主名の「年貢皆済目録」が村名主宛に渡される、という仕組みであった。

「公正を装った別の手だと。どんな手をつかうのだ」

「はい、収納の際にも名主や組頭など村方の者が立ち会い、不正がないように見守りますので、あからさまな不正はできませぬ。農民たちは定められたように一俵ごとに三斗五升の米を詰めて、年貢米として名主の納屋などに運びます。その年貢米の量目が正しいかどうか、地方奉行所の役人が調べますが、すべての俵を調べるには人手も時も足りません。そこで奉行所の役人が任意にいくつかの俵を選んで枡でその量目を確認するのですが、その際、米を入れた枡を左右に揺すったり、枡の底を下に敷いてある筵に何度も打ち付けたり、時には上から米を押さえつけたりして、米粒同士の隙間を埋めて嵩を増やすのです。そうすると、同じ一升枡でも一升一合、一升二合を詰め込むことができるのです。御定法では、枡は摺り切りにして量ると定められていますが、そうやって嵩を増やした後で摺り切りで量り直すのです。こうして役人が選び量ったある一俵の量目が不足だとされると、運び込まれたすべての俵も量目不足とされ、村には追加の年貢米が命じられることになります。役人はこのやり方でも〈御定法に則っている〉と強弁します。しかも、百姓たちが年貢米を俵に詰める際には、込米といって、一俵の三斗五升の他に万一量目が不足した場合に備えて一升分を余計に入れると、予め定められているのです。それに加えて、かような卑劣な手段で追加米が要求されるとは。渡辺様、私どもの苦衷もおわかりいただけると存じます。そうした苦衷から逃れるために六尺入用なるものを納めることに渋々ながら同意してきたのです」

と、詳しく役人の阿漕なやり方を説明する重兵衛の言葉には抑えきれない怒りの感情がからみついている。

その説明を聞いた正次郎は、

「再度の坪刈では実際の出来高よりも多く量り、収納に際しては今度は少ないと検量するわけか。どちらも年貢は実質的に増免になり、御家の蔵入りは増えようが、百姓衆にとっては由々しき事態となろう。それでは国が滅ぶ。〈農は国の基〉というではないか」

と悔しがり、

「どちらの手段も金塚家に直接の利益をもたらすものではないが、貢租という公の仕法を盾にとって、最も立場の弱い百姓衆につけ込んで私腹を肥やすとは、これは国の統治を与る武士にとって最も恥ずべき所業だ。金塚家は万死に値する」

と怒りも露わに吐き捨てた。

しばらくの沈黙が二人を包む。そして腹の底から沸き起こる憤りが収まるのを待って、正次郎が尋ねた。

「そこまで御定法を逆手にとった悪どいやり口をされて、百姓衆はずっと黙っていたのか」

「いいえ、各村の村役人を先頭に百姓衆らが何度も地方役人に詰め寄り、口々に不正を訴え、藩庁にも訴状を度々呈出しましたが、〈御定法の通りに運用しておる〉と、とりつく島もないのです」

「御定法の通りとな。しかし、御定法は役人の恣意を排し、公正な政を行うために定められているはずだ。金塚家一統はここでも御定法を逆手にしているわけか」

正次郎は、予想できたとはいえ、金塚家一統の悪辣な所業に吐き気さえ催してきた。

「公正な検見や貢租仕法を隠れ蓑にしてまで数馬が固執するとは。その六尺入用に名を借りた賂要求は相当な財を生むものということか。ところで、要求された入用額はいかほどになったのか」

「はい、数馬様が筆頭家老になられると、〈慶安二年のお触れは遵守するが、検見や貢租を効率的に行うために、各村の石高二〇石につき一朱当て、六尺入用として直接地方奉行に届けよ〉と。六尺入用が御公儀の六尺給米に名を借りた賂であることは暗黙の了解事項でありましたが、先に申し上げたような理由で村方にも利があって、それを各村が受け入れると、一朱は次に二朱に、そして四朱、つまり一分にと増やされました。こうした次第はすべて口頭での遣り取りによって進められ、その帳簿も地方奉行の指図で残すことは許されず、古い頃の記録は残っておりません。また、各村方もこの件を表沙汰にすることはありませんし、今となってはこの入用の総額はわかりませぬ」

「先のお主の話では、六尺入用が二〇石につき一分と四倍増されたのは、数馬様が筆頭家老になってから十年後からとあったが」

「ええ、二〇石に一分では、村方の利はまったくありません。それで、寛文七年（一六六七）からと記憶しております」

「そうであったか。じゃが、このことはこの野沢村だけに限ることではあるまい。おそらくご領内全か村にも同様な要求が為されておるに違いない」

「はい、領内には五四か村ありますが、金塚家の知行になる六か村約二〇〇〇石、および次席家老の増田様の知行地四か村の約一五〇〇石にはおそらく要求はないと存じますので、それを引いた四四か村がその対象と思います」

「すると、概算でいえば、当佐久原藩は三万六〇〇〇石、そこから家老の金塚家と増田家の知行地三五〇〇石を引いた三万二五〇〇石の二〇分の一、つまり一六二五分（四〇六両余）もの六尺入用を寛文七年以降は毎年懐に入れていた、ということになるのか」

　正次郎は、天を仰ぎ眼を閉じていたが、しばらくしてそう言った。大きな頭を精一杯使って計算をしていたのであろう。

「ところが、邪（よこしま）な考えを持ってはいても、毎年四〇六両余もの賂同様の入用金を取ることには流石に気が引けるとみえます。そこで四四か村を二組にわけ、一組毎に二年に一度、献上するように指図してきたのです。そうすると、農民の反発も分散されると考えたのかもしれません。いずれにしても姑息なやり方です。二組がそれぞれ二年間に一度献上すると、合計で四〇六両余になります。私どもの村高は五五五石ですので、入用額は二年に一度七両程になります。もちろんこれは計算上のことで、大凶作の年は、流石に翌年に延期されますが」

「なるほど、そうして二年に分けたり凶作時には延期することで領内の百姓の憤りが一気に噴出するのを抑えていたわけか。しかし、二年に一度とはいえこの野沢村にとって七両は少ない金ではなかろう。村内だけで都合をつけるには相当の無理もあろう」

「はい、その通りです。〈二〇石につき一分を二年に一度〉となって以来、村によって異なりますが、私どもの村ではすでに六度届けております。七両を六度、この四二両も村内の百姓衆がなけなしの金から捻出して都合した金です」

以上みたように、農民には米を納める本年貢（これを本途物成という）だけでも大きな負担であったのに、それに加えて各種の税もあった。その主なものは、小物成と夫役である。小物成とは、茶や生糸など、農民が作り出す物品に掛けられる雑税で、その対象は特に定まったものでなく領主が決めれば何でもその対象となった。夫役とは、助郷役などのように人足として徴用される課役である。

これらの税や課役は農民にとっては避けられない義務である。ところが、この佐久原領内ではそれらに加えて、金塚家の、いわば私的入用が農民に要求されてきたことになる。百姓らの日頃の生活を知る名主重兵衛の顔は苦渋に満ちていた。そして、

「これなら、慶安二年の御触れ以前の検見の方がまだましだったと、村の古老はそう言っております」

と、つい本音を吐露した。

「以前はどのようにしていたのか」

「ええ、普通、検見には、囲むと一坪になる四本の枠竿、その枠内で刈り取った稲から穂を落とす

扱箸(こきばし)、今は千歯扱(せんばこ)きですが、それに箕(み)、一升、五合、一合の各枡、筵、鎌、縄などの用具を持参して、検見役人が四、五人、その従者を合わせて十人ほどで各村を廻ります。いくつかの田圃で坪刈をして、その年の豊凶を検見しますが、その際、以前は検見役人の機嫌を損なって不利な検見にならぬよう、村方では役人の宿泊費を肩代わりしたり、豪華な昼夜食で接待したり、酒肴を用意したり、土産を持たせたり、時には袖の下も差し出したりしました。これらが役人の不正を生むとして、御公儀や御当家も厳しい禁令を出したのですが、渡辺様、考えてみて下さい。一か村当たりのこれらの接待費がいかほどのものなのか」

「うん、おそらくは米や野菜、魚など食べる物は村内で調達できようから、土産代とか酒代などに金がかかる程度かな」

「そうなのです。中規模の村では検見は二、三日で終わります。どれだけ豪華な接待をしようと一両にもならないでしょう。仮に袖の下を役人に渡しても、役人一人一分として五人分一両一分、合計二両もあれば、おつりが出ます。それも村の才量次第です」

ところで、一両とは今日の価値でいえばいくらほどなのか。それを換算するには、その価値の物差として米が用いられるが、それは今も昔も主食であるという理由からである。しかし、今も昔も米の値段は相場や時代などで変動するので一概には言えないけれども、おおよそ一両(=四分=十六朱=四〇〇〇文)は今の八万円から十万円に値すると考えられている。

「そうか、多くの村を廻る検見役人にとっては、一か村の接待は大したことはなくとも、各村を合計すれば相当なものになる。数馬殿は若い頃にそのことに味をしめたのであろう。慶安二年に御公儀や藩が禁令を出したのも、役人の綱紀粛正がその目的で、百姓衆の負担を減らすことは二の次だったからな」

「以前の検見では接待費は多くても年二両足らず、それが二年に一度とはいえ七両の入用金が要求されるのですから。役人の接待は今では曲事ですが、以前の検見の方がまだ百姓には利があったかと。もちろん年二両といえども余裕があってのことではありませんが。我らがはじめの〈二〇石につき一朱〉という六尺入用をのんだのも自腹で工面してきた二両に比べるとその時は格段に安かったからです。それが次第につり上げられて今は〈一年にすれば三両二分程〉に」

「うーむ。それも百姓達の足下をみた奸計であったわけだ」

正次郎は口を窄めて相槌を打つと、

「しかし、そこまで不当な要求を、何故にお恐れながらと藩庁に訴え出なかったのだ」

と聞いた。

「はい、手を拱いて黙っていたわけではございませぬ。かつて何度かいくつかの村名主が連判して代官所や地方奉行大石様に願い出ましたが、全くのなしの礫。最後の手段として横目付梶田様にも訴えましたが、埒があきません。少しも事態は変わらなかったのです。おそらく筆頭家老金塚数馬様自らではなくても金塚家に阿る役人に握り潰されたものと存じます。その証にその願状に名を連ねた村は、その翌年から検見や年貢米の検量仕法が先ほど申し上げた如くになったのです」

「なるほど、あの手この手で百姓衆の弱みにつけ込んで自らの私腹を肥やすとは。由々しきことだ。同じ家中に仕える侍としてこれは赦せぬ。侍たる者、身分が高ければ高いほどその矜持もより高くなければならぬ」

　正次郎は組んでいた太い肘を解き、両の手を握りしめて声高に吠えた。

「真にその通りでございます。先代筆頭家老の数右衛門様は、敏腕な手腕で財政を引き締め、我々百姓にも〈懈怠なく仕事に励み年貢を完納せよ。さすれば、戦もない世、子々孫々まで安穏に暮らせよう〉と、厳しくも慈しみのある接し方をされ、政も公正でした。それに引き換え、数馬様のこの無体な要求、とても数右衛門様の御子とは思えませなんだ。その数馬様がお亡くなりになったとき、大きな声では言えませぬが、村方では大喜びしたものです。でも束の間でした。渡辺様、なんとかこの悪行をお止め下さりませぬか」

　金塚数馬は、筆頭家老の職を継ぐと、妹を地方奉行大石太兵衛の嫁に入れるとともに、その配下の役人には自分に忠実な子飼いの家臣を取り立てた。そして、それらの役人の口を借りて「藩の禁令は遵守するが、その代わりに免付けを不利にしたり年貢米の追加などを命じたりして欲しくなかったならば」と、六尺入用をいわば公的な負担でもあるかのように各村に強いていたのである。

　それは全村合わせて二年間で四〇六両余。〈二〇石につき一分、二年に一度〉と改められてから十二年間としても二四三六両を越える膨大な額になる。もちろん、これは計算上のことで、この間に大飢饉などがあって免除されたこともあるというが。

先ほどの換算率で言えば、二四三六両は今日の感覚では一億九四八八万円から二億四三六〇万円になる。いかに膨大な金額であるかが知れよう。

名主重兵衛の話の通りであったなら、各村には金塚家ひいては藩政への不平不満が募っており、これに凶作や年貢増免などが加わると、全藩での百姓一揆を招くほどの非常事態となるのは必定であった。まさに一触即発の状態であったと言えよう。

事実、この延宝七年の七年後、貞享三年（一六八六）には同じ信州の松本藩で実質的な年貢増徴に起因する大規模な百姓一揆（加助騒動）が起こっている。この一揆では「五斗の五分摺、二斗五升」がその旗印に掲げられた。その意味するところは、年貢は本来は籾を五分摺にした玄米で納めるのが決まりであるが、それを松本藩が六分摺、七分摺でと一方的に改悪したことによって、年貢の免割りは同じでも、実質的な年貢米量は一・二倍から一・四倍に増えることになるので、「本来のように五分摺にせよ」と要求したのである。

「それは本当か。とかくの噂があることは存じておるが、そこまで徹底して政の一環かのように仕組んで私利私欲をはかるとは、言語道断、決して赦されることではない。しかも数馬が安川権之進殿によって三年前に斬られたあとも、その悪弊が金塚家にそのまま引き継がれていようとは」

正次郎の話を聞いた金右衛門は、噂が単なる憶測ではなく、火のある煙であったことに改めて衝撃を受けた。しかし、だからと言って、横目付・地方奉行などの藩の中枢部を金塚派が占める現状では、この正次郎の知り得た密告も表に出せば忽ち金塚派に握り潰されることは容易に想像できた。それどころか、その出所が露顕すれば、名主重兵衛と渡辺正次郎の身の安全も覚束ないであろう。

「しかし、私はいうまでもなく地方奉行所では厄介者、その証拠に、検見にも収納仕法にも関与させてもらえておりません。家禄も低く、金塚家の権勢の前では全くの無力、切歯扼腕してもできることは何もありません」

　正次郎は小さく悔しそうに呟くと、太く短い首を折って項垂れた。

「それは禄高三〇〇石の拙者とて同じ事。家禄も地位も低い我々が、知行高二〇〇〇石、それも肩を並べる者もいないほどの権勢をもつ筆頭家老家を相手にその悪業を追及するには、誰にも文句のつけようのない確かな証が欠かせぬだろう。それにこれは極端にいえば村方と金塚家の問題だ。第三者の我々よりもまず当事者の言い分のほうが説得力があろう。そのためには、重兵衛の野沢村以外の村での同様事例を確認せねばなるまい。重兵衛の話は嘘とは思われぬが、金塚派を追い詰めるには、慥かな証をより多く把握しておく必要があろう。……そうした確実な証を数多く得たうえでなければ、我々如き軽輩は下手に動けぬだろう」

「そのようですね。回りくどいようですが、いざという時のために、再度それがしが地方回りを相務めましょう」

正次郎はそこで話を止め、大きく深呼吸して続けた。

「しかし、前回は普請関係の十か村でしたが、今回は全部で四四か村あります。一年かけても到底回り終えぬでしょう。どうしますか」

小さな目を見張るのは、正次郎がやる気に満ちている時らしい。正次郎は、蕎麦を食す時と同じ表情でそう尋ねた。

そして、その問いに金右衛門が答えを出す前に、

「なるべく村高が大きく、それがしと馬の合う名主のいる村から探ってみましょう。四四か村を全部回らなくとも、それなりの証は得ることができるかと」

と、言った。

「うん、よろしく頼む。その間、儂はお主の集めた延宝御普請の各村の請取明細書と出役明細書を細かに調べ、弥太郎殿の控と合わせて吟味しておこう。そうすれば、控では抜けている箇所の数値なども判明するであろう。これも日時がかかろうけどな」

そこまで話すと、座敷で膝を組んで座っていた二人は、

「ウーヌ、疲れた」

「フー、疲れましたなー」

と、両手を畳につけて、それを梃子(てこ)に、大きく背中を伸ばした。

すると、

「お二人ともお疲れのご様子ですねえ。碌（ろく）な肴はございませぬが、どうぞ召し上がれ」

と、鈴が盆に二本の徳利と二枚の小皿を載せて座敷に入ってきた。小皿には炊きたてらしくまだ湯気の立つアカハラの煮付けが載せられている。

アカハラとは鯎（ウグイ）の別名である。鯎は石斑魚とも書き、ハヤとかイダなどとも呼ばれて日本のどこの川にも棲息している、コイ科の淡水魚である。春に産卵期を迎えると雄雌ともに腹が真っ赤な婚姻色に染まることから、この時期の鯎はアカハラとも呼ばれる。このアカハラが大群で浅瀬にのっこんで真っ赤な腹を翻して産卵、放精する様は壮観である。ここ千曲川流域では、時期が来ると産卵用の浅瀬を人工的に作り、そこに呼び込んだ大群のアカハラを投網で一網打尽に捕らえる、瀬付漁（つけ場漁）といわれる漁法が古くから行われている。獲ったアカハラは竹串に刺して遠くの炭火でカラカラに焼き上げて、天井から吊した藁の苞（つと）に刺して保存する。海のない信州の貴重な蛋白源の一つである。

幼い頃から見知っている鈴のこうした気の利きようが、金右衛門は好きだった。それで家禄は細井家よりも少ないが、喜んで田村家に婿養子に入ったのである。

もっとも当時の武家の次男坊以下は、嫡男が何らかの事情で家を継げなかった場合を除けば、他家の婿養子に入るか、医者とか学者とかになって別の生計の道を立てるか、それができなければ、兄の嫁やその子らに遠慮しながらわびしい部屋住みの一生を送るしか、取るべき道はなかったのではあるが。

「わあー、旨そうですね」

正次郎がまた小さな目を大きく見開いた。その分盛り上がった頬の肉がさらに上に盛り上がり丸い顔がさらに丸くなった。

「オホッ、ホ、ホッ、ホ」

鈴がその品のいい口を右手の甲で覆い、軽やかな笑い声を立てた。

鈴は正次郎のそんな表情を何よりも好んだ。まるでコロコロと太った幼児を見るような慈しみをもって正次郎の笑顔を眺めるのだった。

奥田仁左衛門が何者かに斬殺されたあと、金塚家の疑惑を解明する方途は村方に残る資料の調査しかなくなった。しかし、名主をはじめ百姓衆の多くは気軽には口を開いてくれず、そのうえ、村方での調査が始まってすぐに、金右衛門が参勤交代の道中奉行を命じられ、佐久原を一年余に亘って留守にせざるを得なくなった。さらにその翌年には、金太夫が安川権之進の上意討ちを命じられて、いつ戻れるかわからぬ旅へと佐久原を発っている。

そうしたなかで、農村での探索を地方奉行配下の手代渡辺正次郎が請け負ってくれたことは大きな助けとなった。

岡野弥太郎の控は、すでに金太夫によって、資材の品目とその数量、川職人や村方の夫役人足の員数と賃銭などが村ごとに整理され、合計の数値が出されていたが、御普請に関係した村の半分近くがそれに記載されていず、弥太郎の控だけではこの御普請の全容解明は無理であった。

〈弥太郎殿の控にない十か村分については、正次郎が地道に村方に赴き書写した、この資材及び夫役人足の請取明細書、出役明細書によって、それを埋めることができよう〉

正次郎が屋敷に来た数日後、金右衛門は正次郎の写しをいつもの小机に並べた。発行者はいずれも作事奉行配下の与力奥田仁左衛門である。

例えば、佐久郡入沢村の場合は次のようであった。

国役納付目録
佐久郡入沢村　村高　八拾六石四斗六升
田子川筋　梅　木
一　砂利　　参拾弐坪四合
右同所前
一　丸木　長弐間　末口四寸　弐拾四本
丸木　長弐間半　末口三寸　壱拾弐本
二　竹材　長弐間　弐百本

右者（ハ）谷川田子川御普請国役、書面之通納付相違無之（これなき）ニ付、遣請取書（うけとりしょつかわす）者也

寛文十二壬子年十月二十日　作事奉行与力　奥田仁左衛門　印

佐久郡入沢村　名主　組頭

夫役人足出役目録

佐久郡入沢村　村高　八拾六石四斗六升

田子川筋　梅　木

当該地宛行（あてがい）川職人員数及日数、四拾参人六拾参日ノ助勢

此夫役人足　弐拾六人　自寛文十二年十二月五日

至寛文十二年十二月九日

右者谷川田子川御普請夫役人足、書面之通出役相違無之ニ付、遣出役明細書者也

寛文十二壬子年十二月九日　作事奉行与力　奥田仁左衛門　印

佐久郡入沢村　名主　組頭

こうした請取書と明細書が十か村分あるが、その総計は百数十枚にも及ぶであろう。それぞれの一枚一枚が細かい文字で埋め尽くされている。正次郎、体に似合わず、意外に几帳面であるらしい。

〈図体に見合った字を書いてくれ〉

などと、悪態をつきながらでないと、時として金右衛門はこの仕事を投げ出したくなった。それほど、正次郎が小さな字で隙間なく書き写した百数十枚もの資料を読み込み、整理して、合計数値を求める作業は、根気のいる仕事であったのである。

ある日は、あまりにも捗らない仕事に苛立って、

「正次郎、頼むよ、いい加減にしてくれよ」

と独りごち、罪のない正次郎に自分の鬱憤をなすりつけた。そんなことを言っても何の益にもならないことは当の金右衛門が一番よく知っている。

「あら、正次郎様がいらしていたんではないのですか」

行燈の油を継ぎ足しにきた鈴が襖を開け、残念そうに金右衛門の背に声をかけた。

すると、

「このっ」

と、金右衛門は持っていた筆を机に放り投げると、鈴の腰を両手でつかみ、その場に押し倒した。

既に吐く息が荒い。

「あれまぁー、金右衛門様、いかがなされましたぁー」

素っ頓狂な声で戯けた鈴であるが、自分の帯を解きにかかる金右衛門の手に抗う素振りは見せなかった。

これは金右衛門をそう仕向ける鈴の粋な計らいであった。

金右衛門は仕事にのめり込むと脇目も振らずに夜を徹することも度々、またある時には苛立って酒をあおって早々に布団に潜り込んでしまう。それではかえって能率が上がらないと見てとった鈴の賢い亭主操縦法である。

もちろん、鈴が拒むはずのないことは重々承知の上での金右衛門の所業であった。

投げ出したくなったり、鬱憤を晴らしたりといった日々を重ねながらも、金右衛門は、正次郎の書き写した村請取明細書、出役明細書を調べ、資材の品目や数量、川職人や夫役人足の員数とその賃銭などを普請箇所ごとにまとめ整理していく作業を続けてきた。作業はもっぱら非番の日や勤番日の夜間であったが、それも間もなく終わる見込みとなっていた。しかし、そうした作業を進め、これまで不分明であった分の御普請の内容が見えてきた段階にあっても、弥太郎の控と同じように、村に残されていた請取書や明細書にも不審な点は何一つ見つからなかった。

〈いささか草臥(くたび)れた〉

この結果の見えない仕事に、金右衛門はこれまでにない疲労感を覚えていた。昨年六月に江戸から佐久原に帰藩し、その後の半年を道中奉行としての締めの仕事に追われたが、その仕事の疲れもまだ取れていなかったのである。

〈結局、弥太郎殿の控からも正次郎の調査からも見えてくるものは何もないのか〉

金右衛門は、目的と張りを失った。そしていつの間にか、登城と非番を単調に繰り返す、いつもの日常に埋没していった。

三

季節は初秋を迎えていた。

そうしたある日、

〈奥田はこの脇差を兄者に本当に託したのだろうか、死に際に偶然に手が脇差に伸びただけではないのか。もし、託したのであれば、奥田は何を言いたかったのだろうか〉

金右衛門は奥田仁左衛門の脇差を手にしていた。気分転換に久しぶりに押し入れの脇差を取り出してきたのである。

兄金太夫は旅立つ際に金右衛門宅に立ち寄り、この脇差と岡野弥太郎の控も預けていった。いつ上意討ちが成就でき、いつ帰藩できるか、その見通しも立てられない。そこで爾後の調査を金右衛門に託していったのである。

この脇差は、これまでも何度か調べていた。しかし、何度手に取って見ても、柄、鍔、鞘ともその拵（こしら）えには特段変わった仕様は発見できなかった。目釘を抜き、柄巻を外して茎（なかご）を見ても変わった点はなく、無銘で、刃渡りは尺五寸、刃文は直刃（すぐは）でありきたり、平造のごくごく普通の脇差である。

〈やはり、息が切れる間際にたまたま脇差に手がかかっただけだったのか〉

そう思うことも度々だったが、奥田仁左衛門の最期の凄惨な顔や振る舞いを思い起こし、

〈あの時、奥田は命と引き換えに何かを伝えようとしたに違いない〉

という結論に、いつも行きつくのだった。

そしてこの日、

〈何度調べても、この脇差の外見上からでは何もわからん、とすれば〉

そう考えた金右衛門は、懇意にしている城下の刀剣商備前屋にその脇差を持ち込んだ。

拵えや刀身には見た目には何も変わりはないが、この脇差について元の持ち主や刀匠、拵え職人の名など、その来歴がわかれば、何か手掛かりが得られるのではないか、と思案したからである。

「ちょっと私めに貸して下され」

備前屋は懐紙を咥え、脇差を手に取った。そして、拵えの一々を食い入るように眺め、目釘を抜き、抜き身の刀身を検分すると、

「私どもで扱った脇差ではありません。無銘ですが、おそらく尾州物、刀身の出来は良くも悪くもなく、まああと言ったところ。拵えにもこれといった点はありませぬが、年季の入った職人の造作ではなく、おそらく弟子筋に任せたものでしょう。なかでも鞘の黒漆塗りは見た目には普通ですが、私ども職人からみれば、素人くさく、決していい出来とは言えません。それ以上、申し上げる

ことはございませんが」

と、懐紙を手に戻して言った。

「ということは、この脇差の由来や元の持ち主についてもわからぬ、ということか」

「はい、銘もなく、拵えも素人の造作と言ってもいいくらいの物です。私どもには何一つわかりかねまする」

「そうか、やむを得ぬな。手間を取らせてすまなんだ」

「いえ、それが私どもの商売ですので、お気にしたもうな。ただ、一つ、……うーむ」

と、備前屋は首を傾げると、鞘頭と刀身の区（まち）の部分を合わせて並べた。

「田村様、ご覧じろ。少しですが、刀身に比べてやや鞘が長すぎはしませぬか」

「おう、言われてみれば少し長い。普通は一寸より少し長い程度なのに、これは二寸以上ありそうだ。はて、これまで何度も調べてきたが、これには気づかなかった」

「一見すれば通常の物とさほどの違いはありませぬ。鞘が少し長いのは当たり前ですので。私のように毎日毎日何本もの刀剣を眼にしているからこそ気づくのでありましょう。ほんの僅かですので」

「長いのには何か理由があるのだろうか」

「職人がこうした長さにすることはありません。もしかすると持ち主が腰に差す時の具合や好みで自分で造作したのでは。まぁ良くはできていますが、拵えの出来が素人くさいのもそのためかも知れません。そこまでは私にもわかりませぬ」

「そうか、素人の造作ということもあるか。ご亭主、手間をかけたな。礼を申す」

金右衛門は返してもらった脇差を手にして何事もなかったように店を出ると、急ぎ屋敷へと走り戻った。

そして、

「鈴、鉈（なた）を持ってきてくれ」

と、奥に向かって大きな声をかけた。

〈鞘になにか仕掛けがあるやも知れぬ〉

と言うのが、備前屋での金右衛門の直感であった。

帰宅するなりいきなり大声で呼び立てられた鈴が、

「はい、鉈をもってきましたが」

と怪訝な面持ちで表戸から顔を出すと、金右衛門はその手からひったくるように鉈をもぎ取った。

そして玄関の三和土（たたき）に抜き払った脇差の黒漆の鞘を立てると、

「あれぇ、何をなさる」

と、驚く鈴の叫びを背に聞きながら、金右衛門は躊躇なくそのまま鞘を断ち割った。

「むっ」

金右衛門は持っていた鉈を思わず取り落とした。

「何か詰められている」

果たして、刀身の切っ先が届かない鞘の先端一寸ほどの隙間に、几帳面に小さく折りたたんだ紙片が詰め込まれていたのである。

金右衛門はその紙片を破かないように注意深く引き抜いた。心なしか、指先が振るえている。そして、はやる気持ちを抑えるためにか、大きく息を吸い込むと、一折り一折りと皺を延ばすかのように丁寧に紙片を押し広げた。

「これは……」

金右衛門は思わず声を発した。

それは、最初の行に「右寄」とある箇条書きの書付であった。

第五章　証

一

かれこれ二時（ふたとき）は経っただろうか、田村金右衛門はいつもの小机の前にいた。

机上には、一枚の紙が置かれている。それには、渡辺正次郎の書写してきた十か村の村請取明細書、出役明細書を整理・集計した、延宝元年御普請に用いられた資材の種別とその総数や総量、川職人や夫役人足の延べ員数とその総賃銭が記載されている。金右衛門が数か月前に〈結局、何もみえてこない〉として中断していた作業であったが、ここで急遽再開し、やっと終わったのである。

金右衛門にはある期待があった。

〈これと兄者がまとめた弥太郎殿の控の数値を合算すれば御普請の全容が掴めるはずだ〉

こうして金右衛門が集計した延宝元年谷川田子川堤川除急場御普請の資材総数、総人足数と賃銭は以下の通りだった。

普請箇所　谷川田子川筋　梅木他全六箇所　総距離　壱百弐間　決壊箇所及前囲修築
一　諸色代金　弐拾両弐分　筋鉄（すじがね）　参百弐拾八本　壱本分　弐百五拾文
二　延人足数　四万四阡七百参拾六人

三　惣人足賃銭　弐百五拾五万五阡五百四拾文
　　内訳　村方人足　弐万壱阡壱拾人
　　　　　此賃銭　四拾弐万弐百文　一人分　弐拾文
　　内訳　川職人　弐万参阡七百弐拾六人
　　　　　此賃銭　弐百壱拾参万五阡参百四拾文　一人分九拾文

四　丸木　参万八阡五拾本
五　竹材　弐万参阡八百本
六　柳葉　五阡弐百四拾五束
七　松葉　六阡五百束
八　芝塼　弐百六万七阡枚

修築した決壊箇所は六か所とその周辺、修築した堤防の長さは合わせて一〇二間に及んでいる。岸辺に木や竹の杭を何本も列にして打ち込んで水の勢いを削ぐ根杭、柳や松の枝を平らに組み結んで板状にした束を並べた層と土を盛った層を交互に幾重にも積み重ね、それを突き固めて上に芝塼を貼る屏風返しという堤防の本体工事、竹で組んだ籠の中にたくさんの石を詰めた蛇籠を作って、それを大量に積み重ねて堤防から川に突き出して川の流れを変える大籠出し、丸木を四方に立て回して中に石を詰めた弁慶枠など、様々な工法で修築してある。こうして成った大普請のいわば総決算の表である。

　この表ができあがると、金右衛門は手文庫から一枚の紙片を取り出した。奥田仁左衛門が脇差の鞘に仕込んであった「右寄」と題された書付である。この二枚の紙を相互に穴も開きそうに凝視し、見比べていた金右衛門であったが、

「やはり、そうだ」

と、思わず叫んだ。隣の屋敷にも届き兼ねない大きな声だった。

「やっぱり、そうだった。間違いない」

「半造、半造はおらぬか」

　金右衛門は中間頭の石井半造を呼んだ。

「半造、すまぬが、今すぐ相生町の渡辺正次郎氏を呼んで来てくれぬか」


　正次郎はすぐにやって来た。例のように腰帯には数枚の手ぬぐいが捩じ込まれている。

「おう、正次郎、急に呼び立ててすまなんだ」

「いいえ、急なお呼び出し、例の御普請の件ですね」

　案内された座敷に腰を落ち着けると、まず正次郎は手ぬぐいで顔と手を拭った。何らかの予感で緊張しているようだ。

「そうだ、これを見てくれ。こちらがお主の筆写してくれた十か村の請取明細書、出役明細書の計

と兄者が計を出してくれた岡野弥太郎殿の控の数値を儂が合計したもの。そしてこれが元作事方与力の奥田仁左衛門が脇差に隠してあった〈右寄〉だ」

目を丸くして、しばらく食い入るように両方の書付に目を遣っていたが、正次郎は驚くほどの声で言った。

「何と、丸木や竹材、芝塼などの総数量、川職人の員数、村方の夫役人足数とその賃銭など、配列や書き方は違いますが、この二枚での数値はすべて完全に一致していますね。この奥田の持っていた〈右寄〉は普請の諸費用の合計だったということですか」

「そうなのだ、これは偶然の一致ではない。この奥田の持っていた〈右寄〉が実際に御普請に使われた総資材数、総人員数であることが、別の資料で確かめられたということだ」

「こうも完全に一致するとは、驚きです」

正次郎は再び手ぬぐいで額を強く擦った。顔には汗が噴き出している。

「この書付を奥田が脇差の鞘に仕込んで秘匿してきたのは、おそらくこれが本物の〈右寄〉で、藩庫に厳重に保管されているはずの〈延宝元年御領内谷川田子川堤川除急場御普請出来形帳〉の〈右寄〉は偽物ということではないでしょうか」

正次郎が小さな目を大きく見開き再び尋ねた。真剣に物事を考える際の彼の癖である。

「おそらくそうであろう」

金右衛門も大きく頷いて続けた。

「慥かな証はなく、断言はできぬが、奥田は金塚数馬の命令によって出来形帳の〈右寄〉部分を差し替えた。数馬は出来形帳を清書したのが奥田であることを知っていたのであろう。差し替えた丁合と他の丁合の筆跡が違っていたのでは、それが差し替えたことの明らかな証になってしまうからな。しかし、何かの折りにそのことに同じ作事奉行与力の弥太郎殿が気づき、数馬を追及したのではないだろうか。言い逃れできぬ数馬は、弥太郎殿を罠にはめ、根も葉もない言いがかりによって切腹に追い込んだ。次いで、実行犯の奥田を見せかけの罪を着せてお役御免、家禄没収として行方知れずにした。弥太郎殿のように切腹に追い込めなかったのは、弥太郎殿の切腹に身の危険を感じた奥田が〈自分もいずれ〉と恐れ、密かに持ち出した本物の〈右寄〉を種に〈自分に危害が迫ったら本物の右寄をお恐れながらと藩公に差し出す〉とでも言って、数馬に身の安全を保証させ、合わせて金を強請ったのではなかろうか。あの洒脱な家屋敷を見てもわかるように、奥田がお役御免になったあとも人並以上の暮らしができたのはそのためであろう」

折りに触れて、金太夫や金右衛門からこれまでの金塚家をめぐる疑惑やそれに関わる事件を聞いている正次郎は、そこまで聞くと、〈ウーム〉とその太い腕を組み、少し間を置いて言った。

「奥田仁左衛門が何者かに殺害され、また彼の死後、その誰もいない屋敷が不審火で焼失したのも、襲った側に不都合な人物の口を封じるため、また奥田が持っている〈右寄〉や御普請控などの証拠品を消すためであったのですね」

目を閉じて腕を組んでいた金右衛門が答えた。

「そうとしか思えぬ。武士としては埒外(らちがい)の所業だな」

「慥かに。ところで金右衛門様、個々の事件をそうして整理してみますと、権之進様の件も繋がってみえてきませんか」

「うん、まさにその通りだ。弥太郎殿の切腹の次第に疑問をもった安川権之進殿は密かに数馬の身辺を探り始めたのではなかろうか。それに気付いた数馬は、今度は権之進殿を標的にその機会を狙っていたのであろう。そうした折り、茶坊主の佐藤久林が〈能の番付表の貼り位置は権之進殿の指図なので〉と自分の命を拒否した。ほんの些末なことであったが、それをいい口実にして数馬はたちどころに久林を手討ちにした。久林が狙いではなく、あわよくばそれを理由に権之進殿の過失を誘い、ひいては、自身に迫ってきた権之進殿の穿鑿をも封じることができようと、数馬は手薬練(てぐすね)をひいていたのであろう」

　正次郎が言葉を継いだ。

「おそらく数馬は、権之進殿が久林に貼る位置を指示していたことは知っていたのでしょうね。ところが、逆に数馬は権之進殿に討たれてしまった」

「うむ、弥太郎殿の切腹と権之進様が数馬を討ったこととは一本の筋で結ばれていたといえるだろう」

「あら、正次郎様、来られていたんですね。ちょっと出かけていたものですから。お茶も差し上げずに失礼しました。今お持ちいたしますわ」

座敷を覗いたのは鈴である。例のようによく通る口調でそう言うと、すぐに盆に二つ茶碗を載せて戻ってきた。いかにも鈴らしい。予め湯を沸かしおくなど、不意の来客のための準備をしていたのであろう。

「正次郎様、いつも言ってますが、もうそろそろお嫁さんをもらったらいかがですか。ちゃんと本気で探していますか」

「ええ、私は本気で探しておりますが、なかなか見つからないのです。それに若い女の方はそれがしの顔をみるなり下を向いてしまうのです。どうも私の顔を見ると吹き出しそうになると見えて、下を向いたままクックックッと笑いを堪えているのです。それは普通の人には腹立たしいことでしょうが、私には面白くて、つい彼女らと一緒になって大笑いしてしまうのです」

「それじゃあ、どうにもなりませんね。私もそれとなく良いお嬢さんを探しておきますね」

「よろしくお願いいたします。贅沢は言いませんので。鈴様の半分の器量があれば十分です」

「あら、とんだ買いかぶりですよ。正次郎様のお人柄をよく知れば、良い女人（ひと）も大勢いらっしゃいますわ」

鈴が茶を運んできたのを機に世間話に興じた三人であった。

しばらくの後、鈴が茶碗を下げて座を空けたところで、正次郎が切り出した。

「ところで、金右衛門様、奥田の〈右寄〉と藩庫にある出来形帳の〈右寄〉では何が違うとお思いですか」

「拙者もそれを考えていた。金塚数馬によって弥太郎殿が切腹に追いやられ、奥田仁左衛門がお役御免になり後に殺害されたのも、偏に藩庫にある〈右寄〉が偽造されたものであるという事実が露わになるのを防ごうとしたためであろう。つまり、奥田の〈右寄〉と藩庫の〈右寄〉の差こそが数馬が隠したかった事項で、畢竟、それが金塚家に利益をもたらしたということになる」

「しかし、丸木や竹材や砂利、芝塼などの資材はすべて村方から現物で直接納めさせたもので、これらには対価もなく利を得る余地はまったくありませんので、それ以外ということになりますね。藩の勘定方から出金したのは、筋鉄の代価と川職人及び村方から徴集した人足の賃銭だけですが、筋鉄は二〇両二分とその金額も御普請費用からすれば大したことはありません。ということは、金額も膨大な人足の賃銭が書き換えられている、ということになりますが」

「それでまず間違いあるまい。弥太郎殿の控によれば、人足はこの普請の間中すべて同じ顔ぶれではなく、出入りも激しいので、賃銭は五日ごとその都度都度に支払っているが、その一切を口入屋で両替商の美濃屋四郎兵衛に代行させたとある。弥太郎殿の控にはその人足数と期日のみが記載されているだけだ。おそらく藩の勘定方では、人足を手配し、その個々の名前を書き留めて、賃銭を支払うなど、それらを一々処理する手間も人手も足りないがために、美濃屋に請け負わせ、立て替えさせたのであろう。御普請が終わった時点で、藩が一括して立て替え分を美濃屋に支払ったのであろう」

「そうですか、入沢村名主助右衛門の話にもありましたが、十二月から三月の農閑期に村高割りで各村から夫役人足を集めて普請を進めましたが、その夫役人足には一人一日二〇文が支払われておりました」

「奥田の〈右寄〉によれば、専門の川職人には一人一日九〇文の賃銭を支払っていることになっているが、これも美濃屋がその時々に立て替え払いをしたのであろう」

「書き換えるにしても筋鉄代金二〇両余では出目は出せないでしょう。とすれば、人足数を実際より増やして総賃銭を書き換えれば、実際の員数との差だけ出目ができますが、どのようにしてその出目を私ししたのでしょうか」

「うん、ところが、それは……それほど難しいことではないのだ。口入屋とつるんでやればな」

「あっ、口入屋美濃屋はご側室の清の方の実家です。清の方は美濃屋四郎兵衛の娘で金塚数馬の養女になって藩公のお側にあがった方、数馬とここでも結びつきます」

「そうなのだ。美濃屋は佐久原藩の蔵元で財政の元締めをする両替商であり、参勤交代や国内での諸普請で雇い入れる中間や人足などの口入屋でもあるしな。延宝元年の御普請でもその川職人は越後、甲斐、上野（こうづけ）などから美濃屋が集め、派遣した者たちだ。数馬が、奥田に出来形帳の〈右寄〉の差し替えを命じ、さらに勘定方に、差し替えた〈右寄〉に従って美濃屋への支払いを命じたのであろう。美濃屋は実際よりも多い金額を藩費から受け取り、その額面の受領書を数馬に呈出、そして数馬がそれを出来形帳に添付したに違いない。出た差額はひっそりと数馬の懐に収められたに相違あるまい。藩庫の出来形帳を見た限りではそうした不正は見抜けまい」

　正次郎は顔をしかめ、いかにも悔しそうに言った。

「そうですね。しかし……ここまで不正のあらましを掴みながらも、それだけでは、金塚家の息のかかった藩の重臣の妨害を封じ、数馬の悪行であることを納得させるのは無理かも知れませぬ。なにか決定的な証（あかし）が必要では。何かありませんか」

「証とな……うん、その決定的な証拠はこの奥田の〈右寄〉以外にはない。これが真に差し替えられた〈右寄〉そのものであるということを証明すればよい」

「それをどう証明いたしますか」

　金右衛門は〈よくぞ聞いてくれた〉とばかりに相槌を打った。

「うん、それは……これだ」

　金右衛門はそう言うと、奥田の「右寄」を手に取った。

　そして、

「正次郎、これを見よ。ここだ」

　と、「右寄」を拡げた
　こうして、細井金太夫、田村金右衛門、渡辺正次郎の三人による四年半に及ぶ地道な活動によって金塚数馬の不正に関する証が得られると、天和元年（一六八一）十月二五日、金右衛門と正次郎は連判をもって、数馬の藩費横領の疑惑を糺すよう要請する「乍恐御吟味奉願上候事」と題する訴状を横目付梶田木工左衛門に奏上した。その際、金右衛門らは証拠の核となる奥田の「右寄」を次席家老の増田弥右衛門に託した。増田は安川権之進の仲人であり、また唯一、金塚家の勢威には靡かぬ人物と金右衛門らにも目されていたからである。

そして、この金右衛門らの「吟味願い」の出された五日後、佐久原領内四四か村の名主が連判した「乍恐以連判奉願上候」とする願上状が、横目付梶田木工左衛門及び地方奉行大石太兵衛宛に奏上された。

金右衛門や正次郎はこれには直接関与しなかったが、言うまでもなく、その仕掛け人は正次郎であった。正次郎は金太夫の依頼によって御普請に関係のあった十か村の名主を直接訪ねたが、その際、野沢村名主重兵衛の訴えを聞き、金塚家の「六尺入用」なる賂要求を拒絶するために四四か村がまとまって藩庁に訴え出るよう、石高の大きい村を中心に名主を説いて廻っていた。それが奏功して、最終的に領内五四か村の内、金塚家と増田家知行の十か村を除く四四か村がまとまって一揆を結び、この連判状の奏上に繋がったのであった。

二

天和二年（一六八二）正月三日。

佐久原の城下でも、装いを改めた大勢の武士や町人が慌ただしく年始の挨拶回りで行き交っていた。往来の激しい表通りの裕福な商家では、その多くが左右の門に松の株一対を飾っている。中には松の上方に竹を二本横にくくりつけ、そこに飾り藁を敷き、上に昆布や蜜柑、串柿、裏白などを置いた豪華なものもある。いつもの正月の光景であった。

その華やかな風情の城下を大股で歩み、町奉行所の番所を訪った若い侍がいた。

身の丈は六尺ほど、痩せており体重は十六貫ほどか。月代や髷はそれなりに整えられ、小袖や袴は着古した物らしく貧相ではあるが、こざっぱりと洗い清められている。

若侍は臆することなく、番所の木戸口をくぐると、そこに詰めていた役人に胸をはり、まっすぐに言った。

「お頼み申す」

応対した役人は、若侍の威風堂々とした態度にはじめは気圧されたが、彼の身なりを一瞥すると、

「ふん、何用ぞ」

と、ぞんざいな口ぶりで尋ねた。

「拙者は、以前御当家にお仕えしていた茶坊主佐藤久林が一子圭吾と申します」

「何、久林……佐藤久林と申したか……慥か何年か前の正月、金塚数馬殿の手討ちにあったのが……うん、佐藤久林といった。なに、その倅だと」

吏卒はやっと思い出したのか、驚いてそう聞き返した。

「さようでございます」

もう一人の吏卒が指を折って年数を確かめると、重ねて聞いた。

「佐藤久林が手討ちになってからすでに五年が経っておる。その佐藤家はお取り潰しとなって、もはや絶え果てたと聞いている。その久林が倅が何用でこの番所に参ったのか」

「しからば申し上げます。金塚数馬殿のご子息勝之丞様を討ち果たしたのは、この私めでござる」

「ん、何と……今なんと申した。金塚勝之丞殿を討ったと、それに……それに相違ないか。その方が討ったとな」

事の重大さに肝を潰した吏卒は、ともあれ圭吾を捕縛してその身柄を確保すると、直ちに町奉行河村三郎兵衛にこの自訴の件を奏上した。

その翌日、事の重大さから横目付方に身柄を移された佐藤圭吾の吟味取り調べが、横目付筆頭与力高橋武之助によって行われた。

武之助の尋問に対する圭吾の陳述は以下のようであった。

「其方(そのほう)佐藤圭吾は以前当家の茶坊主であった佐藤久林の子息というが、それは真か」

「はい、しかと相違ございませぬ」

「其方、今年何歳に相成る」

「寛文三年（一六六三）生まれ、当年十九歳に相成ります」

「久林が御当家に仕えたのは如何なる経緯か、存じおるか」

「詳しくは存じませぬが、父久林は、二〇歳になった明暦の頃、流浪していた身を御当家の家臣の端切れに加えていただいた由、〈その時の殿様の御恩を片時も忘れてはならぬ〉と、いつも申しておりました。武士といっても低い身分で扶持も少なく、貧しい質素な暮らし向きでしたが、何一つ不平を漏らすことはありませんでした」

「久林は、延宝五年正月二日、城中で時の筆頭家老金塚数馬殿のお手討ちにあっているが、その時、其方はどうしておった」

「私めはその時、十四歳になったばかりでした。どなたかは存じませんが、父の同輩という方が、その日の夕刻に我ら父子が住む中間長屋まで来て下さって、父が数馬殿の手討ちになり、無縁墓地に遺骸が置かれていると教えてくれました。正月の御謡初能の務めで早朝にお城に登った父が、夕べには、冷たく物言わぬ姿となって無縁墓地に投げ捨てられておりました。罪もない父が何故にかくも無残に切り捨てられたのか、そして無宿者かのごとく何故無縁墓地に投げ捨てられねばならなかったのか、その無念さ、哀れさを思い、悲嘆の涙は止まりませんでした。まんじりともせず、その場にへたり込んだまま夜を明かし、周辺が明るくなってきましたので、父のむごたらしい遺体を人目に触れさせたくなく、遺体に添えられていた父の脇差を形見として手許におき、そのままそこに父を埋めました。まったく私一人の手しかなく、埋める穴を掘るのにも遺体を埋葬するにも大層な時がかかったかと。しかし、必死でした」

「其方の母、あるいは兄弟など身内の者はいかがしたのか」

「はい、母は私が九歳のときに病で他界しており、兄弟姉妹、縁者も御家中にはござりませぬ。母亡き後、父久林が男手で私を慈しみ育ててくれました」

「其方の父が手討ちになった同じ日の夜、その金塚数馬殿が安川権之進によって斬られたが、そのことを知ったのはいつのことか」

「はい、翌日辰の刻（午前八時）ごろ、父を葬り家に向かう途中、大勢の武士やその郎党と思わしき一団が城下を駆け回っておりました。その理由はわからなかったのですが、家に着くと、長屋の知り合いが、金塚数馬様を安川権之進様がその日の夜に討ち、そのまま身を隠されたらしいと教えてくれました。それで大勢の集団は金塚家の一統とわかりました。また〈ああ、権之進様は父の仇を討って下さったに相違ない〉と。ええ、その時どうしてそう思ったのかは我が事ながらわかりませんが、慥かにそう確信したのです。権之進様や奥方様には父も私も常日頃なにかと目をかけていただいておりましたので、権之進様のお心が読めたのかも知れません。軽輩の子、若輩の自分では叶わぬ願望を代わりに果たして下さったと感激いたしました」

「其方はその後もご当家の領内に留まっておったのか」

「いいえ、二日後の四日に見知らぬお武家様の一行に紛れて佐久原城下を出ました。親類縁者も身寄りもない身、身分は低く、しかも、まだ元服も済ませていない若輩者、拙い縁を頼りにするしかなく、父の出自の地である三河の岡崎に赴いたのです」

「その間も金塚家に対して意趣を持ち続けていたのか」

「はい、無残に理由もなく切り捨てられた父の怨念が心から消える事がなかったためです。無縁墓地に打ち捨てられた父の無念さはいかばかりであったかと。ところが、喧嘩は両成敗という武門の慣いは一顧だにされず、手討ちにした数馬様はその身分の故に無礼討ちと認められて一切のお咎めはなかったと後に聞きました。それに比べてまるで野良犬のごとくの我が父への為されよう……我が家門の身分の低さを嘆き、そしてその悔しさと憤りから放たれることはありませんでした」

「しかし、其方の父を討ったのは数馬殿ですでに権之進に討たれておるではないか。その子息の勝之丞殿は敵ではなかろう」

「はい、勝之丞様は敵とはいえません。敵でもない方を討ったことは、御家の法度に照らせば、いえこの世の法に照らしても、斬首か磔の刑に相当しましょう。覚悟の上でござりまする」

「では、何故に勝之丞殿を討ち果たしたのだ。何がそのきっかけになったのだ」

「はい、私めも、金塚家への恨みはあっても、当初から勝之丞様を討とうとは考えておりませんでした。〈討たねばならぬ〉と思うようになったのは、権之進様が、数馬殿を討ったことで逆臣とされたことに加え、ご子息勝之丞様によって敵と狙われていることを知ったからであります。卑しき身分といえども私も武士の端くれにございますれば、たとえこの身が滅しようと、次は私が権之進様をお助けするのが、心ある武士の取る途、いえ、人としての道ではないでしょうか。それを果たさずには我が心も墓下の父もそれを許してはくれますまい」

「はて、権之進が逆臣とされたこと、また勝之丞殿が敵討ちの旅にいることを、其方はどこで、いつ知ったのか。其方は久林が死後、すぐに当家御領内から三河に向かったのではなかったか」

「私めは、三河は岡崎城下にて町方役を務める幕吏の下僕として運良く雇われて、僅かの給金を稼ぎ、世を忍んでおりました。そこで三年半ほどが経った一昨年の四月に主人のお供をして江戸に下向、その帰途の五月十日、島田宿で川留めとなりました。ご承知の如く、島田と西方の金谷宿の間を流れる大井川には架橋がなく、それぞれ対岸に渡る際には人足による川渡しを利用しなければならず、浅い所といえど自分勝手に川を越すことは禁じられております。それがいったん大雨になって川の水深が四尺五寸を越えると、川留めになり、水が引くまで人足による川渡しもできない定めです。そこで両宿には、参勤交代の大名やその家臣団、商人、飛脚人足、旅芸人、行脚僧、伊勢詣など東海道を上下する大勢の人々が川留めが明けるのを待つことになります。その間は雨が止むのを待つだけでこれといって為すこともなく、自然と暇つぶしもあって雑多な人々による各国の見聞が話題に上ります。私は、川留めになったその島田宿で、偶然、勝之丞殿が自ら名乗って〈佐久原藩の逆臣であり拙者の敵である〉と、権之進様の行方についての手掛かりを得ようと、権之進様の人相書を手に宿に居合わせた旅人に聞き込んでいた場に出くわしたのです。勝之丞様と私めとは互いに面識はございませぬ」

「偶然に出会わせたと」

「はい。そんななかで十二日の夕方、一人の商人が〈四、五日前、伊豆の天城峠の付近で手負いの猪を一刀で倒して鉄砲猟師の危急を救った侍を見かけたが、この似顔絵に似ている〉と話したのです。勝之丞様はその話を聞くや、〈権之進に相違ない。翌朝すぐにでも伊豆に向け出立する〉と、二人のお供衆に命じられました」

「なるほど、そこで其方も伊豆に行ったのか」

「はい、主人に理由を申しあげて急遽暇をいただき、中間の格好では目立ちますので、その夜、まず大刀を手に入れ小袖と袴を古着屋で求めて準備を整えました。そして翌十三日早朝、伊豆に向かう勝之丞様の後を追って、府中、三島へと再び東海道を下り、三島から下田街道に入りました。勝之丞様はその途次、幕府の韮山代官所に立ち寄りました。豆州は天領ですから、権之進様の行方について代官所に存じ寄りはないか、お尋ねになったものと思います。その後も下田方面を目指す一行の後になり先になりして怪しまれないよう留意し、討ち果たす隙と地の利を探しました」

「勝之丞様を、いつ、どこで、どのようにして討ち果たしたのか」

「下田街道の天城峠を越えて数里ほど河津川に沿って南に下ると、湯ヶ野村という山間の村落に至ります。延宝八年五月十六日の未の刻頃（午後二時頃）、その湯ヶ野村の村外れで勝之丞様を討ち果たしました」

「しかし、其方は一人かつ若く未だ剣の腕前も覚束なかろう。それに対して勝之丞殿はその年二四歳、幼い頃から師について剣の修業も行っていた。従者も二人おる。その勝之丞様に対するに、其方はいかなる剣技を持ち合わせていたのか」

「剣についてはその通りでございます。若輩で、折りをみて剣術修業に励んではきましたが、とても三人を相手するほどの腕前ではありませぬ。せめていずこかで勝之丞様が一人になればと、その機会を狙っておりました。しかし、三島までの東海道筋は旅人も多く、勝之丞様一行も油断を見せることはありませんでした。ところが、幸いにも下田街道の修善寺にてお供の二人がそれぞれ別の道へと向かいました。一人は西方筋、おそらく戸田から海岸沿いに宇久須、田子へと向かい、もう一人は東方向、つまり川奈、稲取方面へと向かい、勝之丞様ご自身は下田街道をそのまま南へと向かいました。三方面で権之進様の手掛かりを探索しようとしたのでしょう。おそらく下田で落ち合う申し合わせかと」

「では、其方と勝之丞様とは一対一の果たし合いであったと申すのか」

「左様です。勝之丞様は修善寺を過ぎてからはお一人でした。しかし馬子の誘いで馬を雇い私より先に天城峠を越えられましたので、その途次は果たせませんでした。三日後、湯ヶ野村で私めが追いつきました。勝之丞様は道々で権之進様の所在を探っていたので日数がかかったのでしょう」

「斬り合いの次第は覚えておるか」

「はい、初めての真剣での斬り合い、夢中で相対しました故、胡乱ではありますが、大方は頭に残っております。その日は初夏とはいえ日差しが殊の外強く、探索で歩き回ってお疲れになったのでしょうか、勝之丞様が畑脇の木陰にあった岩に腰をかけていたところに、俄にその眼前に立ち、〈父の敵、覚悟せよ〉と大声で呼びかけて大刀を向けました。勝之丞様は慌てて立ち上がり、私を正面から見つめ、〈人違いだ、身に覚えはない、拙者は金塚勝之丞なるぞ〉と口ごもりながら釈明し、震える手で刀の鞘を払いました。その勝之丞様の慌てようを見て、それがしはかえって気が鎮まりました。そこで〈貴殿の父に手討ちにされた佐久原藩の茶坊主佐藤久林が一子圭吾なり〉と名乗りました。正統な敵討ちではありませぬが、運良く勝之丞様を討ち果たせても不意討ちや闇討ちでは父の無念は晴れないでしょう。また、それでは権之進様へのご恩返しにもならないどころか、武士としての大義と名分を捨てることになり、権之進様のお叱りを受けるに相違あるまいと」

「何故、〈父の敵〉と。敵とは思っておらぬと言ったではないか」

「それが、それがしにもよくわかりませぬ。ただ、父の無念を晴らしたいという一念がために咄嗟に出たのかと。慥かにそう呼びかけました」

「臆するところはなかったのか」

「はい、〈父の敵の子、この機会を逸したならば後はない〉と、相討ちも覚悟して闇雲に相手の懐に向かって飛び込んだのです。いわば剣法を無視したそれがしの剣裁きは、勝之丞様の修業した道場での試合とはまったく異なるものだったらしく、勝之丞様は、そのまま勢いに押されて後ろに仰け反り、体勢を立て直そうと目線が外れました。その一瞬、私は切っ先そのままに一気に胸を突き刺したのです。〈ギャウーッ〉と吠えるような呻きを残して勝之丞様が頭から叢に突っ込みました。そこで、父の形見の脇差で首筋に止めを刺し、敵討ちの証として勝之丞様の御首級（みしるし）の代わりに髪の毛を取ろうと髻（もとどり）に脇差の刃を当てました。その時、断末魔のごとき勝之丞様の顔が眼前に迫ってきて、底知れぬ恐怖を感じ、とにかく一握りの髪の毛を切り取って、逃げるように走り去りました。気づいたら天城峠を越えておりました」

「左様か、ところでその果たし合いは誰かに見られていたのか」

「以上申し述べた以外のことは全く記憶にございません。誰かが見ていたかどうか、それもわかりませぬ。ただ、人に見られぬ内にと思い、急いで掌に握っていた髪だけを切り取って、すぐさまそこから離れました」

「これまでの申状のほかに申し述べることはあるか」

「いいえ、存じ寄りのことはすべてお話し申し上げました」

「では最後に尋ねるが、咎に問われることを覚悟のうえで自訴に及んだのは如何なる理由によるのか」

「私めは湯ヶ野で勝之丞様を討ち取った後、そのまま岡崎に戻り、前のご主人の下で中間（ちゅうげん）奉公を続けておりました。そして一年半ほどが経った先月十二月二五日過ぎに主人に藪入の暇を乞い、年末に佐久原城下に参りました。勝之丞様の件はその頃にはとっくに沙汰止みになり人々の口にものぼっておらぬだろうと。それより何より正月二日は父の命日なれば、父の墓前に数馬様の子息勝之丞様の髻を供えて〈父上、ご無念の一端は晴らしました〉と、報告をしようと、当地に罷り越した次第です。墓参はいずれ果たさねばならぬと思っておりました。ところが、墓参を済ませて一夜を乞うた旅籠（はたご）で、勝之丞様は権之進様の返り討ちにあったとして、一昨年の六月、細井金太夫様に権之進様に対する上意討ちの沙汰が下った由、耳に挟んだからであります。それでは前にも増して権之進様に災禍を招くことになります。その因は私が勝之丞様を討ったからで、私の所業は恩を仇で返すことにもなります。それは私の本意ではありませぬ。勝之丞様殺害の下手人が判明すれば、細井様に上意討ちを命じられた藩庁のお考えも変わるかと、夜の明くるを待って自訴に及んだ次第。なにとぞよしなにご吟味いただきますようお願い申しあげまする」

「其方の申し立ての趣旨は相わかった。私の遺恨で、また其方如き低き身分の侍が我が藩の筆頭家老を約された重臣を討ち果たしたとなれば、即刻斬首か打首獄門の曲事である。じゃが、神妙に自訴したことでもあり、また、当役所で吟味が進んでおる別件にも関与するかも知れぬ。横目付梶田殿の御指図で、これらについて巨細（こさい）に調べが尽きるまで、其方の仕置きは控えおく。改めて下知のあるまで入獄を申しつけ置く」

佐藤圭吾の自訴を受けた横目付らの関係者は、自訴の内容が、勝之丞が討たれた相手を権之進とする点を除けば、一昨年六月七日に勝之丞の若党篠浦九郎次と中間野村用助が申し立てた内容に一致し、同月五日付け公儀の通達の内容とも矛盾していないことを確認した。当然、勝之丞が討たれた相手を権之進とする推測も直ちに打ち消された。

横目付が本来即刻断罪するはずの圭吾の仕置を躊躇った背景には、その前年十月二五日に田村金右衛門と渡辺正次郎が連判で出した「乍恐御吟味奉願上候事」とする訴状と、その五日後に佐久原領内四四か村の名主が連判して奏上した「乍恐以連判奉願上候」とする願上状への対応があった。横目付、地方奉行をはじめとして金塚家派と目された他の重臣も、それまでその権勢を懼れて加担し、あるいは目をつぶってきた数馬の私利私欲に基づく悪政を庇い立てできなくなっているのではないかと、内心では薄々に悟りはじめていたのである。

こうして佐藤圭吾の身柄は佐久原藩横目付に預けられることとなった。

一方、圭吾は、斬首あるいは打首獄門に処せられることを覚悟の上で自訴に及び、その理由が世話になった恩人安川権之進の苦衷を見かねてのことと供述したが、これを知った心ある武士は、〈身分の上下を問わず侍の見本である〉と、圭吾の俠気を誉めそやした。

第六章　再会

一

ここで、金塚数馬を斬って逐電した安川権之進のその後について触れておこう。

延宝五年正月二日、金塚数馬を斬った安川権之進は、妻世津と娘江津の身柄を細井金太夫に預けるよう若党中野与助に命じると、すぐに佐久原城下を抜け出した。

そして、野沢、八千穂から麦草峠を越え、甲州道中の茅野(ちの)を目指した。その道は、追手がもっとも避けると思われた裏道であったが、それでなくても険しく、また獣道ともいえる八千穂からの山道は雪に阻まれ、想像を絶する行程となった。生まれて以来雪になじんできた信州人にとっても安易な山越えではなかったのである。ところが、幸いにも雪の少ないこの冬が権之進に味方した。やっとのことで山を越え、茅野に出ると、甲州道中を下って金沢宿に向かい、そこから金沢道、秋葉街道を辿って遠州へと逃げおおせることができたのであった。

与助に別れ際に告げた落ち延び先は西国方面であったが、遠州に身を寄せることになったのは、権之進の遠い先祖が駿河と遠江国、つまり駿遠(すんえん)二州に勢力をはった豪族であったという、単純な理由であった。いや、意の赴くままに足を運んだら遠州に着いたといった方がいいのかも知れなかった。それは鮭が生まれ故郷の川に戻ってくるように、権之進の体で紡ぐまれてきた先祖の遺伝子がそうさせたのかも知れないが、もちろんこの時代の権之進にとっては知るべくもない。

数馬を手にかけたことは、武士の一分だけではなく、しかるべき理由もあってのこと。自身には、敵持との負い目はないが、それでも日々の過ごし方には用心に用心を重ねて無闇に表に出ることは避けてきた。

〈今少し、時が必要であった。さすれば……〉

と、思うが、この期に及んでは最早それは愚痴に過ぎなかった。

こうして佐久原から逃げ延びてはみたものの、以後の権之進の生活は筆舌にも尽くし難い過酷なものとなった。今日の命を明日に繋ぐには最低限の食べ物を確保しなければならぬが、まずそれが、権之進には至難のことであったからである。なぜなら、そのころの武士には食べ物に執着することは恥ずかしいことと認識されていたし、ましてやこの安川権之進や細井金太夫のように「筋目正しき家系」を誇る武門にとっては、自らが食べ物を調達することは日常の行為ではなく、それは戦に備えること、つまり兵糧米の確保という戦の準備を意味していたのである。

したがって路銀、それも有り合わせの僅かな金子が尽きると、食べ物に執着することを恥と考える権之進は、すぐにその日の食い物に事欠くようになった。「武士は食わねど高楊枝」はまだ余裕のある場合のことで、「生きるために最低限の食い物を探す」状況になってはじめて、権之進は自らの存在が人間である前に動物のそれであることに気づかされたのである。かと言って、時折、佐久原でも噂になった道場破りでなにがしかの銭を得ることは、権之進には赦せる行為ではなかった。それは実質的には、剣の腕前を悪用して道場主から金を強請り取ることであり、剣の奥義とともに人徳をも磨いてきた侍の誇りを汚すものと、権之進には思えたのである。したがって、権之進が食を得るには、それと同等の価値のある仕事と権之進自身が認める仕事をもって食い扶持に替えるしか、他に手段はなかったのである。

　そうとはわかっていても、

「何でもいたす。今夜の握り飯一つ分働かせてもらえぬだろうか」

　このたった一つの短い台詞が言えるようになるまで、権之進は商家の前を、寺社の門前を、旅籠屋の勝手口の側を何度行き来しただろうか。

〈何という風体か、これでは食い詰めた乞食にも劣るだろう〉

　空腹に耐えかね、〈せめて水でも飲むか〉として川面に写った己が顔にも驚く始末であった。まだ逐電してから三、四か月しか経っていないが、月代は伸び放題、頬は瘦け、口髭が広がって顎や頬までを秩序なく蔽っている。細面で〈端正だ〉と自惚れていた自分の面影はまったくなくなっていた。

〈武士道などというが、それでは飯も食えないではないか〉

　腹が空く度に、自分を自分として成り立たせている武士という存在の証が僅かずつ崩壊していくのを嘆きつつ、日雇い仕事でやっと得た数枚の寛永銭のありがたさが身に沁みた。

〈今日は何とか食にありつけた。明日も食い扶持を得ることができるのだろうか〉

その日の食を得るのに精一杯を過ごしたある日の夕刻、権之進は背筋を伸ばして遠くの山並みに目を遣った。その中央にある龍頭山頂に橙色の夕陽に染められた三層の美しい天守が見える。掛川城だ。この当時の城主は井伊氏であったが、天守は山内一豊が元和七年（一六二一）に修築したものであった。山内一豊といえば、その妻千代が貧乏な生活の中でも貯め置いてきた持参金で一豊のほしがった名馬を購い、そのおかげで、一豊は信長の催した馬揃えという晴れ舞台に臨むことができ、それがために信長の目に叶って一豊が出世の糸口をつかむことができた、という内助の功の逸話で有名である。

〈何事もなければ、今も儂はあのような城に詰めていたはずだ。数馬を斬ったのは少し早計過ぎたやも知れぬが、いずれ数馬には相対せずばならなかったであろう。その意味ではまったく悔いはない〉

権之進は、宵の闇に次第に隠されていく掛川城の天守を見つめ続けていた。時として湧いてくる後悔の念を自らの行為を正当化することで打ち消しつつ。

しかし、

〈ただ一つの悔い、それは妻世津と娘江津に塗炭の苦しみを与えたことだ。そのことはいくら悔いても悔い足りない、慚愧の極みだ〉

と、権之進はいつもそれだけを悔いた。

〈決して一豊の妻千代に劣るものではないわ。控えで出しゃばらず、それに賢い。世津は儂には過ぎた嫁だ〉

世津のことは片時も忘れることはない権之進であったが、今日ほど〈逢いたい、抱きしめたい〉と思うことはなかった。

〈あれからどうしたであろうか。与助は果たして世津と江津の身柄を細井金太夫殿に委ねることができたのだろうか。できたにせよ、金太夫殿の屋敷にずっと留まることはできまい。とすれば、世津は、江津は、今、何処にいるのだろうか〉

寝ても覚めても何を見ても、千々に乱れる権之進の思いは、いつも世津と江津の身の上に行きつくのだった。

そして、

〈金太夫殿に問い合わせて世津の居所を聞いてみるか〉

という結論に達し、その旨の書状も書くのだが、

〈自分は敵(かたき)として狙われているかも知れぬ身である。世津は儂の潜伏先を知れば必ず訪ね来るであろう。さすれば自分一人の日々の食さえ満足に得られない今の暮らしの中でさらなる苦労を世津と江津に強いることになる。であれば、儂のことは世津に知らせず、世津の居所も儂は知らぬほうがいい。それにあの賢い世津のことだ。今の逆境にもめげず、自活の方途を見つけ、江津も立派に

育ててくれよう〉
と思い至り、金太夫への書状はその度ごとに焼き捨てることになった。

二

「旦那様、権之進様」

それは突然のことだった。苦渋の生活にもようやく慣れたころ、商人姿に身をやつした安川家の若党中野与助が権之進の前に現れたのである。

「おおっ、与助、与助ではないか。よくぞここまで……」

権之進にはそれ以上の返す言葉が見つからなかった。別れてから半年余りしか経っていないが、十年以上も逢っていないような気がし、また、まるで与助が救いの神にも思えた。

「はい、ようやく……ようやくお目にかかれました。嬉しゅうございまする。それにしても……そのお身なり、どんなにご苦労されたか、ご察しいたします」

与助はそう言うと、袖口を引いて両目に当てた。嗚咽が手から漏れている。

与助が権之進に巡り会ったのは、遠江国袋井宿の安旅籠でのことだった。権之進が薪割りや水汲みなど宿の雑事を請け負って得た握り飯を食べようと、寝場所の納屋に入ろうとしたところであった。

　半年前、与助が別れ際に権之進から聞いた落ち延び先は、西国方面であったが、それは余りにも漠とし過ぎていた。それでも与助がここ遠江まで尋ね来たのは、主人たる権之進が常々〈安川家の遠祖は駿遠二州に勢力を張った豪族〉と述懐していたからであった。とは言っても、そこに権之進が潜んでいる確証はなく、しかも駿遠二州といえど、その範囲は広く、両人ともに共通して知っている場所や目的物もなかった。つまり両者ともに再会できる見込みはもっていなかったのである。

　それでも半年余りで巡り会えたのは、与助が主人権之進の性向を熟知していてその潜む先を予測でき、その予測に基づいて徹底的にこの二州に絞って探し廻ったことによるが、それは奇跡といってもいいほど幸運な巡り会わせであった。

　再会の喜びがようやく落ち着くと、与助は、権之進が佐久原から落ち延びた後の様子を次のように語った。

「殿と別れた後、奥方様とお嬢様はご指示のように細井金太夫様のお屋敷にお連れいたしました。殿の言われたように、金太夫様は〈安心して連れ参れ〉と、奥方様とお嬢様を匿って下さいました」

「さもあろう、儂の思った通りの男であった。金太夫殿にはお礼の一言でも申したいが、この境遇ではな」

「その日が来るとよろしいのですが。実は、金塚家一統が殿を狙っております。みどもは、奥方様、お嬢様を金太夫様にお預かりいただいたその足で、一旦実家に戻って母紀代に〈金太夫様に身を託すように〉と伝えるために城下を駈けました。その折り、暗闇に紛れて金塚様の屋敷前を通りかかると、開け放たれた門内には煌々と篝火が焚かれ、刀や長槍などの武器を手にした大勢の侍や中間が集まって、〈権之進を討て〉と気炎を上げておりました。おそらくそのまま殿のお屋敷に出向いたものと思われます」

「奥と娘は間一髪であったということか。与助、礼を申すぞ。この通りだ」

「旦那様、勿体のうございまする。頭をお上げ下さいませ。それにみどもも金太夫様にお助けいただけなかったら、危のうございました」

「いかにも、その通りであった。金太夫殿がいなくば、世津も江津もそして与助お主も囚われの身になっていたやも知れぬ」

「おっしゃる通りです。かく言うみどもも金太夫様にいただいた路銀で今日まで食いつないでこれました。ところで殿、私は実家で一夜を明かして母に別れを告げ、商人の姿に身を変えて密かに領内を抜け出そうと武家町を通りかかりましたが、その時すでに、金塚家では数馬様の一子勝之丞様を討手に殿を敵とすることを藩公に願い出ていると、殿の探索のために動員された中間どもが囃し立てておりました」

「おそらく殿はそれをお許しになったであろう。いずれ敵として狙われるであろうと、儂もそう考えておった」

権之進にも、自分にはやがて追手が向けられるだろうし、金塚家が申し出れば、金塚家に信をおく藩主頼忠公のこと、直ぐにでも仇討免状を出されるものと、想像はついていた。

「それにもまして旦那様、そのお顔にそのお身なり……この半年のご苦労が偲ばれまする。これからはみどもがお世話申しますので、ご安堵のほどを。何なりとお申し付け下さい」

「何よりも有り難く心強い言葉だ。儂の短慮でお前にも苦労かける。すまぬ」

権之進は不覚にも涙をこぼした。

三

こうして権之進主従の毎日が始まった。

でもそれは、つい昨日前と基本的には何ら変わりのない日々であった。一日一日の食い扶持を稼ぐ、眠る場所を確保する、人間としての最低の生活であった。加えて、命を狙われる討手の目から逃れるために居所を定めがたい、旅枕の日々でもあった。

しかし、それでも権之進にとっては、それ以後は格段の毎日となった。その日の飯一杯にも与助の口利きで与れたし、その飯一杯を稼ぐために権之進自らが頭を下げて仕事にありつく精神的な苦渋からも解放されたからである。さらに夜もどちらかが寝ずの番をすることで一方は安心して睡眠を貪ることができた。それは疲れた肉体から解放されることでもあった。与助の存在の重さを改めて知る権之進であった。

　こうして主従二人は、その日の食べ物を確保しながら裏街道や脇街道などを人目につかぬよう流浪した。二人の行動範囲は、遠江、駿河、伊豆の諸国が中心であったが、これは、西は新居関（あらいのせき）、東は箱根関を越えぬ範囲であり、二人がなるべくその関所を避けて移動した結果でもあった。

　この二人の思慮は思わぬところで主従に身の安全をもたらした。それは、一国大半が幕府領（天領）であった駿河国は別にして、これらの諸国の領域支配が複雑であったことからもたらされたものである。

　当時、伊豆国には幕府領の他に旗本領や大名領の飛地があり、また、遠江国には掛川藩、横須賀藩、浜松藩があって、これらの大名領地が入り組んでいたのに加えて、その大名領に挟まれる形で少ない石高の幕府領、旗本領、大名の家臣の知行地、寺社領などの中小領地がこの地域には密集していた。

　そのためこれらの領地をつなぐ行政のための伝達や犯罪捜査が十分に機能しなかったのである。公的権力、警察力の及ばない、いわば法の空白地帯でもあり、そのために全国を股にして暗躍する盗賊団や各地に盤踞（ばんきょ）して博打（ばくち）や出入を繰り返すヤクザたちの格好の逃げ込み場所にもなっていた。

　こうした治安の悪さが、皮肉にも権之進主従に安堵できる環境を用意してくれたのである。

「何か人手のいる仕事があれば手伝わせて下さらぬか。二人で参ります」

与助がこうして探してくる日雇い仕事は、その職種を厭わなければ、結構あった。この頃には権之進も武辺一辺倒の武士の在り方に少なからず疑問を感じて、いや武士という存在そのものに一種の嫌悪感をも感じていたので、与助の探してくる日雇い仕事に不満を漏らすことはなかった。

そうして佐久原を逐電してからいつしか二年の歳月が流れていった。

若党中野与助の手助けを得るようになって、権之進の日々の生活は少しずつ変わり、近頃はゆとりさえ感じられるようになっていたが、脳裏から離れない一番の懸念は、妻子世津と江津のことはともかく、やはり勝之丞のことであった。いつ居所を知られて踏み込まれるやも知れなかった。

「勝之丞様が近在にきたという徴(しるし)はないですね」

「うん、今頃も何処かの国を経巡っておるのであろう。儂の祖先の故地が駿遠二州あたりにあったということは噂などで聞き知っているかもしれぬ。とすれば、この二州はまず最初に探索しておることだろうから、当面はかえって危惧しないで済むやも知れぬ」

「油断は禁物ですが、全く兆しもないとは」

「ところで、昨年四月ごろ、佐久原を逃げ延びて一年と少しが過ぎた頃、駿河藤枝の木賃宿で会ったあの旅の僧侶、安蓮とかいったあの僧は果たして約束を守ってくれただろうか」

「そうでしたね。金太夫様のお屋敷を訪ねて奥方様の行方を教えてもらい、殿のご無事なことだけを奥方様に伝言してもらうよう頼んだのでした。奥方様が知るとかえって気苦労を増すことになると、殿の所在地はお知らせいたしませんでした。もっとも、その頃は一定の所に十日以上住まうことは滅多になかったので、知らせることもできなかった訳ですけど」

「彼の僧は、廻国修行中でもあり、いつ当地のほうに戻ってくるのかわからぬが、ただ奥には儂が息災に過ごしていることだけでも伝わって欲しいものだが。確か、安蓮とか言ったあの僧侶は、あれから相模鎌倉の龍口刑場、武蔵品川の池上本門寺、下総の中山法華経寺、安房小湊の誕生寺、甲斐の身延山久遠寺と日蓮聖人の足跡を廻る所存と言っておった。どのように廻るかは知らぬが、全てを訪ねて修行を積むとすれば相応の年月は要しよう。再び逢おうとも約束しておらぬし、おそらく巡り会うこともないだろう。世津には儂の無事なことだけは伝わったと、安蓮殿を信ずるしかあるまい」

「左様に存じます。ところで最近は、数日、時には十日以上も一所に留まることが多くなっております。いかがでしょうか、安蓮様のこともありますので、お寺、それも法華宗の寺院に寺抱えとして空いている宿坊をお借りすることになさったら。もちろんみどもが安全を念入りに確かめまする」

「安蓮殿は法華宗の修行僧、それは良き思案かも知れぬ。寺院の寺抱えともなれば、寺侍を抱える寺院もあって侍がいても目立たぬし、それに勝之丞がたとえ町方の手を借りて探索しようと、寺社は勘定奉行の支配下、町方の手は及ばないことも好都合か」

　こうして権之進と与助の二人は法華宗の寺院を主に訪ね、その寺抱えとして十日ほどを過ごすと、また別の寺に身を寄せる、というふうになり、年の半ば以上を寺抱えとして過ごすことが多くなった。

その際には、もちろん権之進が敵持であることは内密にし、度々偽名を用いていた。当然、こうした生活でも外部との連絡は避けねばならなかった。手紙を出せばそれが因で潜伏先を討手に知られる恐れがあったからである。いやそれより何よりも、安住先のない身にとっては書状を受け取ること自体が極めて困難だったことは言うまでもない。

表向きには顔を出そうとしない二人であったが、法華宗寺院も二人を慮って過去のことを勘ぐることが少なかった。それは開祖日蓮以来、権威や権力に屈してこなかったというこの宗派の伝統によるものであったのか、どうか。権之進にはよくわからなかった。

このように、二人はある一定期間を寺抱えとして過ごすと、用心のためにその寺を離れ、次の寺院を訪ねるようになったが、二人の働きぶりが気に入られ、寺院を離れる際に、数か月後の寺行事の手伝いのために、再訪を約束させられることさえあり、宿坊を探す手間も次第に省けるようになった。

生活の基盤が曲がりなりにも整うと、落ち窪んでいた頬も目も元のように戻り、総髪と髭に蔽われた顔は変わらなかったが、権之進は端正な面立ちを取り戻していった。

延宝八年（一六八〇）五月六日、権之進が佐久原から逐電してから三年と四か月が過ぎていた。

その日、権之進主従は、駿遠二州での滞在が少し長く続いたので、次は伊豆国に潜伏先を移そうと下田街道を辿り、天城峠に差しかかっていた。

その峠道の途中のこと、
バァン
と、突然近くの山中から銃声が響いた。

その直後、権之進主従の目の前に傍らの藪陰から一人の男が転がり出てきた。

「ヒエッー」

と、耳に突き刺さるかのような奇声を上げて逃げ惑うその男のすぐ後ろには、竹藪を踏みしだいて巨大な雄猪が突進してきている。牙を剥き鼻息荒く迫ってくる猪の額から鼻の辺りは、一面血に染まっている。

……それは、一瞬であった。

ヴオーォッ
雄猪が形容のできない吠声を発して鼻から地面に突っ込んで転がった。その両の前足は膝のすぐ上を断ち切られている。

与助の目には留まらなかったが、いつの間にか権之進が倒れた猪の鼻先にいた。身を沈めた権之進の手には抜き身の大刀があった。

「手負いの猪ほど凶暴なやつはいないというからな」

権之進はそう言うと、刀の血糊を拭き取って鞘に収めた。

「ありがとうごぜぇます。お陰様にて助かりました。一発で仕留められねぇで、こんような不始末に」

鉄砲を片手に猟師は権之進に頭を下げて礼を言った。いつの間にかその後ろにはもう二人の猟師が叩頭して佇んでいる。彼らは三人で合力して猪を獲ろうとしたが、最初の一発が的を外したらしい。

「礼には及ばぬ。後の処理を頼む」

名を聞かれたが、仮名であってもそれに答える訳にはいかない。当然ながら討手側は敵が仮名を用いていることは織り込み済みである。また、こうした武勇が人々の口の端にのぼることさえ、潜伏している身には決して好ましいことではない。

断末魔のように吠え狂い、断たれた前足で虚空を掻きながら地面をのたうつ猪に近在の百姓や大勢の旅商人の目は釘付けになっている。

その様子を目の隅に一瞬とどめると、権之進は、クルリとその背を返して何事もなかったかのように、ゆっくりと来た方向に峠道を下りはじめた。

このことがあって、以後、権之進主従の足は伊豆国に向かうことはなかった。

権之進にとっては、討手側金塚勝之丞の動向が一番気になることであったが、勝之丞についての情報はまったく耳に入ってくることはなかった。それは考えようによっては、権之進の潜伏先が勝之丞の側に漏れていないことでもあった。相手方の情報を得ようと動けば動くほど、自分の居場所を晒す機会がより多くなるからである。その意味で権之進主従の潜伏は要所を押さえていたと言えよう。

こうして権之進主従は討手の目を避けながらも、各地の法華宗寺院、中でも駿遠二州の同宗寺院の世話になり、その宿坊を仮の住まいとする日々が再び多くなっていった。特に馴染みが深く身を寄せることが多かったのは、遠江国相良の妙国寺であった。その住職乗明は、権之進は〈もしかすると敵持ではないか〉と思いながらも、権之進の人柄と働きぶりを称賛してくれる、権之進にとっては数少ない心許せる人物であったからである。

遠江国相良は、駿河湾に注ぐ萩間川河口にある。戦国時代には今川、武田、徳川三氏の争奪戦に巻き込まれたが、天正十年（一五八二）の武田氏滅亡後、徳川氏領となり、家康はここに相良御殿を建てて別荘地とした。正保期頃（一六四五年頃）には、新町、市場町、前浜町、福岡町などと町割りができていた。宝永二年（一七〇五）、本多氏によって藩が立てられ、後に板倉氏などが入封、宝暦八年（一七五八）には田沼意次が入封している。相良城が築かれたのは、田沼時代の明和五年（一七六八）のことだった。

天和二年（一六八二）、権之進が佐久原を逐電してからちょうど五年目を迎えたこの年一月五日、権之進と与助は半年ぶりに相良の妙国寺に仮の宿を請うた。

「この宿坊にお世話になるのは何度目でしょうか。乗明殿にはお礼の言葉も申しようがございませぬ。感謝いたします」

権之進は応接してくれた住職乗明に深々と頭を下げた。

「いや、拙僧は、現世安穏、後生善処を唱えられた開祖日蓮聖人の御教えに従うておるのみ、礼は聖人様におっしゃって下され」

こうして妙国寺の宿坊に身を寄せて、例のように、権之進主従は近在の農家に日稼ぎに出るようになった。

初春を迎えた田圃は荒起こしの時期でもあり、人手を必要としていた。

そうして十日が過ぎた日の夕刻であった。

権之進が日稼ぎから戻ると、宿坊に乗明が来て、いつもの笑顔と違う多少困惑の表情を浮かべて言った。

「早川様、お疲れのところ恐縮ですが、ちと込み入ったことをお聞き致します……もしや早川様は世を忍ぶ名、もしや本名を安川権之進殿と申すのではございませんか」

「うっ、なぜそのように」

突然のことに思わず身構えた権之進に乗明は続けた。

「実は、今朝、早川様がお出かけになったすぐ後に、当院を旅支度のお侍が訪ねて参りました。〈安川権之進殿に書状をお渡ししたいが、取り次いでもらえぬか〉と。はじめは〈かような方は当院にはおりませぬ、なにかのお間違いでは〉と、お断りしたのですが、〈いや、昨日、安川権之進殿と確かめてのうえでのこと、ご心配はご無用です〉と。お名前を聞いたのですが、〈ここに記してあります。これをお渡し願えれば結構です〉と、無理矢理この書状を置いていったのです」

と手に持っていた封書を差し出した。書状を封紙でくるんでその上下を折り曲げた折紙といわれる封書である。

その表の上部には、

「安川権之進殿」

と、墨色新たに宛名が記されている。そしてその下部には、これも墨色濃く、

「細井金太夫」

とあった。

四

天和二年（一六八二）年二月五日。

春を迎えた遠州の地は信州佐久原とは比較にならないくらいに暖かかった。そこかしこで梅の花がその香りを撒き散らし、鶯がその鳴き声を競っている。

相良の妙国寺への参道はまっすぐではなく、右に左に緩やかな坂をのぼって寺の境内に通じていた。

曲がりくねった参道の両側には山茶花が赤や白の花弁を散らしている。

その細い参道を駆け上がってくる小さな人影があった。

「ちち上さまぁーっ」

「ひげのー父うえ様ーっ」

その姿は危なっかしいが、小さな体を精一杯使って石段を駆け上ってくる。紅色の小さな手甲が前後に振られ、白い脚絆が右、左と交互に忙しく上下している。

「江津、江津かぁー」

その姿を認めたか、あるいは呼び声で気づいたか、権之進は置かれている我が身の境遇を忘れて、大声をあげて参道を駆け下った。

「ちちうえさまー……」

出会い頭に江津は権之進の腰に飛びついた。思いっきり体を伸ばして両の手でしっかりと抱きついた。

「オウ、オー、オー……え……つー」

腰を屈め小さな江津の体を折れるほど強く抱きしめたまま、権之進は言葉も我も失った。

そのまましばらく、そうしていたが、

「江津、よくここまで来てくれたな。父だ。儂がそなたの父だぞ」

と、やっと言葉を絞り出した。

懐かしい父の匂い、体温を感じて、権之進の体に夢中でしがみついていた江津は、権之進に頭を撫でてもらうと、ようやく閉じていた両目を開けた。その両の頬は薄く紅潮している。

そして両手を離すと、江津はそのまま首を後ろに倒して権之進の顔を仰ぎ見た。

「あれえ、おひげが……おひげがちがう、おひげだらけ……」

と、今度は小さく首を傾げてたじろいだ。

しかし、それは一瞬だった。

「父上様、やっぱり、ひげのちちうえさまだぁー」

と、権之進の懐へ飛び跳ねた。

「そうだ、江津、儂がそなたの父だ。もう五年余りも会えずにいたが、ずいぶんと大きくなったな、八歳か」

抱き上げる権之進も思わず手に力が入る。

「旦那様、……ご無事で、……ご無事で何よりです」

「おおっ、世津。よく、よくぞ参ったな。……苦労をかけた、すまなんだ」

「旦那様、……ようやく、ようやくお目にかかれました……」

それだけ声を絞り出すと、世津はそのまま石段に座り込んで膝に顔を埋めて泣き崩れた。

権之進の無事な姿に安堵したのか、権之進が佐久原を逐電(ちくでん)したあとに見せてきた気丈夫な世津は、そこにはいなかった。


その十日前のことであった。

「世津様、驚きなさるまいぞ。珍しいお人が世津様を訪ねて来られましたぞ」

下諏訪の世津の許を和田家の照が訪ねてきて、繕い物をしていた世津にそう告げた。

「えっ、珍しい人ですと……はて、どなたであろう。私がここにいることは細井家と和田家の方々、それにあの安蓮様以外にはご存じないはずだけど」

と、不審がる世津の頭越しに、弾むように声が届いた。

「奥方様……お懐かしゅうございます。殿の言い付けで参りました」

世津が掛けられたその声の主を思い出す、その余裕も与えず、照の後ろから姿を現し、世津に腰を折って挨拶したのは、安川家の若党中野与助であった。

「まぁ、なんと、其方(そなた)は与助、与助ではありませぬか」

「はい、中野与助めにございます。ご無事で何よりです」

「なぜ、なぜ其方が、ここに……そのことは後で詳しく聞かせて賜(たも)れ。それよりも、先年のあの危急の折りは、其方のお陰で逃げおうせましたぞ。この通り、篤くお礼を申します」

世津は持っていた縫い針を手で覆い隠し、居住まいを正して、頭を垂れ、一礼した。

「奥方様、もったいないことです。奥方様も今日までよくぞご無事に……」

与助もあの夜の逃避劇を思い出し、感極まって涙した。

「ここに参ったのは、殿の言い付けとな。では……では、旦那様もご無事なのだな」

「はい、ご無事です。ご安心下さい。奥方様方はずっとこちらに」

「ええ、あれからこちらに来て和田家の方々にお世話になっております。そうでした、与助、其方の母御も細井金太夫様の許にご無事でいると、奥方の比紗様からお聞きしています」

「では、金太夫様はあの夜のお約束通りに……。ありがたいことでございます。ところで、お嬢様のお姿がありませぬが」

「江津ですか。ほれ、あれに……あら、さっきまで鞠で遊んでいたに、ほんに気持ちよさそうに」

隣の部屋に鞠を持ったまま壁に寄りかかって寝入っている江津がいた。

「お嬢様もお元気でしたか。大きくなられて……安心いたしました。殿も大変ご心配なさっておられました」

「旦那様は今何処におはすのか、其方とずっとご一緒されているのか」

世津は息も継がず一気にたたみかけて聞いた。

「ご安堵なさいませ。討手の目を逃れて、みどもと共に遠州にて息災にお暮らしです」

「そうですか、息災と、……ええ、息災とな」

世津は頷き、そして下を向いた。こみ上げる喜びの涙と嗚咽がそうさせたのだ。

安蓮という廻国の修行僧が訪ねきて権之進の無事を伝え聞いて以来、早二年半、その間も、一日たりとも怠らず願ってきた夫の無事。その願いが通じた喜び、嬉しさは喩えようもなかった。しかし、ひ弱さを奉公人の若党与助に気取られる訳にはいかない、江津にも悟られてはならない。

〈それが武士の妻としての有り様だからである〉

と、世津は自分をそう奮い立たせて涙と嗚咽を必死に堪えた。

「さもありましょう……権之進様のこと故、急度何事もなくどこかにお暮らしとは信じておりました。して、其方はどのようにしてここに」

感情を捨てて凛として顔を上げ言葉を繋ぐ世津に、

「殿よりこれをお預かりしております。詳細はこれに」

と、与助は背にした袋から一通の書状を取り出して世津に差し出した。

その書状には、今年一月十五日、細井金太夫が遠州相良にある妙国寺を訪ね来て、その寺に仮の宿を得ていた権之進宛の書状を住職に託しおいたこと。権之進はその金太夫の手紙によって、世津と江津は信州下諏訪藩の和田家の庇護下で無事暮らしおること、兄者弥太郎の書付は金太夫に託されたこと、また僧安蓮が世津らを訪ねたこと、さらに延宝八年五月十六日、権之進を敵としてつけ狙っていた金塚数馬の一子勝之丞が伊豆で討たれた件など、これまでの経緯を知ることができた、とあった。

「ええっ」

世津が驚いたのは、権之進の書状をほとんど読み終えるかの時だった。そこには、

「金太夫殿は、相良の儂の許に其方らを呼び寄せてはどうか、と儂に勧めてきた」

とあった。

「その金太夫様のお勧めにしたがい、殿がすぐにお二人を迎えに行くよう、それがしに命じられたのです」

「そうでしたか、旦那様が私と江津を連れ参れとな。それにしてもそこまで金太夫様にご配慮いただいたとは……。金太夫様と比紗様の細井家の方々は私ども安川家の恩人です。特に金太夫様のお情けにはお礼の言葉もないほどです。それはともあれ、与助、私はすぐにも権之進様のところに向かいたいと思いますが、……妻子を伴っての潜伏はかえって危なくはないのですか」

「いえ、殿を敵と狙っていた勝之丞様が討たれた今となっては、権之進様にはさしあたっての身の危険はなくなりました」

「金太夫様の書状にそうあったといいましたね。ならば、今日あることを願い、すでに旅支度は調えてありまする。いつでも出立できますが、その前に和田家の方々にお礼を申し述べておかねば」

するると、傍らで世津の話に耳を傾けていた照が微笑んで言った。

「我が家ならば私が世津様のご意向をお聞きしましたので、世津様の意は十分に伝わっております。

細井家には比紗に会うこともあ書状を送ることもありましょうから、私から世津様のお心をお伝えしておきます。今は一刻も早く、すぐにでも出立のご準備をなさりませ」

こうして世津母子は与助に伴われて、下諏訪から甲州道中を下って茅野を経て金沢道に入り、南下して高遠（たかとお）を目指した。そこからは秋葉街道を辿って遠州へ入り、秋葉神社、森、掛川を経て、相良へと向かう算段である。

「母上様、あれが富士のお山ですか」

突然、江津が甲高い声を発したのは、諏訪盆地を抜け、金沢道に入って幾つ目かの峠に差しかかった時であった。険しい峠道では江津は時折与助の背に負ぶわれたが、その背からは遠くを見渡せたのであろう、江津の指さす山間に雪に覆われた美しい富士がその山頂を見せていた。江津はもちろん富士を目にするのは初めてである。

実はここまで至らなくても、甲州道中では富士見付近を過ぎ下ればここかしこで富士山を遠望できたのだが、世津の一行が通過する時は一面の雲でその視界を遮られていたのだ。ただ、世津は下諏訪に歌塾を開いた後、病に伏す塾生の求めに応じて個人教授のために一度甲州道中を下り、富士見へと赴いた際にその勇姿を見ていた。その際幼い江津は照に預かってもらっていた。

「そうですよ、昔からあの姿に感動して多くの歌が詠まれていますよ」

江津の指さす富士山を確かめて世津はそう答えた。そして、

富士の嶺のいや遠長き山路をも妹がりとへばけに及ばず来ぬ

『万葉集』に収められているこの歌を世津は声に出して読んだ。駿河国の詠み人知らずの歌であるが、この歌には、今の自分の境遇が率直に詠み込まれていると思った。

時折、富士山を仰ぎ見るなど、思わぬ楽しみもあったが、雪融けのために泥道と化した山道を歩むことは、世津の心身に激しい疲労感を強いた。しかし、〈ここを乗り越えればその先には権之進様がいる〉という期待と希望が世津のその疲労を軽減してくれた。

そして何よりも「よいしょ、よいしょ」と、覚束ない足取りながら「一人で歩けるから」と懸命に前を向き一歩一歩と足を運び続ける江津のその姿が、世津の心を励まし元気づけた。

秋葉街道に入ったところで、暦は二月となった。如月、衣更着とも書くように草木が芽吹く時期であったが、山道の日陰にはまだ雪が融け残っており、吹く風にも冷気が潜んでいた。だが、世津には権之進に会えるという熱い想いがあってか、その寒い風も心地よくさえ感じられた。

ところで、この世津母子の辿った金沢以後の道筋は、本人たちは知る由もなかったが、権之進が佐久原から落ち延びた時の道筋と奇しくも同じであった。

こうして、世津一行は、ある日は山里の百姓家に一夜の宿を請い、ある夜は山野に焚き火をして朝を迎え、遠州相良をひたすらに目指した。民家もない原野に野営する度に、山賊や狼などの襲撃が気になったが、腕に覚えがあるという与助の存在が何よりも心強かった。

秋葉街道で信濃と遠江の国境を越えてからも、その深い山並みは途切れることはなかったが、それでも遠江森宿を過ぎる頃から、梢からもれてくる風に汐の香が混じり始めた。

「これが汐の香なのですか」

世津は与助にそう尋ねた。

海のない信州に生まれ育った世津は、汐の香がどんなものか知らなかった。ただ何となく干物の魚、乾燥させた海藻の香を風の中に感じただけであった。佐久原にも遠江や駿河から塩や魚の干物や干し若布などを担いだ行商人が時折り出入りしていた。そしてこの秋葉街道こそがその行商人たちの往来の中心であり、塩街道とも呼ばれていたのである。

掛川も近くなったころ、峠を越えた世津一行の足下遙かには甍（いらか）の町並みが臨まれ、その向こうに白波の条痕を刻んで岸辺へと波が打ち寄せる真っ青な海が広がった。

「江津、ほら、あれが海よ、大海原よ。おおきいねー。私もはじめてだわ。本物の海をこの目で見るのは」

「ははうえ様、江津を抱き上げて下さいな。江津には草しか見えませぬ」

「ああ、そうであったねー、はぁい、よく見てごらんなさい。あれが海よ」

「うわっー、広いねー、諏訪の海よりもずーっとずーっと広いねー、ねえ、母上様、海はどのくらい広いんですかー」

江津は世津の腕のなかで精一杯に背伸びした。そして彼方に煌めいている広大な海をグルッと見回して尋ねた。

「そうね、五倍かな、いや二〇倍かなー、母にもわからぬぞぇー」

「そうか、母上様も本物の海ははじめてなんだねぇ。一〇〇倍、一〇〇〇倍、ううん、もっともっと広いよ。だって向こう岸がまったく見えないもの。江津は富士のお山と大きな海と、二つも初めてのものを見ることができてうれしいです。あとはひげのお父上に会いたいだけです」

江津の無邪気にはしゃぐ声を聞きながら、世津はふと不吉な気持ちに襲われた。

〈江津には一〇〇倍、一〇〇〇倍にも見えるあの海が私には五倍、二〇倍位にしか見えないのは、権之進様と私と江津の予測もできない今後の行く末、どうなるのかわからない今の境遇のなせる業で、遠くまで見通せない自分の心の在りように拠るのではないのか。また、相良という海に面した町方でお暮らしという権之進様が、限りのない海のように、再び手の届かない彼方に向かわれてしまうのではないかという恐れが私の心の底に染みついているからではないのか。権之進様の逐電以来、もう再びお目にはかかれないと、いつも不安と絶望とを感じていたからではないのか。だから、私には、諏訪の海の五倍、二〇倍くらいの、まだ権之進様をこの手に取り戻せる範囲の海にしたいという意識しない意識が潜んでいるのではないだろうか〉

そう考えると、たまらなく切なくなって、世津は抱きかかえていた江津を自分の方に向き直させると、強く抱き寄せた。

「は、は、う、え、様、痛い、痛いです。でも、どうしてそのような悲しいお顔をするの」

〈ああ、そうだったのか、純真無垢な江津の目には、海はやはりそのままに広大無辺で、諏訪の海の一〇〇倍、一〇〇〇倍にも見えるのだろう。私の目と心は将来の不安と恐れとで曇っていたらしい。江津のように現実をみていかねば〉

「そうか、江津、ごめんね。江津の顔をみたら悲しさも吹き飛んだわ」

世津は江津に語りながら自分にもそう言い聞かせた。

「よかったね。でも母上様、なんかいい香りがします」

世津は久方ぶりに権之進に逢える喜びもあって、ここ一両日は朝目覚めると口に紅をさし、薄化粧をするようにしていた。藩主頼忠公の年始の代参で望月村安徳寺草庵に玲璋院を訪ねる権之進を送り出した五年前の正月二日早朝、あの日以来のことであった。

相良に世津一行が着いたのは二月五日のことであった。

五

「なぜ金太夫様は旦那様に直接お会いにならず、置き手紙でご用を済ませたのでしょうか」

安川権之進一家は相良に一軒の町家を借りた。世津の蓄えと和田家の照から貰った餞別がそれに充てられた。

その町家にひとまず落ち着き、ここに至るまでのお互いの話が尽きたとき、世津は権之進にそう尋ねた。

「何か考えていることがあるのだろうが……」

「旦那様と金太夫様の間柄でもそれはわかりませぬか」

権之進はある懸念をもっていた。しかし、それは世津には言えなかった。

「肩が痩せておりまする。旦那様もご苦労なさって……」

権之進の髷を結い直しながら世津はそう言った。しかし、

〈旦那様は私に何か隠している〉

という心配が世津にはあった。

「いや、お前にこそ苦労をかけた。江津を立派に育ててくれた。礼を申す」

すっきりと逃亡前と同じになった頭を向けて、権之進は改まって、そう言った。その何気ない一言、その中にも自分には言えない何かがあると、世津はまたそう感じていた。

そのことを確信したのは、世津が権之進の許にきたその夜の房事であった。それは五年ぶりのことであったが、権之進はやさしく丁寧に世津の体を慈しみ愛撫し何度も絶頂に導いてくれた。そのすべてが五年前の通りであった。が、完全に燃焼した肉体の奥深くに、なぜか、燃え切らない気持ちの芯がくすぶりつづけていると、世津には感じられたのである。

「早川様、今日はまた、珍しくお客様がお見えですねえ。それにずいぶんこざっぱりとお身なりを整えられて」

田圃に向かうのであろうか、手綱をもって牛を曳いてすれ違った農夫の一人が権之進に声をかけてきた。日頃から親しんでいるのであろう、気安い表情である。

「うん、儂の家内じゃよ。久しぶりに尋ねて来てくれたのだ」

「えっ、はやかわ様とは」

世津は怪訝な顔を権之進に向けた。

「おお、言わずにいたか。早川は儂のこの地での呼び名だ。まさか安川権之進とは名乗れまいからな」

「そうでしたか。しかし、なぜか不思議な気がしますね。別の名でも権之進様が存在しているとは」

「おう、儂は、早川真一郎、中川仙太郎、そして安川権之進としてここに慥かに生きておるわ。しかし、つくづく考えれば、武士というのは因果な生き物だな。主君のためとはいえ、死ぬために日々の生活を送る。それにひきかえ、あの百姓衆は……」

と、権之進の視線は泥にまみれて田圃を鋤き返す百姓たちに向けられた。

「懸命に働いております」

「うん、あの者たちは、種を蒔き、苗を育て、田植をし、稲を刈り、一生懸命に生きるためにかように働いておる。そうして自分を、家族を、そして儂ら侍をも養うているのだ。武士のように死ぬるために今日を生きているのではない。自らが生きるため、家族を生かすため、そして他人である武士をも生かすためにだ。武士と百姓、いったいどちらが人として尊いと言えるのだろうかの」

「それは……」

こうした相良での生活も三か月が過ぎようとしていた。その間に経験した相良の風土や食べ物は、世津にも江津にも珍しく新鮮に感じられた。

なかでも、海のない信州生まれの世津や江津にとっては、与助が調達してくれる相良の港にあがる魚介類はどれもこれもが馴染みのないものであった。信州にも諏訪湖の鰻、佐久の鯉、千曲川の鮎などの川魚の名産があったが、いずれも焼いたり煮たりしたものであったので、特に鯛や鯵などの新鮮な刺身や膾(なます)は珍しいだけでなく、これまでに食したことのない驚きの美味しさであったのである。満足な食器も調味料もなかったが、自ら調理して家族で囲む食卓は、世津に無上の喜びをもたらしてくれた。

魚を生で食す刺身は、醤油の生産と使用の拡大に合わせて、この頃から海辺の町を中心に各地に広まっていた。

〈もう、佐久原に戻れなくてもいい、このままの生活が続けば〉

と望む世津であったが、

〈そうはならないのではないか〉

という、一抹の不安を払い拭えなかった。その深奥にはいつも〈旦那様は私に何か隠し事がある〉という疑念が横たわっていた。

そうしたある夜、

「世津……お前に話しておきたいことがある。ここに来て座ってくれ」

権之進が、江津に添い寝している世津を呼んだ。

「はい、江津も寝入ったようです。すぐ参ります」

「実はな……実は……」

権之進は世津の顔から目を逸らして、口ごもった。

「旦那様、私は何を聞こうと、武士の妻としての覚悟はできておりまする。何なりとおっしゃって下さいませ」

世津にとってはそれは〈いずれ〉と予測できたことであった。世津のその言に意を決したのか、権之進が重たい口を開いた。

「うぬ、いつぞや其方(そなた)は、金太夫殿がなぜ儂に直接会わずに置き手紙をしていったのか、と不審がっておったな」

「ええ、何故でしょうか。ずっと気に掛かっておりました」

「儂にもその理由はわからぬが、実はな……、其方には言わずにいたことがある。これを見よ」

権之進は懐から一通の書状を出すと、それを世津に預けた。

「えっ、これは……金太夫様のお手紙、一月に旦那様宛に置いて行かれた手紙では」

世津は手にした金太夫の書状を一気にそれも食い入るように読んで、

「これには……これには、金太夫様が四か月後に旦那様を再び訪ねるとありますが」

と、驚きの声で尋ねた。

「うん、そのことは其方には知らせなかった。それを知らせれば、金太夫殿が四か月の猶予の後、なぜ再び儂の許に来るのか、その理由についても説明せねばならなくなる。さすれば其方に余計な心配をさせることになろうと案じたのだ。しかし、……しかしな、いずれは言わずにはいられないことも承知しておった。四か月後といえば、あと十日ほどしかない」

「金太夫様が旦那様と直接お会いにならなかったことと、この四か月後ということとは、何か関係しあっているのでしょうか」

「それについては金太夫殿も何も記してはいない。しかし、確固とした理由があるはずだ。いいか、世津、心して聞け。これは金太夫殿にとっても儂にとっても、そして其方にとっても、その将来、命にも関わる重大事なのだ」

世津は姿勢を正して両の手を膝におくと、ぐっと握りしめた。

そして緊張をほぐすためか、息を大きく吸い込むと、その息に載せて言った。

「えっ、どういうことですか。私めにも関わるとは」

「うん、これは儂の推測だが、おそらく間違いはなかろう。金太夫殿が直接に儂と会わず、置き手紙としたのは、その時点での儂との……儂との……立合を避けるためだったのであろう」

「えっ、旦那様と金太夫様が斬り合いですと」

あえてこれまで理由を聞こうとしてこなかったのは、世津もそのことをどこかで恐れていたからであった。何故にそう思ったのか、世津にもそれはわからなかった。

「そうだ、書状には〈金塚勝之丞様が旅先で討たれた。そのため当面は権之進殿に危険がない〉とあるが、それは取りも直さず、金太夫殿が新たな討手、つまり儂の上意討ちを命じられたということだ。御家中には儂に太刀打ちできる者は金太夫殿しかおらぬ」

「そんな、そんな理不尽な……そんな理不尽なことがあっていいのでしょうか」

相良に身を寄せて以来、世津は不吉な念に襲われるたびに〈まさかそんなことはあるはずがない〉と、無理矢理自分に思い込ませてきた。しかし、その最悪の事態に権之進が言及したことで、今度は自分で自分を納得させねばならぬ立場にいることを知るのだった。

世津の閉じた両眼からは幾筋もの涙がこぼれて頬を濡らしている。

「世津よ、泣かずに聞いてくれ。金太夫殿は、おそらく藩主頼忠公によって儂を討つよう命じられておる。だから、儂に会って立ち合わなかったならば、金太夫殿は主君への忠義を全うできぬことになる。しかし、儂と立ち合えば、朋輩との信義に悖（もと）ることになる。しかも、相手は自らがその危急を救った母子の、その夫、親である儂だ。金太夫殿は悩んでいる、それが置き手紙の真の理由だ」

「では、金太夫様が四か月後に再度旦那様を訪ね来ることにはどんな意味があるのでしょうか。金太夫様は何を考えておられるのでしょうか」

世津は涙を隠そうともせずに、権之進の視線を見返して言った。

「世津、それは其方を儂に会わせる猶予をつくったということだ。しかし、それだけではなかろう。金太夫殿自身が儂と立ち合う決意を固めるために必要な期間と考えたからでもあろう。思ってもみよ、儂と金太夫殿が巡り会うことがなくば、細井家は上意討ちの君命に縛られたまま、金太夫殿も己の命が尽きるまで旅の空の下で過ごすこととなり、一方、我が安川家は不忠の汚名を永遠に雪ぐこともできず、家は断絶したまま、儂も世津も江津も何処かで野垂れ死ぬしかない。どちらの家にとってもその末路は悲惨だ」

「立ち合うにせよ、立ち合わぬにせよ、いずれにしてもそんな悲惨な結末しかないのなら、武士は……武士という身分は何と……何と虚しいことでしょう。愚かな……」

「その通りなのだ、世津。儂はここ数年、金塚家ひいては藩のお尋ね者として諸国を隠れ廻る日々を余儀なくされてきたが、それでも侍たる矜持や誇りを失うことはなかった。しかし、儂が一夜の宿を乞い、一膳の飯を所望した百姓衆や町人衆たちは、忠の文字や意味は知らずとも、誰もが己が妻や子、家族を護るために汗を流し、時には涙して必死に働いておる。それを改めて見聞きして、儂は忠義を云々するその前に人は人として生きていることを学んだ気がするのだ」

「人が人として……とは、どのような……」

　世津が首を傾げて聞いた。

「この武士の世では、主君に忠節を尽くすことが第一とされておるが、そうだろうか。どうもそうではない、と儂は思うようになった。忠節を尽くすのは主君が偉いからか、あるいは人徳に優れておるからか、そうじゃああるまい。誰がどこから見ても愚かな主君も、徳の一欠片（ひとかけら）さえも持ち合わせていない主君さえもここかしこにおる。それにも拘わらず、この武士の世が成り立っているのは、忠節を尽くせば自分の命と暮らしが、そして妻子や家族が、また己の子孫が安穏に暮らせるからではないのか。要するに、忠義とは表向きの建前上の約束事、見せかけに過ぎないのだ。その実は、侍であることとそれ自体が自分の現存在と未来の安寧を確保する手段なのだ」

　拳を握り、振り上げて、これほど滔々（とうとう）と自説を述べる権之進を世津は初めて見た。

「旦那様、そんなことをおっしゃっても大丈夫なんですか」

「大丈夫だとも。数多（あまた）いる家臣も口には出さぬが、心の内では皆そう思うておる。しかし、その表向き、建前での忠義で成り立っている世の仕組みを壊さないかぎり、自分も家族も子孫も皆安泰だとも知っておる。だからどんな恥多き主君でも、今のそして次の世代に亘って家禄を保証さえしてくれれば、家臣はそのために建前の忠節に励み、時には子孫の存続のために追腹（おいばら）さえ厭わない。商腹（あきないばら）とも言うように、見返りの魂胆さえ透けてみえる。逆に保証できなければ、どんな名君といえども家臣はこれを見限って別の主君を求めるか、謀反で新しい主君をつくる。数ある史書を読めば、そんな例は山ほどあろう」

「それでは金太夫様もその表向きの忠義と旦那様との信義の間で苦しんでおられるということですね。それを知りながら、……旦那様も苦しんで、……お気の毒です」

世津の面長な白い顔がさらに白くなっている。

世津がその娘時代に金太夫に対する恋心を持っていたことを権之進は知っていた。だが、それは過去のこと。であるのに、あえて他人行儀で慇懃な言葉遣いをして権之進への節義を守っている世津の姿に、権之進はそれまで以上に世津が愛おしく思われるのだった。

その世津を己の目に焼き付けるかのようにじっと見つめながら、権之進が言った。

「すまぬが、白無垢の単衣を二揃い用意してくれぬか。両方とも身丈は六尺に少し満たないほど、裄も儂と同じでよい。金太夫殿もまもなく訪ねて来よう。儂と金太夫殿の晴れの日じゃー、いずれが勝つか、負けるかは時の運不運に委ねよう。二人とも武士の慣いは身に染みているが、此度は侍の節義に殉じるのではない。己の心に沿って人としての信義にこの身を捧げるのだ。金太夫殿とて儂と同じ考えであろう。そうした立合だ。お互い心残りのなきよう、せめて装束は改めておきたいからのう」

六

こうして瞬く間に十日間が過ぎた。

細井金太夫は約束通りに四か月後の五月十四日、陽が傾き始めた頃、安川権之進の前に現れた。妙国寺を訪ねてきたのである。やはり供は連れず、一人であった。

四か月の間、どこにいて、何をして過ごしたのか、旅に疲れたような気配は見受けられない。一文字笠に小袖、裁着袴(たっつけばかま)を着し、手甲に脚絆、肩から斜めに武者修業袋を背負い、腰には柄袋を着装した大小刀を差す、一般的な旅姿である。衣服は着古してはいるが、こざっぱりと整えられている。

「安川権之進殿、お久し振りでござる。細井金太夫だ。息災のようだな。ところで、過日この寺の住職に託した拙者の手紙はご覧うじたかの」

住職の乗明からの使いで急ぎ駆けつけた権之進に相対すると、金太夫は笠を脱ぎ、眩しいかのように権之進を見てそう言った。月代もきれいに剃りあげられている。

「細井金太夫殿よのう、その節は我が妻子がたいそう世話になった。満足に礼も言うておらなんだ。改めて心から御礼申す。お陰で家内も娘も無事に逃げおうせた。また、先に置いていかれた貴殿の書状で家内の居場所も知り申した。二人は今、この相良におる。重ね重ねのご厚情、言うべき言葉もない」

権之進は深々と一礼した。

「礼には及ばぬ。武士として当然のことを為したまで。奥方も娘御もお変わりはないか」

「うむ、両人とも変わりはない。世津もお主に感謝しておる。いずれ礼を述べさせよう」

「いや、それには及ばぬ。拙者の再訪が何を意味するか、奥方は察しておられよう。であれば、会わぬほうがよろしかろう」

「やはり、お主か。拙者の上意討ちを命じられたのは」

「……」

その問いには、金太夫は小さく目で答えただけだった。

「そうか、……さもあろうな。今の御家中で儂と互角で立ち合えるのは金太夫殿、お主しかおるまい。そのことも奥は知っておろう。口には出さぬがな」

権之進は「フッ」と一息入れた。

そうしてしばしの間眼を閉じていたが、今度は金太夫の顔を覗き込んで言った。

「金太夫殿、お主の来訪の意味は言わずもがな、ただし儂は逃げも隠れもしない。それよりもどうだ」

権之進は右手を口元に運び、傾ける仕草をした。そして、

「一杯飲りながら、お主とこれまでの来し方を語り合っておきたい。お主が京都遊学で内山道場を辞め、儂も妻を娶って道場を引退した時分からの儂の希望だ。なあに、その日暮らしとはいえ、酒を購うくらいの金はあるぞ。肴はそこら辺に何かあるだろう」

「おお、それはいい。儂にとっても望むところだ。今日こそはこれまで付き合うてきた十数年の間では果たし得なかったお主の寡黙の扉を蹴破って、じっくり積もる話に花を咲かすか、それも一興だろうて」

　金太夫は喜色も露わに権之進の肩を叩いて、すぐにそれに応じた。権之進の言をまるで予測しているかのような返答であった。

「よおし、決まった。今宵はここ妙国寺の宿坊に泊まるがよい。住職には儂から断っておこう。ただ、呑むのはできるだけ二人きりでやりたいもの……うん、そうだ、漁師たちが漁で疲れた体を癒やし、また冷えた体を暖めたりするための苫屋がある。そこがよかろう。この寺を出て南にまっすぐ下ると小さな港に着く。苫屋はその港のすぐ近くだ。あとで借りておくから一刻ほどしたらそこに来てくれ」


　そして夕刻。

　苫屋内に小さく切られた炉端に二人はどっかと腰を落とすと、囲炉裏に火をおこし、酒や肴、それに土器も並べ、手際よく酒宴の用意を始めた。二人とも口数は少なく、寡黙であったが、その表情は和んでいる。

　どこで求めたのか、金太夫も大徳利を持参していた。囲炉裏には権之進が持ち込んだ各種の海の物がくべられて、魚介の焦げる香ばしい煙が狭い苫屋を満たし始めた。

「そろそろいいか」

　囲炉裏の灰で燗をした徳利を手に権之進が金太夫に酒を勧める。

「道場で腕を競い合ったあのころからお互いの気心は十分に心得ているつもりであったが、このように二人が面と向かって語るのは滅多にないことだ。酒の勢いを借りてどんな内密な話が飛び出てくるか、それも楽しみよ」

「ワアッ、ハッア、ハァ、お互いによく知っておりながら碌(ろく)に話もしたことがないからなー」

「話をせずとも、お互いに相手が何を考え、どう行動するかを知っていた気がする。背格好も似ているしな。おっ、これは旨い酒だ。地元のものか」

　金太夫はグイッと喉を鳴らして酒をあおり、そして言った。

「儂は日頃から外向きに過ごしてきた故、改めてお主に知られて困る秘密はないが、権之進、寡黙かつ沈着無比な貴様でも儂の知らない面映ゆい話の一つや二つはござろうて」

「いやー、儂はな……」

　権之進は少し口ごもった。そして酒で口を湿らせると続けた。

「儂は金太夫とは違ごうてあまり他人と付き合うこともなく、まして女子衆とはうちとけて話した覚えもない。したがってあとで悔やむような失敗談もないが、これと言った心を充たす話もまったくない。その意味ではつまらん男だと我ながら思うぞ」

「そうか、しかし、儂はいつも控目でいながらここぞという場面で目を見張るような行動をするお主に憧れておったわ。その反面、己のつい出しゃばりな言動をいつも後悔したもんだ」

　金太夫は囲炉裏の火を金箸でまさぐると、

「まあ、陰と陽というところか。どちらも相手がいなければ成り立たんという訳だ」

と言って、焼き上がった烏賊の一夜干しをつまんだ。少し熱かったのか慌てて手をはたいている。

「そう言えば、一度きりであったが、二人で遠駆けしたことがあったな。まだお互い独り身のころだった。佐久原を発ち、開削されてからまだ年が浅い五郎兵衛堰と新田を見て、立科を越えて丸子まで行った。ところが、二人とも馬の扱いに慣れていなかったために馬を乗り潰して佐久原には戻れなくなり、仕方なく丸子の安宿に泊まった」

「そうだった。思い出したぞ。その夜、布袋屋という宿近くの一杯呑屋で酒を飲み、うどんを食った。ところが、酒にも二人は慣れていず、二人ともそこで酔い潰れて、太った腹の出た店の親父に店を叩き出された」

「そんなこともあったな。でもあの時は今宵のように二人きりで話したということではなかった。だから今のように二人だけで酒を酌み交わすのは謂わば初めてだ。ところでな、権之進、貴様は忘れているようだが、あの丸子の布袋屋ではな、お主一人が店の酌取娘に気に入られ、こっそりと徳利に只酒をつぎ足してもらっていたんだ。テキパキと店を切り回す女将はそれに気付かなかったが、お客との魚釣りの話に興じていた店の親父がそれをみつけ、それで俺たちは叩き出された。酔い潰れただけで追い出されたわけではないぞ」

「そんなことがあったのか。儂はすっかり忘れていた。儂にはこれまで女子衆との縁はまったくなかったと思っておった。だからな金太夫。儂はな、お主のように闊達で開放的、派手だが、思いやりのある男になりたいと若い頃から思っておった。女子衆にもてたしな。しかし、それは俺には到底無理と諦めたのだ。所詮、俺は俺にしかなれぬとな」

「そう卑屈になることもなかろう、権之進よ。何よりもお主のその顔立ち、端正でキリリとして、まるで歌舞伎役者ではないか。それに比べれば、俺のこの顰め面な顔はどこから見てもお主には適わん」

「いや、そんなことはあるまい。お主に思いを寄せる娘御は多かったではないか。いい例が世津だ。儂は知っていたぞ。ずっと以前からな」

「えー、なんと、何とお主は……なぜそれを……世津殿に聞いたのか」

「いいや、世津は、そんなことは噯にも出さぬぞ。そうではない。若い頃、内山道場からの帰途、我々の一行と世津と供連れの娘衆とが出くわすことが多かった。その時々、お主は世津に気を取られてわからなかっただろうが、すれ違いざまのお主と世津の態度で二人が想い合っていることは、我々全員にあからさまになっていたんだぞ。口幅ったいが、背格好は朋連れの娘たちとさほどの違いはなく目立つこともなかったが、世津にはそれとなく漂う可憐さがあって、皆の憧れでもあったから、注目度も高かったのでな。皆すぐお主とのことに気付いた」

「そうだったのか。儂はそんなこととは露ほども知らなかった」

権之進は串刺しにして焼いた鰯にかじりついて答えた。

「うむ、しかし世津は賢い女だ。その若い時分の想い出は人知れず墓場に持っていくつもりであろう、拙者には一言も漏らさず、その気配も感じさせぬわ。俺にとっては言うことのない嫁だ」

「儂はお主が世津殿を嫁にしたことを遊学して一年後に京都で聞いた。それで心が荒み、しばらくは立ち直れず、酒に溺れる日々を過ごしたものだった。しかしな、権之進、世津殿の嫁入り先がお主であったことにはどこかでほっとして、嬉しかった。負け惜しみではない。権之進ならば世津殿も納得しようとな。それに、お主と世津殿の婚姻は、儂にとっては自分を自分たらしめる契機にもなった」

「次席家老の増田様から世津を嫁にと紹介された時、初めは、金太夫、お主のことが気懸かりでお断りしたのだが、結局は、その年に両親を一時に亡くした儂の身の上を案じて計らってくれた増田様の御好意を無にするわけにもいかず、それに世津もやっと納得してくれたと知り、翌年に嫁に迎えることにしたのだ。もちろん、こうした経緯は一切世津は知らないがな」

「そうであったか。儂と世津殿とのことをそんなに以前から知っていたのか。であれば、権之進、なのに……なのにあの夜、金塚数馬殿を斬ったあと、そのことを知った上で、拙宅に世津殿を託したのか……。お前というやつは……何という男だ。儂の許に世津殿を預けて懸念することはなかったのか」

「ウワッハアッ、ハァッハァ」

権之進は心から愉快そうに大笑した。

そして土器の酒を一気に飲み干し、ペロリと唇を舌で拭うと、

「懸念……懸念なんぞ一片もなかったわ。その証はすでに確認されておるではないか。そうだろう金太夫殿」

と、金太夫の目を覗き込んでいたずらっぽく微笑んだ。

こうして、二人の話は深更に及んだ。

話題は尽きることなく、二人は囲炉裏の火で酒を温め、焼いた魚や貝に舌鼓を打ち、ときに豪快に笑い飛ばし、ときに寡黙に杯を口に運んだ。

長い間深く理解し合いながら尊崇のあまり近づき得なかった二人の十数年来の間隙を一気に埋めるかのごとく、愉快で充実した至高の時を過ごしたのである。

苫屋の入戸代わりにぶら下げられた筵を通して、磯を洗う波の音が激しくなってきた。

「風が出てきたな。そろそろ子の刻（午後十一時頃）だろう」

「権之進、世話になった。これで思い残すこともない……明日でよいか」

「うむ、拙者もそう望んだ。明日の辰の上刻（午前七時頃）、あの河原で」

「よかろう。異存はない」

「新しい草鞋、襷、無地の単衣を揃えておいた。使ってくれ」

権之進が差し出した風呂敷包みは、権之進が世津に申しつけて用意しておいた品々であった。

「かたじけない。遠慮なく使わせてもらおう。お主も今宵はゆっくり休むがいい」

苫屋の真上には丸い月が煌々と光っていた。そのあふれるような月光のなか、強い風に小袖の裾を翻しながら、二つの黒い影が海岸から街へと続く小道を登って消えていった。

七

翌朝、金太夫と権之進は並んで妙国寺の井戸端に立っていた。

辰の上刻まではあと半時ほどであろうか。

二人とも無言である。そして、目で会釈すると、どちらからともなく沐浴(もくよく)し、真新しい単衣に着替え、袴の股立を取り、草鞋の紐をきつく縛って、戦いの身支度をととのえた。

〈やりたくはない。しかし、これは武士としての宿命だ。だが……〉

二人の思いは一つだった。

妙国寺の本堂に向かって軽く頭を下げると、二人は南門をくぐり、河原へと続く小道を無言で歩んだ。一歩一歩と刻む二人の草鞋を草の葉末に残る朝露が濡らしている。

その二町ばかり後ろには、権之進の若党中野与助がじっと二人の背中を見つめながら歩を運んでいた。

〈敗者がいずれであろうとその亡骸を拾え〉

というのが、主人権之進の言いつけであった。

〈あとのことを頼む〉

また、金太夫も昨日与助にそう告げていた。〈母者がお世話になっております〉と与助が礼をのべた際のことであった。


昨夕、酒を酌み交わす直前に足を運んで〈ここで〉と決めておいた、萩間川の右岸にある龍音寺近くの河原で二人は足を止めた。

そこは幾分平らで草も疎らになっている。

「お主から先に立ち位置を取られよ」

と、権之進が金太夫に勧めた。

金太夫はそのまま立っていた地点を足場に決めて踏みならすと、端を咥えた襷を一気に背に回して左胸前で結びながら向き直った。

「これでよい、お主も十分に決められよ」

それを見て権之進も動かず、襷を結び、足下の砂利を丁寧に草鞋でならした。

「よし、これでよい」

権之進の立ち位置が決まるのを見届けると、金太夫は権之進を正面から見据えて、

「もはや、この場で話すこともなかろう。人が来るとそれも面倒だ。権之進、参るぞ」

と腰を落とし、大刀の鞘頭に左手を添えた。

「おう、望むところだ」

権之進も両の足を肩幅ほどに開いて、身構える。

ギラッ
同時に抜き合わした刀身が日差しを跳ね返すと、そのまま、二人は右足を半歩後ろに引き、金太夫は右八双(みぎはっそう)に、権之進は青眼に構えた。

心臓が早鐘のように激しく鼓動するなかで、二人の互いの焦点は相手の切っ先に真っ直ぐに据えられている。

数呼吸の後、権之進がスッと僅かに切っ先を下げた。相手を誘うかのような動きだった。

それがきっかけとなった。

「参るっ」

「おうっ」

両者が右足を踏み出すと同時に発した裂帛(れっぱく)の気合いが川面に突き刺さった。

その瞬間、草藪に潜んでいた白鷺が羽音を響かせて飛び立った。

ギャリッ

ぶつかり合う二つの刃から激しく火花が飛んだ。

第七章　俠　者

一

若党中野与助は、主人安川権之進と細井金太夫の立合に目を凝らしていた。

「決して手出しはすまじ」

と、権之進に堅く戒められている。

が、その懸念は無用であった。

相対した二人が同時にズイッと前に右足を踏み出して刃を交えたその刹那に、斬り合いは決着したのである。

「ウウッ」

「ムウッ」

与助には、叩き合わされた両者の刃が互いに弾かれる動きも勝敗の帰趨も見えなかった。刃から発された火花を捉えた網膜は、次の瞬間には肩口をおさえて蹲る二人の像を結んでいたからである。

「殿、傷は浅うございまする。お気を慥かに。今、傷口を……」

慌てて駆け寄った与助が権之進の上半身を抱き抱えて叫んだ。

「待て、与助、儂に構うな。儂は大事ない。それより早く金太夫殿の血を止めよ。致命傷にはなっていぬ。すぐに血止めして、医者を呼べ。早く、一刻も早くだぞ」

与助は口を閉じることを忘れた。それほどに余りにも意外な主人権之進の言い様だった。

傷口を抑える右手の指の隙間から流れ落ちる鮮血をも気にせず、権之進が再び叫んだ。

「早う金太夫殿の傷口を押さえよ。早う、与助」

「はっ、ご命令のままに」

金太夫は前のめりに蹲ったまま頭を地面に付けて動かない。左肩口からの出血がひどいためか、半ば意識を失っているのであろう。

権之進の命に慌てて金太夫の許に駆け寄った与助が、自分の下げ緒と引きちぎった小袖の袖で金太夫の傷口をきつく縛ると、吹き出す血はともかく抑えられた。

「よし、それでいい。今度は儂に手を貸せ」

「はい、お気を確かに。今、傷口を縛ります る」

手早く二人の処置を済ますと、与助は港のある方に駈け出し、すぐに数人の漁師たちを連れて戻ってきた。食料の調達で馴染みとなった漁師たちである。

彼らの手で金太夫は戸板に乗せられて妙国寺の宿坊へと運ばれた。

そのあとを息を切らして駆けて行くのは医者である。まだ寝床で寝惑(ねまど)っていたところを、与助によって叩き起こされたらしく、袴は着さず、羽織った小袖の帯は緩み、総髪も寝乱れたままである。が、両手には薬箱がしっかと抱き抱えられていた。

戸板で運ばれる金太夫を見送ると、権之進は与助の肩を借りながら世津と江津のいる町家へと戻ってきた。

「旦那様、そのお姿はいかがされました。お気を確かになされませ」

世津はこの日がくることを恐れていた。確実にその日は来ることを知りながら、

〈今日が暮れないで欲しい、この時のままにありたい〉

と願ってきた。

しかし、それが叶わない望みであることも、また覚悟していた。

昨夕のことだった。世津はきちんと折りたたんだ単衣、襷、草鞋の各二揃いを柳行李から取り出して、それを権之進の前に並べると、黙って頭を垂れた。

〈こうなるのは弓馬の家に生まれ、武士の妻に縁づいた女の宿命だと、疾く早くに覚悟していたはず。気をしっかりと持たねば、権之進様はもとより金太夫様にも申し訳ない〉

そのように無理矢理に自分を納得させようとする心と、なぜ侍はこのような建前の世界で自分の生き死にさえも決めようとするのか、という相反する理に迷う世津は、そのうつむいた顔を上げることができなかった。

そして昨深夜、酔いと感慨に浸りきって帰宅した権之進は、出迎えた世津に会釈を返すと、そのまま寝床へ倒れ込んだ。

すぐに寝入った権之進の顔は、まさに少年のそれであった。

〈明日は金太夫様と命をかけた立合というのに、何故このように安堵して眠れるのだろうか。侍とは自分の命でさえも惜しむことはしないのだろうか。斬り合うことは怖くないのだろうか。金太夫様も同じように穏やかな顔で眠っておられるのだろうか〉

消しても消しても湧いてくる疑問に世津は幾たびもその答えを求めようとした。しかし、自分が〈そうなのか〉と納得する答えには辿り着くことはできなかった。まんじりともせず、軽い鼾をかきながら熟睡する権之進の隣の床に体を横たえながら、世津は一睡もできずに、ただ〈夜が明けないように〉と祈るのであった。

夜が白む頃、権之進は物音一つ立てず静かに床を離れた。隣の寝床の世津、そしてその隣の江津を目覚めさせない配慮だろう。世津、そして江津と、その寝顔に見入る権之進に、世津は寝入っている振りをして背を向けたままだった。声を掛けることも、顔をみることもできなかった。

そして権之進が戸口を開くと、心の中で火打ち石を擦った。権之進の無事を願うための切り火を行ったのである。

しかし、切り火を行うことで、世津はまた新たな矛盾に苦しむことになった。切り火は権之進の無事を祈るものであったが、それは取りも直さず金太夫の死を願うことでもあった。逆に金太夫に生きて欲しいと思えば、権之進の死を望むことになった。

〈私はどうすればいいのか〉

床から起き上がることもできず、江津の寝顔を見ることもできず、ただ心だけが千々に乱れる世津であった。

……ところが、二時（ふたとき）もせずに権之進は帰ってきた。

その足音を聞くや否や、世津は表戸から飛び出した。世津の背後には、江津が裸足のままに走り出ている。


「そのお姿はいかがされました」

と、聞く世津に答えた権之進の第一声は、世津の想像を超えるものだった。

「まず、まず……妙国寺に行って、医者ともども金太夫殿が傷を手当てせよ。今、あやつの血を止め得れば命を落とすことはない。わかったな、……儂のほうはその後でよい。与助ともども早く行ってやれ」

権之進は、意図通りには動かせない左手を庇いつつ顎を突き出して、血の混じった唾とともに、やっと出る声でそう言った。

「では金太夫様も」

「おう、生きておる。手傷を負ったが、生きておるのだ。すぐに行け」

「わかりました。仰せに従いますが、その前にこれを」

世津は手にしていた壺から焼酎を口に含むと、権之進の傷口に一気に吹きかけた。

「ムウッ、……こっ、これは」

「侍の妻です。このくらいの始末は心得ておりまする。では妙国寺に参ります」

　事に臨んだ世津は先ほどまでの世津ではなかった。悩み苦しみを微塵も感じさせず、凜々しくさえあった。手早く晒布(さらし)で権之進の傷口を縛り直すと、世津は妙国寺へと飛び出した。手には晒布と焼酎の壺を下げている。

　半時ほどの後。

　世津は権之進の許へと戻ってきた。

「金太夫様はまだ眠ったままで目を覚まされておられませぬ。が、医師の手当ても万全で出血も大方止まっておりまする。今は、熱が下がり意識が戻るのを待つだけです。与助を看病に残してきました」

「そうであったか、今は意識が戻るのを願うのみか」

　世津の報告を聞くと、床についていて身を横たえていた権之進は、半身を起こして目を閉じたままそう呟いた。

　そして、しばらく呼吸を整えてから、傍らに正座した世津の方に向き直ると、

「世津、どうしても話さねばならないことがある。実はな、実は……儂は金太夫殿に……金太夫殿に斬られる心づもりであった……」

　と、苦衷に満ちた言葉を吐き出した。

「ええっ、今、今何と言われました。それは、何故、それは……いかなる訳でございますか」

世津は権之進の視線に目を合わせて身構え、江津が手にしていた手ぬぐいを水桶に戻すと、その手で江津を抱き寄せた。

この賢い幼女は自分の両親を襲った只ならぬ運命を理解しているのか、権之進の傍らにじっと座り、世津が用意した水桶で手ぬぐいを濡らしては絞り、母親がするように父親の額を冷やし続けていたのだった。

「いいか、心落ち着けてよく聞いてくれ、世津。話はまだある。自ら斬られようとしたのは儂だけではないのだ。……実は、金太夫殿も儂に斬られることを目論んでいたのだ」

「ええっ、なんと申される。つまり……つまりお互いが斬り死を覚悟してお立ち合いなされたと言われるのですか」

世津は権之進の話はどこか遠い世界のことのように感じた。それほどに信じがたい話であったのである。

「そうだ。お互いが自ら斬られようとした。それだけではない。相手には致命傷にならない程度の浅い傷を与えることを二人とも意図していた」

「何と申された。自分は斬られ、相手には傷をと、そのように申されますするか」

さらに信じがたい話であった。世津はその権之進の言葉の意味をすぐには理解できなかった。

しばらくの沈黙のあと、

「何故にそのような仕儀に至ったのでしょうか」

と、世津が尋ねた。口調は落ち着いていたが、狼狽する心を隠しきれず、その声は震えている。

「そこじゃあ、世津よ、よく聞け」

権之進は世津を射すくめるように見つめて、

「拙者は藩命で追われる身、どこまで逃れても心から安穏できる時も処も来ないだろう。儂ばかりではない。藩の咎人の妻とその娘、女ゆえに類は及んでも死罪を被ることはないとはいえ、世津と江津も日陰者として世間から閉ざされ、幸せな生活も享受できないまま、肩身の狭い人生を余儀なくされることとなろう。我が身はともかくお主たちまでそのような目に遭わすことは……儂にはできぬ。……到底儂にはできぬのだ」

と、動く右手で膝頭をつかみ、喘ぎとともに声を吐き出した。

その両の頬を涙が止めどなく伝い落ちている。

「父上様、泣くと……江津も、江津も……悲しくなります。母上様はもっと悲しみます。泣かないで下さいませ」

世津に抱かれた江津は、権之進と世津の顔を交互に見てそう言うと、手ぬぐいで権之進の頬を拭いた。

「そうか江津、よう言うた。……父は、父はもう泣くまい。母者もきっとそうするじゃろう」

権之進は江津に語りかけると、襟を正して言った。

「世津、江津、聞いてくれ。なぜ金太夫殿に我が身を斬ってもらおうと考えたのか。いいか、よく聞けよ」

と、毅然とした口調に改めると、さらに続けた。

「儂が斬られれば、そこで儂の咎は消え、お主たちは自今以後、誰にも追われることがなくなる。と同時に、金太夫殿は主君の命を果たしたことで、その責務から免れられる。儂の目論み、それは我が身の危難をも厭わず世津と江津を匿い秘かに他領へ逃してくれた金太夫殿への恩返しでもある。しかし、ただ斬られるだけでは儂の武士としての名分がたたぬ。儂とて武士の端くれ、汚名を被ったまま武士の本分さえ果たせずに死んだとあっては、生き残った世津、江津、ひいては我が祖先にも申し開きができぬ。我が身を斬らせ、相討ちにみせかけて金太夫殿にも一太刀浴びせることで儂の武士としても誇りも名分も守れるだろうと。加えていえば、あの金太夫殿のこと、世津と江津が今後生きるうえでの力にもなってくれようと」

権之進は世津から視線を外さずに言葉を続けた。

「そして、いいか、次は金太夫殿のことだ。金太夫殿は殿の上意討ちの命を受けて儂に相対した。それは君命に従う武士なら当然の責務だ。だから儂との立合は絶対に避けることはできぬ。しかし、上意討ちとはいえ、儂を斬れば……儂を斬れば、一旦は己の懐に飛び込んだ窮鳥として儂とその家族を救った、その己の信義に背くことになる。金太夫殿はその狭間で悩み苦しんだのであろうよ。四か月の猶予を持ったのは己の心情を整理するために必要な時間でもあったのだろう。その結果、金太夫殿は、自らが主命に殉じ討ち死にすることで主君への忠義を果たし、また、立合を相討ちにすることで武士としての自らの誇りを保ち、致命傷に至らないところで切っ先を止めたことで朋輩たる儂への信義を護ったのだ。……なんと天晴れな、誠に天晴れな所業ではないか。……これぞ、これこそが本物の侍と言わねばならぬ」

感極まった権之進はそこで口を一文字に結び、そして瞑目した。

しばらくそうした後、

「だから……だからこそ、あやつが意識を取り戻すまでは儂は死ぬことさえもできぬ。勝手に死ぬことは許されぬのだ」

と、再び両目からあふれ出た涙を権之進は拭おうともしなかった。

世津も泣いた。顔を両手で覆い、嗚咽を漏らして泣いた。誰憚（はばか）ることなく泣いた。我が夫権之進、そして若き頃想いを寄せた金太夫、この二人が侍としての矜持と誇りを失わず、我が身を捨ててまで護ろうとしたのは、主君への忠義でも忠節でもない。武士の存在意義さえ捨てて守ろうとしたもの、それは、心を許した朋への信義と、そして世津への、江津への、そして比紗への、小太郎への、それぞれの家族への深く限りない愛、慈しみであったことをひしひしと感じたからである。

〈俠（きょう）の漢（おとこ）、権之進様と金太夫様。この二人に勝る俠者は、この二人をおいてこの世にはほかにはおるまい〉

世津は、涙と悲しみの向こうに新たな誇りを見出した。

そして今一人、江津が泣いていた。声を殺して泣いていた。世津の傍らに小さな手で顔を覆い隠して泣いていた。母につられて泣いたのではない。この幼い子は、母の涙が悲しみのそれでないことを、そして、ひげの父とひげのない父との命をかけた相克と信義とを、それを言い表す言葉は知らなくても、理解して……泣いたのである。

立合から丸一日が経った。金太夫はまだ目覚めなかった。出血はほぼ抑えられていた。それでも目を開けなかった。

二

「安川権之進殿の奥方様ではありませぬか」

世津がそう声を掛けられたのは、金太夫の見舞いを終えて、ちょうど妙国寺の山門を出ようとするところであった。

「あっ、貴方様は、細井金太夫様の御舎弟田村金右衛門様、それに比紗様、小太郎様も」

「世津殿、お久し振りです。田村金右衛門です。その節は大変なご難儀でした。ご無事で何よりと存じまする」

「世津様、此度も小太郎と一緒に参りました。過日、夫金太夫が〈安川権之進殿と立ち合う。ついては五月十六日に遠江国相良の妙国寺まで尋ね来よ〉と知らせて参りました。夫が権之進様の上意討ちを命じられたうえは、望まぬこととは言え、このような日を迎えることも覚悟してはおりましたが、まさかその日が本当に来るとは思ってもおりませんでした。夫の身はもちろん権之進様のことも、また世津様、江津様のことも案じられ、急ぎ駆けつけた次第です」

闊達な比紗のか細い声であった。

「ともあれ、こちらに。まずはこちらにどうぞ、お越し下さいまし」

挨拶もそこそこに世津は三人を急ぎ妙国寺の宿坊へと先導した。

金太夫の妻比紗が嫡男小太郎の手を引き金右衛門と同道してこの妙国寺を訪ね来たのは、金太夫と権之進の立合が行われた翌日、十六日の昼過ぎのことであった。

金太夫のその傷ついた身は、宿坊の畳の上に敷かれた床に横たえられていた。

「なんと、……これはどうしたことですか、旦那様、いかがなされたのですか。お目を瞑(つむ)ったまま……お目をお開け下さいまし。比紗が参りました。小太郎もここにおりまする」

比紗は金太夫の傍らに膝を折り、金太夫の手をとって呼びかけた。「立ち合う」との知らせを受けたその時点で、夫金太夫が討ち死にすることもあり得ると、侍の妻として疾(と)うに覚悟していたつもりであったが、目の前に突き付けられた現実を比紗はそのままに信じることはできなかった。

〈これは夢ではないか〉

そう疑う比紗の両目からは光が薄れ、その焦点は金太夫に当てられてはいたが、ただ茫漠と宙を舞うような仕儀であった。

「父上、お父上、お気をたしかに、小太郎です。母上も一緒です。佐久原から夜通しかけて参りました。父上、お願いです。目を開けて下さい。起きて下さい」

小太郎も必死に呼びかけている。

金太夫の左肩口から右脇下にかけての白い晒布が痛々しい。その肩口の辺りにはどす黒く滲んだ血が固まっている。

「おう、これは兄者、兄者としたことが何としたことぞや。しっかりしてくれ。儂だ、金右衛門だ。目を開けてくれ。伝えたい話もある。頼む、目を……目を開けてくれ」

三人の必死な呼びかけにも、金太夫には体を動かす気配はまったくなかった。

ただ胸だけが呼吸の度に大きく上下している。それは、失った意識のなかでも金太夫がこの世にあることを必死に訴えているかのように、三人には思えるのだった。

「世津様、金太夫は如何なる経緯でかような姿に……お教えいただけませぬか」

金太夫への呼びかけがひとしきり続いたあと、座が落ち着くのを待って、世津に比紗が尋ねた。

比紗の手には、いつの間にか、金太夫の額を冷やすための濡らした手ぬぐいが握られていた。

「ええ、比紗様、小太郎様、金右衛門様。昨日のことでした。金太夫様は権之進と立合を……、そして相討ちとなって手傷を負い、こうして伏せっておいでです。お医者様の見立てでは、〈出血がひどかったので意識が失われているが、今は出血が抑えられているので、このまま看護るしか手立てがない。しかし、熱が下がり意識が回復すれば、危機は脱する〉と」

「そうでしたか。一足、一足遅うございました。金太夫から書状が届いてすぐに佐久原を発ち、早駕籠を急がせ、馬を駆って参りましたが……、もう一日早ければと悔やまれます。しかし、まだ望みは捨てません。……金太夫は生きております。急度起き上がることでしょう。私にはそれがわかります」

「ええ、金太夫様の持っている天命を信じてお待ちしましょう。比紗様、小太郎様も」

世津は比紗の手を取ると、静かに比紗と小太郎に語りかけた。

「ありがとうございます。ところで、相討ちとお聞きしましたが、権之進様は」

「権之進も手傷を負いました。家にて手当をし、やはり伏せっております」

「権之進様も手傷を……」

比紗は思わず口を掌で覆った。次の言葉を探せなかったのである。

「はい、やはり左肩口から胸に手傷を。でも命には別状ござりませぬ。権之進は、まず金太夫様の手当に専念せよと」

世津の説明を受けて、金右衛門も言った。

「左様でしたか。しかし、不幸中の幸いでもございました。権之進殿にも兄者にも……。ところで権之進殿にもお目にかかりたいが」

「はい、あとでご案内いたしましょう。しかし今は金太夫様のお手当を第一になさって下さい。私はとりあえず権之進の許に戻りまする」

金太夫は眠り続けている。手足はまったく動かない。ただ息を吸い、吐く、その繰り返しだけが、金太夫の生きている証だった。そして、見守る比紗と小太郎、金右衛門の一縷の希望でもあった。

その日の夜のことだった。

「母上、母上、叔父上、目を覚まして下さい。これを、これをご覧下さい」

取る物もとりあえず佐久原から急ぎ駆けつけてきた疲れを癒やす暇もなく、金太夫の看病に当ってきた疲れ、それに金太夫を憂慮する精神的な疲れとが重なったのであろう、比紗も金右衛門も、金太夫の床の傍らに膝を抱え座り込んだままで微睡(まどろ)んでいた。

その二人を揺すり起こしながら、小太郎は必死に呼びかけた。

「母上、母上、起きて下され。これは……これは父上の書状ではないですか」

「ええっ、小太郎、今何と申した」

驚いて目覚めた比紗の目の前に小太郎が差し出したのは一通の折封だった。行燈の灯にかざして見るその封の表書きには「比紗殿」とあり、その下に「金太夫」と署名されている。

「小太郎、これはどこにあったのですか」

「あの箱の中にあった網の包みに入っておりました。上に父上の大小刀が置かれていましたので、父上のものと思い、開けてみましたところ」

　小太郎の指さす部屋の隅には衣装箱があり、その中には旅慣れ着古した単衣がきちんと折り畳まれていて、その上に大小の刀が揃えて置かれている。刀は戸板で運んだ漁師の誰かがそこに並べ置いたのであろう。折封はその単衣の下から僅かに覗いていた武者修業袋に入っていたという。

　慥かに見慣れた夫の文字。

　比紗は封を開けるのももどかしげに書状を取り出すと、一気に読み始めた。

　そして、

「これは、金太夫様……、何故、何故にここまで」

と、絶句し、ハラハラと大粒の泪をこぼした。

「母上。父上は何と、何とおっしゃっておられるのですか」

「姉上。拙者にもお教え下され。兄者は何と」

　金右衛門も比紗の持つ書状に目を遣って尋ねた。

「ええ、……ええ。金太夫様は、何と……何と権之進様に自らその身を斬られるように立ち合うと
……」

「ええっ、父上はわざと斬られようとした、というのですか。なぜそのような」

　小太郎は頭の切れる子であった。すぐにその理由にまで考えを及ぼしている。

「して、兄者はその理由を何と」

金右衛門にしてもその思いは同じであった。

「詳しくは触れておりませぬが、夫金太夫は権之進様の上意討ちに異議を感じていたようです。とかくの噂がある金塚家を利することにもなると。しかし、どのような命令であろうと、主命に従うことが武士の忠義である以上、私の感情は捨てねばならない、上意討ちの任務を果たさねばならない。でもそれは権之進様との信義を裏切ることになり、自分の人としての倫に背くことにもなる、と。金太夫様は悩まれていたようです」

「その悩みと自らが斬られようとしたことにどのような関係があるのでしょうか」

「ええ、権之進様の所在を確認してもすぐには立ち合わず、権之進様に置き手紙をして以後四か月の猶予をもったのも、その悩みから抜け出す算段を得ようと考えたからだと。そこで、旅の途中で縁あった三河のお寺に籠もったそうです。その寺籠もりの修行で辿りついた結論が自ら斬られることだったと」

「姉上。しかし何故そのような帰結になったのでしょうか」

「こう書いてあります。主命に従って立ち合うことで主君への忠義を全うし、自分が斬られることで朋友への信義を守れる、しかしそれだけでは自分の侍としての一分が立たぬ。そこで相討ちにすれば武士の誇りも保てると」

「よくはわかりませんが、父上の為したこと、私は正しいことだったと信じます」

そう言うと、小太郎は金太夫の顔をじっと凝視して、自らの言を反芻するかのように二度、三度と頷いた。

比紗も金太夫に目を遣り、唇をかすかに咬んだ。そして誇らしげに言った。

「ええ、小太郎、あなたの言う通りです。それがあなたのお父上です。そして間違いなく私の旦那様なのです」

三人が見つめる先には、相変わらず大きく胸を動かして呼吸する金太夫の姿があった。

誇らしげな表情のまま、比紗は金太夫の額にあった手ぬぐいを手にすると、それを盥の水に浸して絞り、金太夫に戻した。

その比紗が突然号泣し始めたのは、再び書状に目を落とし続きを読み始めた時だった。両手で顔を覆って嗚咽し、手にした書状に漏れ出た涙が滴り落ちている。小太郎には初めて見せる母の姿であった。

「母上、母上様。どうされたのですか」

比紗の袂に縋って小太郎が問いかけるその声は高くうわずっている。

「姉上。そこには何と、兄者はそこに何と書いてあるのですか」

比紗が手にした書状を金右衛門に示したのは、嗚咽がひとしきり続いたあとであった。

そこには、

「拙者細井金太夫儀、致斬死(きりじにいたし)候者バ(ハ)……」

と始まる、遺書とも思える文章が綴られていた。

三

次の日、田村金右衛門は世津に案内されて、権之進の伏せる床にやってきた。

「旦那様、細井金太夫様の御舎弟田村金右衛門様です。昨日、奥方の比紗様、御子の小太郎様どども相良にお出でになりました。金右衛門様にも比紗様にも、私と江津が佐久原から落ち延びる際に大変なご尽力をいただきました」

「おお、田村金右衛門殿とな。妻世津に聞いたが、先年は拙者からご依頼申し上げたこととはいえ、罪科で咎や責めを被るかもしれぬのに、世津と娘を匿うだけではなく他領に落ち延びさせていただいたうえ、我が安川家若党中野与助が母の方便まで、金太夫殿、御舎弟金右衛門殿をはじめ細井家ご一統の方々には口では言い表せないご恩を受け申した。かたじけなく存じまする。この通りです」

権之進は、自由の利かない左手もろとも両手を床に付けて上半身を折り、感謝の辞を述べた。権之進の看病に当たっていた若党中野与助も世津も、権之進に合わせて畳に額を押しつけて礼を述べた。

「いや、それは武士として当然のことを果たしたまで。兄とて思いは同じでござる。ご案じ召さるな。おお、其許は中野与助殿、その節は一方ならぬ働き、権之進殿も良いご家来をお持ちだ。細井家でお預かりしている其許の母御紀代様には、今日も留守を守っている我が母加津の世話を頼んでおる。改めて礼を申すぞ。ところで権之進殿、傷は大事ありませぬか」

「拙者は浅傷、大事ございませぬ。それより金右衛門殿、既に見舞うたとうかがったが、ご覧の通り金太夫殿も死んではおらぬ。世津に聞いたが、意識が戻りさえすれば……今はそれを願うばかりだ」

　権之進は頭を垂れて目を閉じた。

「昨夜から夜を徹して比紗様が金太夫様を看病なさっておいでです。それに金太夫様は天性の強さをお持ちです。急度ご自身の力で意識を取り戻すものと思います。今はそれを信じるしかございません」

　世津はそう言うと、

「何もございませぬが、今、お茶なとお持ちいたしまする」

と、江津と与助もうながして共に座を外した。

　二人がじっくりと話し合える場を用意したのであろう。機をみて自ら為すことを考える、世津のそうした一面が権之進には快くも頼もしくも感じられるのだった。

「拙者も先程見舞って参りましたが、あの兄者が事、必ずや蘇生いたしましょう。待つしかないのが多少もどかしくはありまするが」

その言に〈ウン〉とばかりに相槌を打つと、権之進は、改めて尋ねた。

「ところで、拙者と金太夫殿がこの相良で相対することは、金太夫殿の書状で相知ったとうかがいましたが」

「はい、兄金太夫からの書状が早飛脚にて姉者比紗宛に届けられたのです。五月七日のことでした。その前の兄の書状は、昨年六月に御当家京藩邸を権之進様探索の報告と路銀の受領に訪れたことを知らせてきたものであったので、およそ一年ぶりの書状でした」

「そうでしたか。拙者宛ての今年一月の置き手紙では、四か月後に再び相良を訪ね来るとありました。その間の居所については存ぜませぬが、当地に向けて出立する時に比紗様に書状を送ったのであろうか」

「ええ、おそらく。姉者が拙者に見せてくれた兄金太夫の書状には、安川権之進殿と立ち合う定めとなった。ついては、五月十六日に遠州相良の妙国寺を訪ね来るようにと。自分は尾張一宮の寺に身を寄せておるが、その日には妙国寺に赴くと記されておりました。それ以上のことは記されておりませんので、詳しい事情はわかりませんが、とにかく十六日には相良に着けるよう、手紙を受け取ったその翌朝すぐに姉上比紗と兄者の嫡男小太郎とともに佐久原を出立、日に日を継いで急いだ結果、ようやく十六日昼に相良に到着した次第でした」

「五月十六日、十六日とな。……拙者と金太夫殿との立合は十五日であったが」

「ええ、実際に立ち合われた日より一日後の日付です。兄は、おそらく立合を十五日と定めており、その前に妻や子に会うことは決心が鈍るからと考えたのではないでしょうか。あるいは権之進殿と立ち合う姿を二人には見せたくなかったのでしょう」

金右衛門の推察を肯んじたのか、権之進も深く頷き、〈フーッ〉と小さく溜息を漏らした。

ともに金太夫の容態に思いを馳せたのか、そこで二人はじっと目をつぶり、会話が途絶えた。

勝手からであろう、江津と世津の声が二人の許にも届いてきた。

「はい、はい、わかりました。江津は側に近寄らないようにね。火傷しますから」

「母上様ー、お湯が沸いております」

しばらくして権之進が口を開いた。

「驚かれることとかも知れませぬが、実は、金太夫殿は自ら斬られることを覚悟して、拙者との立合に臨んでおられたのではないかと……」

「何と……権之進殿は……何故そうお思いに……それを……それを承知の上で立ち合われたのでしょうか」

金右衛門は言葉に詰まりながら尋ねた。

「いいや、そうではござらぬ。拙者がそう感じたに過ぎません」

「権之進殿」

金右衛門は努めて平静を装った。

「権之進殿、実は兄金太夫の姉上宛のもう一通の書状が妙国寺の宿坊に置いてござった。それには……、それには兄者は、権之進殿の推測通り、刃を自ら受ける、とありました」

「おう、やはり、金太夫殿もそうであったか、自らを斬られようと……」

「では、権之進殿はそのことを……」

「うぬ。じゃが、それを事前に承知していたのではない。何事も知らず、お互いが抜き合わせた刀が火花を発してぶつかった、その瞬間、拙者はそれを感得したのでござる。やはりそうであったか。儂の直感は正しかった」

そう言うと、権之進は腕組みをして仰向いた。

「であれば、であれば、権之進殿……何故に兄は斬り死にしなかったのでしょうか。よもや権之進殿が兄者に手心を加えたのでは、あるいは……あるいはもしかすると、権之進殿も兄者と同じ目論見であったのでは……」

「うむ……、金右衛門殿がそこまで言われるのなら、もはや隠し立てはいるまい」

「では、やはり権之進殿も」

「実はそうだった。金太夫殿も拙者と刃を交わした瞬間に拙者と同じように感じ取ったでありましょう。金太夫殿は己の死をもって主君への忠義を果たし、拙者を生かすことで朋輩への信義を全うできる、そう考えたのであろう。それに対して、拙者は己の死をもって朋輩への信義を全うでき、金太夫殿を生かすことが、畢竟主君への忠義に繋がることになると考えた。お互いがお互いの忠義と信義を貫こうとすれば、二人とも自らの命を犠牲にするしか、その方途はない。それは、忠と信の狭間で苦しんだ二人がいわば必然的に到達した境地であったのかも知れぬ」

「つまり二人は、お互いの意図でそれぞれ生き残された、ということに」

「さよう。しかし、さすがに細井金太夫殿、腕前はやはり拙者より上であった」

「ん……、はて異なことを。権之進殿、ご覧の通り、貴殿も兄者金太夫もともに手傷を負っている。相討ちではござらぬか」

「そうではない。金右衛門殿、よく聞かれよ。拙者は、二人の間を見切ったうえで金太夫殿の刃をもろに受ける位置まで踏み込んだ。ところが金太夫殿の繰り出した刀は、拙者の皮膚を切り裂いただけで、骨までは切ってはおらぬ。その差紙一枚で切っ先を止めたのだ。さすが内山道場で師範代を務めた腕前だ。明らかに拙者の負けだ」

「しかし、権之進殿。内山道場では兄と互角といわれた貴方様の腕前、その両者が同様に同じ場所に手傷を負った。傷の深さ浅さはあるにせよ、やはり相討ちではござらぬか。しからば、勝ち負けはないのではありませぬか」

「いや、そうではない。これは明らかに拙者の負けなのだ。お互いの傷がそれを如実に物語っておる」

「そうですか。しかし私はまだ腑に落ちませんが……」

「ならばご説明しよう。拙者も金太夫殿も同じ目論見をもって立合に臨んだ。互いに相手に浅い傷を負わせ、己は斬り殺されようと、その間をはかってな。もちろんそのことをお互いが知る由もない。しかし、見よ。金太夫殿は自分の思う通りに拙者を斬り、拙者は意図するよりも深く金太夫殿に傷を与えてしもうた。だからこの立合は傷を深く与えた拙者の負けで、狙い通りに浅い手傷しか拙者に与えなかった金太夫殿の勝ちということになる。金太夫殿の剣が拙者の剣よりも互いの傷の浅さ深さの差だけ上回っていたということだ。わかるか、つまりは拙者の負けなのだ」

「そのような埋由（ことわり）でしたか。……それなら合点いき申した。姉上にもそのことを説明しておきましょう。驚かれましょうがね」

「金太夫殿の奥方の比紗殿にも大変なお世話をおかけしたと聞いておる。ご子息と相良に来られ、金太夫殿の許で手当に当たっておられるというので、機会をみて是非お礼の一言なりと申し上げたいが」

「ええ、お気持ちは伝えておきますが、兄の容態が落ち着けば、姉の方からご挨拶に参じましょう。しばしご猶予を賜ればと存じます」

「承知しました。しかれども拙者の方からお目にかかってお礼を申し上げるのが筋、折りをみて宿坊に伺う所存でござる」

　二人は眼を閉じたまま沈黙した。

　金右衛門は権之進の心境に思いを致し、権之進は金太夫の心意気に感じ入り、それをそのまま表せる言葉に窮したのである。

しかしそれは至幸の一時でもあった。

「粗茶ですが」

世津である。二人の話の間を選んだのであろう、襖の向こうから声を掛け、茶碗を二つ乗せた盆を捧げ持って部屋に入ってきた。

襖を開け閉めしたのは、江津だった。

「粗茶です。……でも、母上様、そちゃって何ですか」

思わずこぼれた笑みを江津に向けながら、ゆっくりと茶を飲み干すと、金右衛門は静かに席を立ち、権之進の側を離れた。

四

その翌十八日朝、金右衛門は再び権之進の許を訪れた。

傷口が大方塞がり出血もまったく見られなくなった権之進の容態は、大分よくなっているようだった。

「金太夫殿のご容態はいかが」

権之進は金右衛門の顔を認めると、まずそう聞いた。布団に座ったままだが、体の芯もぶれず、昨日の様子とは明らかに違っている。

「相変わらず眠ったままですが、呼吸は少し楽になったように思います。それに熱も下がってきました」

金右衛門は権之進に会釈すると、寝床の真横に座り込んで膝を組んだ。長い話になることを想定したためであろう。

「熱が下がったのはいい具合の証、このまま意識回復に向かえば一安心だが……拙者も見舞うてみたいが、今はかえって邪魔になるかもしれぬな」

「ええ、今朝早くから奥方の世津様、それに江津様も、姉上や小太郎と一緒に枕許につめて懸命に看病しておられまする。とりあえず、兄者はその四人にお任せいたしましょう」

「それがよかろう。儂たちでは満足な世話もできないだろうからな。ところで……」

権之進はそこで一息入れ、そして尋ねた。

「ところで、金右衛門殿、拙者はともかく、金太夫殿の今後はいかが相成るであろうか。傷が回復すれば再び儂の上意討ちの命に従わざるを得ないのであろうか」

権之進にはそれが一番の気がかりであった。自分が当初の目論見通りに金太夫に斬られていれば、金太夫の上意討ちは成就し、細井家の皆も普通の生活に戻れよう。また、自分が死せば、世津と江津は罪人の身内から解放され、少なくとも人目を避けて逃げ廻るような暮らしからは脱することができるだろう。そうした期待は、皮肉なことに金太夫が自分を斬り殺さなかったことによって、実現しなかった。

「実は、そのことで、お耳に入れたいことがあり、罷り越しました」

そう言うと、金右衛門は膝を改めて正座に組み直し、居ずまいを正した。

「権之進殿、まだ心から安堵はできませんが、貴殿に対する上意討ちについては藩重臣の評定で再吟味されると承っておりまする」

それまでの声とは違う、明るさに満ちた金右衛門の声だった。

「何と、今何と申した。上意討ちの沙汰が再吟味されると言われたか」

「はい、そう申し上げました。しかし、世津様、姉者にはぬか喜びさせぬよう、もっとはっきりするまではそのことを内密にしておこうと。早晩わかること故ですので」

「それが賢明かと存ずるが。しかし……しかし、……そのようなことがあるのだろうか」

余りにも唐突な話であり、権之進は半信半疑であった。

「はい、そのことは金塚家をめぐる最近の御家の動向に関係しています。実は金塚家に対して藩政を私ししたという疑惑がありまして、兄金太夫が中心になり、その証を求める探索を行ってきました。そして、ようやく昨年十月二五日に拙者と地方奉行所手代渡辺正次郎の連名で横目付梶田木工左衛門殿に「吟味願」を奏上いたしました。その際、梶田殿は多かれ少なかれ金塚家の恩沢を蒙っておる人物ですので、その疑惑を示す証の品は次席家老の増田弥右衛門殿に託しました。また、同月の三〇日には、領内四四か村の名主が連判して、金塚家の長年の悪弊を指弾し、それを停止して欲しい旨、横目付梶田殿と地方奉行大石太兵衛殿宛に訴状を出しております」

「何と、そんなことがあったのか。金塚数馬の不正疑惑には拙者も勘づいてはいたが、その証までは辿り着けなかった。その金塚家の疑惑について、証を得た吟味願いが二件も上奏されたのか。これも金太夫殿と金右衛門殿の働きによるもの、ここでもお二人にお礼申し上げねばならぬ。それに次席家老の増田様は岡野家、安川家とも所縁あるお方、不思議な縁を感じる」

権之進は座ったまま上半身を金右衛門に向けて頭を下げた。そして首を傾げて続けた。

「しかし今のお話では、二件の訴状が出されてから既に半年が経っている。藩の評定は如何なる決着をみたのでござるか」

「ええ、訴状を受け取ったものの当初は、梶田殿、大石殿が吟味そのものに反対して、次席家老増田様の再三の督促にも何かと理由をつけて応じようとはせず、なかなか評定が開けなかったと聞いております」

「これまでもそうやって握り潰してきたのであろうな」

「ええ、過去にも領内の百姓衆の訴えが度々為されましたが、そのことごとくが握り潰されてきたそうです」

「そのようななかで、何故拙者の上意討ちが再吟味になったのだろうか。何か関係があるとも思えぬが」

「私も藩の重鎮の腰の重さに憤りさえ感じておりましたが、そうした事態を一変させる一大事が出来(しゅったい)したのです。これが直接権之進様の上意討ち再吟味に繋がるとともに、件(くだん)の金塚家の疑惑についての評定開始にも大きく寄与することになりました」

「一変させる一大事とな、何があったのだ」

「権之進殿が金塚数馬を討ったあと、数馬の嫡男勝之丞様が権之進様に対する仇討免状を得たことはご存じでしたか」

「うむ、それは若党の与助から聞いておる。また勝之丞様が旅先で最期をとげたことも金太夫殿の書状で知り申した」

「ええ、勝之丞様は、二年前の延宝八年五月に豆州にて切り死にしましたが、当初それは権之進殿の返り討ちにあった故とされました。そこで、藩主頼忠公が〈余が頼みとする金塚家の数馬だけでなくその嫡男までを討って身を晦(くらま)せた安川権之進をそのままにすることは当家の恥ぞ〉として、権之進殿と互角の勝負ができる兄金太夫に上意討ちをお命じなされたのです」

「いや、拙者は勝之丞殿とは面識はないし、見かけたことも、もちろん立ち合ったこともない。討ったのは断じて拙者ではない。しかし、何故拙者だと」

「ええ、それは勝之丞様が持っていた仇討免状にあります。勝之丞様の遺骸を調べた公儀韮山代官所の手代が碌に確認もせずに〈返り討ち〉と幕府に報告し、それに基づく通達が当家に送られてきたのです。それで〈公儀の吟味であることから権之進による返り討ちに相違ない〉と。さらに勝之丞様の供をしていた従者も、横目付宛に事の顛末書を提出し、合わせて〈敵の権之進は豆州にいると思われる〉と届け出たのです」

「そうだったのか。そのような次第で儂が勝之丞様を討ったということに……。それにしても何故に上意討ちが再吟味になったのか、その経緯は全くわからぬ」

権之進にとっては「詮無(せんな)いもの」と、予想もしていなかった上意討ちの再吟味、それは信じがたいことであった。

「なぜ再吟味になったのか、いかなる経緯か、聞かせてもらえぬだろうか」

「はい、その契機が先ほど言いました事態を一変させる一大事だったのです。実は、勝之丞様が討たれてから一年半が経った今年の正月三日、〈自分が勝之丞様を討った〉と、真の下手人が藩の町奉行所に自訴してきたのです。それで権之進様による返り討ちではなかったことが判明いたしました」

「真の下手人が自訴してきたと。はて、その下手人とは如何なる者ぞ。何の理由があって勝之丞様を討ったのだろうか。また何故、勝之丞殿を討ったすぐ後ではなく一年半も過ぎてから自訴に及んだのだ。何もかもわからぬことだらけだなあ」

「それでござる。思いもかけず自訴してきたのは、勝之丞様の父数馬に手討ちにあった茶坊主佐藤久林の一子で圭吾という若者でした」

「なに、数馬の手討ちにあったあの久林が倅だと」

「ええ、彼の者の申し立てでは、豆州の湯ヶ野という村外れにおいて勝之丞殿を一人で討ち果たしたと。そして、ようやくその機会を得て、今年の正月二日、この日は父久林の命日ですので、勝之丞様の首級の代わりにその髻をもって父の墓前に供えようと佐久原の無縁墓地を訪れたそうです。その夜、旅籠で〈勝之丞殿は安川権之進の返り討ちに遭い、そのために細井金太夫殿が上意討ちを命じられた〉と耳にし、〈ご恩を受けた権之進様に申し訳ない〉と、自訴に及んだということでした」

「そうだったのか。久林が手討ちにあった時、その子は僅か十四、五歳であったと思うが」

　権之進は懐かしむように目を細めて仰向いた。

「圭吾の自訴は、世話になった権之進様の窮地を見かねて死をも覚悟したものであったとして、若さに似合わぬその俠気を讃える声が心ある家臣から出ているそうです」

「あの子がのう。拙者のことを案じ、死をも覚悟して自訴に及んだとな……。して、その佐藤圭吾はいかなる処分に」

「ええ、とりあえず入牢を命じられました」

「圭吾の言い分はともあれ、勝之丞様の仇討ちは藩公認のもの。自訴したにせよ、その勝之丞様を討った圭吾の罪状は斬首か獄門の所業。低い身分の身ではとても武家の名誉を重んじた切腹にはならないだろう。それが何故入牢となったのか、何か理由がその背後にある気がするが」

権之進は両肘を組んで頭を傾げて考え込んだ。

「おっしゃる通りです。圭吾の処断については、実は権之進殿および兄金太夫、それに岡野弥太郎殿が深く関わっております」

金右衛門は正座の膝を組み変えた。

「ん、拙者にも関わると」

「はい、実は権之進殿が非常時に持ち出すよう奥方様に言い残されていた、岡野弥太郎殿の書付に関することでござる。この件もあって、佐藤圭吾は通常ですと直ちに斬首、獄門の沙汰となるのですが、とりあえず入牢の仕置きになっております」

「はて、あの書付が圭吾の仕置きにも関与しているとは、如何なることか、それも一向にわからぬが」

「あの書付は奥方世津様が兄金太夫に託され、兄と拙者がその内容を精査いたしました」

「うん、あの書付が金太夫殿のお手元にあることは金太夫殿の書状にもあった」

「はい、兄がお預かりし、現在は拙者が持っております」

権之進は安堵したかのように大きく首を上下に振った。

「それは良かった。義兄弥太郎殿が命と引き換えに守ろうとしたほどの物。何か、余ほどの重大事を伝えようとしたのであろうと推測した。そして、この書付の谷川田子川堤川除急場御普請にからんで何らかの不正があったのではないかと、疑念をもち、いささか調査も行った」

「何かおわかりになりましたか」

「拙者が知っている限りのことはお伝え申そう。兄弥太郎殿が延宝二年九月に切腹になり、その許嫁であった志津殿は自害された。志津殿は次席家老増田弥右衛門殿の息女だ。岡野家は取り潰されて、親たちは領内処払いになり申したが、その書付は、彼の父利右衛門殿が密かに領外に持ち出し、弥太郎殿切腹の一年後、時をみはからって岡野家若党佐田六十郎に託して秘かに拙者の許に届けてくれたものだ」

「そうでしたか」

「うむ、拙者は第一に兄弥太郎殿が切腹に処せられた次第に疑問をもったのだ。切腹の数日前に数馬と兄が諍いを起こしたという。その詳しい経緯は当人にしかわからぬが、兄は諍いのすぐあとで切腹を覚悟したとみえて、城中にいた若党佐田六十郎に急ぎ命じて、屋敷にあるその書付をどこぞに隠し置くよう父の利右衛門殿に伝えたということだった」

「切腹という瀬戸際におかれていたにもかかわらず、みごとな対処でしたね」

「うん、素早く対処してくれた。それがなくば、兄者の切腹の理由を探ろうにも他にまったく手掛かりはないのでな」

「茶坊主の佐藤久林はその場で手討ちにされたが、岡野弥太郎殿はさすが身分が違う給人ゆえに、そう乱暴なことはできなかったのですね」

「家臣を切腹という重大な処罰にするにはそれなりの手続きが必要だった。兄弥太郎殿の切腹の沙汰状には、〈上司に対する不届至極の乱行をなしたのみならず城中にて抜刀せし咎〉とあった由、これは、後日、拙宅に忍び来た佐田六十郎が知らせてくれたものだ。この文言だけでは何があったのか、詳細は何もわからないが、切腹申し渡しの際に、その沙汰状を読み上げた上で、〈岡野弥太郎儀、城中において表と奥との別を弁えず、給人に有間敷所業のうえ〉と口頭で仰せられた、ということだった」

「〈城中にて抜刀せし咎〉はともかく、〈上司に対する不届至極の乱行〉と〈表と奥との別を弁えず〉とは如何なる事情を言っているんでしょうか」

「うむ、それは父利右衛門殿が切腹した弥太郎殿の遺骸を引き取るときに、かねて知り合いの横目付配下の与力に問い質したところ、切腹の数日前の宿直の夜、弥太郎殿が夜中に目覚めて厠で用をすませて部屋に戻る途中、奥向きの御殿に通じる渡り廊下の端に白い一片の紙切を見つけた。弥太郎殿はごみと思ったか、それを持って部屋に戻り手近な屑箱に放り込んでおいた、という」

権之進は、そこで

「ふーっ」

と一息入れた。そして、次のように続けた。

「ところが、翌朝、金塚数馬が宿直部屋に来ると屑箱のその紙片を見つけて目を通し、〈これは奥向きの腰元に宛てた書状で、秘め事に誘う内容ではないか。給人としてあるまじき不祥事である〉と決めつけた、というのだ」

「それが奥と表の別を弁えない所業ということですか。しかし、そうした数馬の一方的な決め付けだけでは、いかに数馬が権力を振るおうと、藩命で切腹に処する理由にはならないかと。それに、その紙片が弥太郎殿の物とする証があったとは到底思えませんが」

「そうなのだ、問題はその続きだ。〈上司に対する不届至極の乱行をなしたのみならず城中にて抜刀せし咎〉と沙汰状にはあったが、その次第も横目付与力によると、数馬はさらに、奥向きからその書状の宛先であるとした腰元を呼び出したそうだ。その腰元は御側室お清の方付きの女官で佳とい い、佳は〈弥太郎様が自分宛に差し出した手紙に相違ない〉と証言したという。すると数馬はそれが〈明らかな証である〉として、弥太郎殿を厳しく叱責し、その抗弁にも一顧だにしなかった、という。多くの番士が目撃したのはこの諍いであったのだろう」

「そうでしたか。ところで、その御側室清の方は、金塚数馬の養女から殿のお側にあがった人ですね」


この時代、大名に義務づけられていた参勤交代制度の下では、大名の正室およびその子どもは江戸在住と定められていて、国許には側室をおくのが普通であった。

佐久原藩でも国許には側室が三人おり、その一人清の方は元は城下の大商人美濃屋四郎兵衛の娘で、評判の美貌であった。それが買われて、一旦、数馬の養女として金塚家に入り、そこから改めて殿の御側にあがり、その寵愛を一身に受けていた。他の二人の側室は、いずれも近年は御伽を命じられることもなく、「空闥(くうけい)を悲しんでおられる」、という家臣の噂であった。

「さよう、そして、その明くる日、改めて弥太郎殿に仕置きが言い渡されて、切腹に処せられたというわけだ。諍いの場で刀を抜いたか、どうか、それは誰も目撃しておらず、真のところはわからないが、切腹に処すための辻褄合(つじつまあ)わせであったろうよ」

〈はて〉という顔つきで、金右衛門がさらに問うた。

「しかし、それでもなぜ弥太郎殿が切腹になったのか、切腹になるほどの真の理由はわかりませんん」

「そうなのだ、貴公もその点が訝しく思われるだろう。実は拙者もその点に疑念をもった。義理の兄とはいえ、普段からよくその気質を知っておるが、あの弥太郎殿がこと、沙汰状にあるような振る舞いをなすとは到底思えぬのだ」

「なるほど、岡野弥太郎殿が切腹に追い込まれた経緯については、よくわかりました。そうした経緯については弥太郎殿は何も書き残しておりませんが、実は弥太郎殿が切腹を前にお父上に託した〈延宝元年御領内谷川田子川堤川除急場御普請日毎控〉、これには権之進殿も目を通された由ですが、ご存じのように、几帳面な気質であった弥太郎殿がその御普請を陣頭指揮してやりおおせた日録で、御普請の事前に作成した目論見帳に従って、村方から徴集した資材の数量や入手先、その責任者、川職人の員数やその賃銭などを、細かく村ごと、日毎に集計、記録したものです」

「拙者も調べてみたが、何度目を通しても不可解な記載があるとは思えなかった」

「ええ、この御普請控だけでは何もわかりませんでした。しかし、この控が重要な意味を持っているのは疑いなく、藩の決済を経た御普請出来形帳との吟味を願い出た次第です。弥太郎殿も同様な疑問をもち、数馬殿にそれを質そうとしたのでは。でなければ奥との醜聞、それもでっち上げの些末な証だけでは切腹にする理由に乏しいのではないですか」

「何か、その控と藩庫の御普請出来形帳との間に不整合な点があるということですかな」

「ええ、兄者金太夫はこの控の費目や日毎の諸数字をすべて整理、合算いたしました。しかし、その控には御普請に関わった村方十九か村すべてが記載されているわけではなく、記載されていない村もあったのです。その記載のない十か村分については、兄の指示を受けて、村に残る御普請に供出した資材などの請取書および夫役人足の出役明細書を全部調べ、その合計数値と弥太郎殿の控の数字を合算しました。もっとも実際に村方で調査にあたったのは地方奉行所手代の渡辺正次郎氏ですが」

「地方奉行は金塚数馬とは義兄弟ではないか。その配下の渡辺正次郎は信のおける人物とみてよいのか。しかし、かようなことまで、さぞ手間暇かけた大仕事だったろう」

「はい、正次郎は手代で職階は低いですが、信のおける人物です。彼の手も借りて御普請の全容を把握するまで四年以上がかかりましたが、資材の総量、村方から夫役で集めた総員数、川職人の延員数と人足賃の総合計などの御普請の全容を掴みました」

「それで何か不審な点はあったのですか」

「いいえ、普請の全容を把握しただけで、とくにおかしな点はありませなんだ。ただ、判明した数値に驚きました」

「と、いうと」

「ええ、その前にお尋ねしたいことがあります。権之進殿は、弥太郎殿の切腹についての真の理由に心当たりはあったのですか」

「いいや、まったくなかった。そこで真の理由を探ろうと、まずはその事情を知る同僚の者を訪ね歩いた。しかし、拙者が知る以上のことは誰もが知っていなかったのだ」

「そうでしたか。実は拙者と兄金太夫も権之進殿と同様な疑念を感じ、弥太郎殿が切腹に処せられた経緯を調べておりました。そしてお城の書庫でここ数年の藩政記録を閲覧し、延宝二年十一月二三日に奥田仁左衛門という家臣が川人足の賃料を窃(ひそか)に掠(かす)めたことで其役を免じられたという記録を見つけました」

「えっ、今何と申した、奥田 某(なにがし) とか」

「ええ、奥田仁左衛門と」

「おお、そうだった。慥か奥田仁左衛門であった。拙者もその奥田仁左衛門なる人物がその間の事情を知っているのではないかと聞き込み、その行方を突き止めようと秘かに動いておった」

「何と、権之進殿も我々も同じ人物に辿り着いたことになります。実はその奥田は弥太郎殿と同じ作事奉行配下の与力で御普請の総元締の弥太郎殿を補佐しておりました。弥太郎殿の御普請控で記載がなかった村方はこの奥田が担当した村方でした」

「そうだったか、儂の探索は今少し及ばなかったのか」

　金右衛門は頷くと、身を乗り出して
「奥田の探索はどの程度まで進んでいたのですか」

　と、権之進の話を促した。

「どこに住まっているのかさえ掴めていなかった。ところが、あれはいつだったか、奥田の居所を知ろうと秘かに動き始めてすぐのことだった。いつものように太鼓を合図に下城し、帰宅の途中、人通りの少ない武家町の辻に差しかかった処で、三人の浪人どもに道を塞がれた」

「浪人に……」

「うむ、三人ともその面体には見覚えはなかった。そやつらも押し黙ったままであった。儂にはそやつらに絡まれる覚えは一切思いつかぬ。そこで、〈安川権之進と知ってのことか、それとも物取りか〉と、身構えた。しかしそやつらには儂の問いに応ずる気配もなかった。おそらく、物取りではなく、拙者と知った上での狼藉であろう」

「抜き合わせたのですか」

「咄嗟のことであったが、腕に覚えがある若党中野与助も鯉口を切り、槍持ち中間の倉原義兵も槍の鞘を払って、拙者の両脇を固めた。相手側三人の同時の居合抜きに備えを取ったわけだ」

「やはり、権之進殿を狙っていたと」

「うん。浪人たちは鞘に左手を添えると、鍔の下側を親指の爪で押して鯉口を切った。我々に鯉口を切ったことを隠すためだ。そして三人は適度に左右に分かれて間をはかった。それにはまったく隙がなく、見事な陣形であった。いずれもが相当な手練れと見受けられた。そうした一連の戦法所作は物取りに堕した食い詰め浪人たちにはできぬ相談だろう」

「それほどの者が何故に権之進殿の闇討ちなど……」

「腕を見込まれて誰かに金で雇われた者たちであろう。雇い主がわかれば襲撃の理由もわかろうが。いずれにせよ、恐ろしいほどの気迫だった」

余ほどのことだったのか、権之進はそう言うとブルッと身震いした。

「権之進殿ほどの腕前でも……それにしてもどのようにその場を切り抜けたのですか」

「しばらく睨み合って間を測り、今にも抜き合わせそうになったとき、〈斬り合いだ〉〈近づくな〉と、通りかかった町人たちが叫び声をあげた。そこで一瞬、間が崩れた。すると、浪人どもは、〈ここは退け〉とだけ捨て台詞を残して走り去った」

「そうでしたか、そんなことが」

「ただ、〈ここは退け〉という一言だが、それには訛りがあった。おそらく出羽か陸奥か、奥羽地方の訛りであった」

「ああ、やはり。その浪人の一人は痩せぎすで背が高く目付きの鋭い男では。実は兄金太夫もその痩せ男ら三人の浪人者に襲われました」

「何と、慥かに痩せぎすで目の鋭い男だった。金太夫殿も拙者と同じように襲われたのか」

珍しく権之進の声が上ずっている。

「はい、奥田のことを探索している最中に。やはり下城途中でした。しかも、奥州訛りで背の高い痩せ男が首領らしかったと、申しておりました」

「金太夫殿はどう対処されたのか」

「ええ、筋違いの路地に誘い込んで三人の連携を取らせず、一人ずつ槍で二人を仕留めたと。ただ、その痩せた男は逃げ失せたと言っておりました」

「うん、それでこそ金太夫殿だ。しかし、奴らの襲撃で、拙者の調べている方向が的外れではなく、相手の核心を掠っているとも確信させてくれることになった」

「それも兄者と同様かと。ところで、兄が襲われたその日、先ほど話に出た作事方の与力奥田仁左衛門も襲撃され、虫の息のところに兄と拙者が駆けつけました」

「何と、奥田も襲われたのか」

「ええ、さらにその日の未明、無人の奥田の屋敷が全焼しました。何か証になる物を奥田が持っていることを恐れた者による放火でしょう」

「すると、奥田の線からは証となるものは何も出てこなかったという訳か。儂がもっと早くに奥田まで辿りついておくべきだった」

「いいえ、権之進殿。奥田はこの上ない証を我々に残してくれていたのです」

「何と、証を。それはどんな」

「実は、奥田は脇差を私どもに自ら託してから息を引き取ったのです。大分後になってわかったのですが、死ぬ間際に託されたその奥田の脇差、その変哲もない脇差の鞘に一枚の書付が隠されておりました。一丁の紙の表に〈右寄〉とあり、丸木や竹材、砂利などの資材の数量、夫役人足、川職人などの員数、その賃銭などが記載されたものでした。裏には何も記載がないので、それは袋綴じにした冊子の一丁かと」

「その〈右寄〉と兄者弥太郎殿の切腹には何らかの関係があるのだろうか」

「はい、先ほど〈数値に驚きました〉と、申し上げましたが、まさに驚くべきことに、その見つかった〈右寄〉の数字は我々の調査で判明した御普請の諸入用合計数値と完全に一致していたのです」

「何と、それは本当か。それが事実だとすれば偶然の一致とは考えられぬ。もしかすると、それは兄弥太郎名で作成された出来形帳の〈右寄〉なのではないか」

「おそらくそうだと思います。藩庫にある出来形帳の〈右寄〉部分一丁が差し替えられたのかも知れません。そう考えるのが最も自然です。さらに推測を加えて言えば、差し替えを命じたのは数馬、実行したのが奥田仁左衛門でしょう。おそらく出来形帳の清書を担当したのは奥田で、それを知っていた数馬が奥田に命じて偽の〈右寄〉を書かせた。さすれば筆跡も同じで、藩庫にある出来形帳の〈右寄〉が差し替えられたものとは誰にもわかりません」

「うむ、おそらくその推測も当たっておろう」

「ええ、ところが、出来形帳の一字一句まで熟知している弥太郎殿が何かの折にそのことに気付いた。そして、数馬を問い詰めようとしたのではないでしょうか。密かな工作が露顕することを恐れた数馬が、罪をでっち上げて弥太郎殿を切腹に追い込んだ。その際、自らの養女でもあった御側室清の方に要請してその腰元に偽の証言をさせた。それを弥太郎殿を切腹に処する決定的な証としたのでしょう」

「兄者は仕組まれた罠にかけられ、口を封じられたのか」

歯を食いしばり目をきつく閉じた権之進の歪んだ顔がその苦衷を表している。

「数馬の邪な欲望を誰も咎め得なかったことは残念です。弥太郎殿を切腹に追い込んだ数馬は、今度は事情を知る奥田をありもしない罪でお役御免にして城から追い出しました。そのすぐあとにでも、証拠隠滅をはかるためにこの世から消す手はずであったと思います。ところが、奥田は数馬のそれまでのやり方に通じており、自らが差し替えた元の〈右寄〉一丁を破棄せずに持ち帰って秘匿しており、それを種に身の安全を保障させようと、また、数馬に金を強請ったのでしょう。奥田は家禄を没収され屋敷も召し上げられたあとも裕福に暮らしていたらしいのですが、それで納得できます。おそらく奥田は、弥太郎殿が切腹に追い込まれた時点で〈右寄〉をより安全な隠し場所として脇差の鞘に自らが仕込んだものと。誰もがまさか紙片を脇差の鞘の中に隠してあるとは気付かないでしょうから」

「その奥田に拙者の穿鑿の矛先が向けられそうになったので、数馬の命によって浪人たちが拙者を襲ったということか」

　金右衛門が続けた。

「そうでしょう。そして延宝五年の正月に茶坊主佐藤久林が無残に数馬に手討ちになった一件も、能の番組表を貼る位置がおかしいという些末な理由によるものではなく、久林にそれを指示したのが権之進殿と数馬が知っていたからに相違ありません。権之進殿の探索が自分に及ぶ前に数馬は浪人を雇って権之進殿の排除を画策しましたが、失敗したために、改めてその機会を狙っていたのでありましょう」

「数馬の狙いはあくまでこの権之進にあったと」

「権之進殿の武辺を何よりも尊び侠気にも厚い侍気質を、数馬は逆手にとったのです。久林を手討ちにした、その理由は何でもよかったのです。ただ久林が権之進殿の指示を受けていたこと、それだけで十分でした。さすれば権之進殿のこと、仕掛けた罠に飛び込んでくるだろうと。ところが、算であったに違いないでしょう」

数馬自身が権之進殿に斬られてしまった。後顧の憂いを除こうとした金塚家にとっては、大変な誤算であったに違いないでしょう」

「それにつけても、哀れなのは佐藤久林。たった一つの命を数馬の不正隠匿の手段に使われてしもうた。子圭吾の憤りも宜（むべ）なるかな」

権之進は瞑目したまま頭を下げて、そのまま話を続けた。

「拙者の詮議が今少し早く埒があいていれば、久林をあたら死なせることはなかったろう。久林は、拙宅に〈何か手伝えることはございませぬか〉と、よく下働きにもきてくれた。久林が妻を亡くしたあと、まだ年端も行かぬ子を抱えて男手一つで不自由な暮らしを送っていたのを見かねて、世津がなにくれとなく気にかけていたのでな」

その権之進の姿を黙って見つめていたが、ややあって金右衛門が言葉を繋げた。

「数馬亡き後、金塚家を継いだのは嫡子勝之丞様ですが、まだ若く、しかも仇討ちの旅にいる。かといって、父の数右衛門様は老齢ですでに隠居の身。そこで表向きも裏向きも金塚家を領導したのが家宰落合甚左衛門でした。奥田が暗殺されたのも落合甚左衛門が命によるものでしょう」

「数馬の死という高い代償を払ったものの、拙者を藩の逆賊としてまんまと御家から追い払った。そこまでは上出来であったが、予期もせぬことに金太夫殿や金右衛門殿らの探索の矛先が奥田の身辺に迫ったことから、次には、その奥田を口封じのために殺したというわけか。奥田の屋敷が全焼したというのも、証となる〈右寄〉の一丁を焼き消すためだったのであろう」

「ええ、その〈右寄〉がどこに隠されているか、知らなかったがために家一軒を燃やしたのです。これもおそらく落合甚左衛門の命による火付けでしょう」

「そう考えれば、これまで個別な出来事と考えられてきたことが一本の筋につながってみえてくるな」

金右衛門は、五年前の正月に世津母子を匿った折りに交わした兄金太夫との話を改めて思い起こしていた。

〈茶坊主佐藤久林の手討ちと岡野弥太郎殿の切腹にはどこか相通じるものがある〉

と。

その相通じるものが何か、金右衛門にはそれが聢とみえていたのである。

「権之進殿、屋根を叩く音がするのは五月雨でしょうか。つい先ほどから降ってきたと見えまする。少し休みましょうか」

雨を機に、長いこと膝詰めで話し込んできた権之進を思い遣って、金右衛門が話の腰を折った。

「おっ、慥かに雨音がしますな。そう言われるまで気づかなんだ。今年も梅雨を迎える時節になったんでしょう」

そう言うと、権之進は少し覚束ない膝を抱えながら立ち上がった。視線の先は開け放たれた障子の外に向けられている。

そして、

「流浪中の身には雨が一番堪えたものです。日稼ぎに出ようにも仕事がなくて……そうすると、立ち所にその日の食い扶持に困るのですからな。ましてや、それが一か月余りも続く梅雨は、考えようによっては、最も恐るべき敵であったかも知れませぬ」

と、呟くように独りごちた。その言には万感の想いが込められていた。

「金右衛門殿、この雨は通り雨だ。まもなく止もう」

しばらくじっと外の雨脚を眺めていた権之進であったが、矢庭に振り返って、そう金右衛門に言った。

「はぁ、そんなことまでおわかりになるのですか」

「うむ、この相良の地にも大分久しく世話になってきたのでな。漁師の知恵を授けてもろうたのよ。ウワッハッ、ハッハ」

その笑い声は金右衛門にも心地よかった。


「それにしても、権之進殿。奥方世津殿から兄者に託されたあの控があってこそ、数馬の悪行の手がかりを得ることができたのです。安川家や岡野家の方々が深慮をもって働いて下さらなかったならば、御家を蝕(むしば)む輩の追及も叶わなかったでしょう」

座がほつれてきたところで、金右衛門は再び話題を本筋に戻してそう言った。

「いや、言われてみればそのような一面もあるが、その控を手がかりに御普請の全容について詮議し、地方廻りで地道に証を得た金太夫殿、金右衛門殿のご兄弟の活躍があってこそだ。これで金塚家の悪業も露顕することだろう」

「ええ、そう願いますが、懸念がない訳でもありません。我々の調べた御普請の数字と出来形帳の数値が異なっていても、〈出来形帳の数値の方がおかしい〉という証には辿り着けていないことです。その証を決定的にするには、藩庫に所蔵されている出来形帳を調べるしか方途はありませんが、出来形帳は門外不出の重要書類、我々如きがおいそれとは閲覧することはできません。仮に閲覧できたにせよ、我々が出来形帳に手を加えたことはないことを誰の目にも明らかにせねばなりません」

「そうか、先ほど話された、昨年十月二五日に金右衛門殿と渡辺正次郎殿が横目付梶田殿に上奏したという〈吟味願〉は、そのことだったのか」

「そうです。弥太郎殿の控と正次郎が筆写した各村の資材請取書と人足の出役明細書の写し、それらを合計した数値の表を呈出し、藩庫にある〈延宝元年御領内谷川田子川堤川除急場御普請出来形帳〉の〈右寄〉に記載された数値とを比べて吟味いただきたき旨、上奏しました」

「しかし、またも梶田殿、大石殿らの意向で一向に吟味する評定が催されなかったのですが、ようやく次席家老増田弥右衛門様の督促と佐藤圭吾の自訴で風向きが変わり、吟味評定が進むことになりました」

「そうであったか。じゃが、また梶田、大石殿ら金塚派によって評定が滞ったり、訴えそのものが却下されたりすることはないのだろうか」

「先に申し上げましたように、もっとも肝腎な証拠となる奥田の秘匿していた〈右寄〉そのものは他の証とは別にして、次席家老増田殿に託してあります。御家で唯一信頼できる重臣ですので。金塚派といえども明白な証を無視することはできないでしょう」

「おお、増田殿は拙者に世津を引き合わせてくれた方であるし、その娘の志津様は義兄弥太郎殿の許嫁であったが、兄者の切腹を果無んで自害されている。増田様なれば安心できよう。ともあれ、噂に度々取り沙汰されるほどだ。おそらく金塚家に関わる疑惑は、このたびの御普請一件で済む話ではないと存ずる。その相当以前から同様な仕掛けが為されていたに相違あるまい。何としても申し開きのできない証を突きつけて金塚家のこれまでの疑惑を証明し、その責を重く問わなければならぬ」

「はい、その旨も横目付殿に奏上いたしました。佐藤圭吾の最終的な仕置と合わせて、今述べたような金塚家の悪行も評議され、すでに評定は終わっているとのことです」

「では何故にそれが表沙汰にならぬのだろうか」

「ええ、評決は出されているものの、事の重大さから藩主頼忠公の直々の裁可を得る必要があると。ところが、藩公は折り悪く参勤交代で江戸出府中です。それで五月初めに藩公が御帰国されるや直ちに裁可をいただき、以て正式に沙汰する、ということになっているそうです。そのことも含め、重臣の評定をめぐる動きは、折に触れて増田様から内々にお伝えいただいておりました」

「その最後の御内意は何時のことでござった」

「兄金太夫から〈相良を訪ねよ〉、と書状が届いた二日前のことでした。それがもう少し遅れて伝えられたならば、今日、権之進様にお目にかかっても何もお伝えできなかったでしょう」

「そうした事情があったとは、つい昨日までの自分には信じられないことかと……」

「はい、拙者も俄には信じられませんでした。しかし、あくまでも増田殿の内意ではありますが、上席家臣の一致した評決、相違なく藩公のお許しも戴けると聞いております。この件は、いの一番でお知らせすべきことでしたが、昨日は兄者の容態が気懸かりで気が動顚しており申した。申し訳ありませせぬ」

金右衛門はやっと宿願を果たしたかの如く、安堵の表情を見せると、〈これで肩の荷を一つ下ろせました〉と膝を解いて胡座に座り直した。

権之進の表情からも険しさが消えていた。無理もない。ここ五年の間、常に敵の襲撃を恐れて警戒を怠れなかった緊張から解き放たれる見込みとなったのだから。


こうして一連の話を終えると、金右衛門は立ち上がり、

「お疲れではございませぬか」

と権之進の肩に手をかけた。

「いや、これまで拙者は数馬殿を討ったことに幾分後悔の念を持ってきた。そして、今日貴殿の話を聞いて、その後悔が何に起因していたかを知った。拙者も、私の感情に任せて数馬を討つ前に、貴殿らのごとく、その証を得ておくべきだったとな。さすれば金太夫殿や貴殿をはじめとする細井家の方々にこれほどのご苦労をおかけすることもなかったかと。それを思えば、〈疲れた〉なんぞ

と言える立場ではありませぬ」

　床の上に両手を揃えて権之進は深々と頭を下げた。

「何の、お礼には及びませぬ。弥太郎殿のご遺志、権之進殿の働きかけがきっかけとなり、御家に巣くう身中の虫が退治できるというもの。ところで、この一件を追っていくうちに、我々はもう一つ、金塚家の更なる悪行にも行き当たりました。長年、金塚家が賂紛いの六尺入用という上納を御領内四四か村に要求してきたという悪弊です。この件については、年貢に重なる要求に難渋してきた四四か村の名主たちが連判して悪弊を糺して欲しい旨の願上状を横目付梶田殿と地方奉行大石太兵衛殿宛に奏上していることは、先に申し上げましたが、その件についても評定が開かれているはずです」

「そうであったか。その件についても賢明な評定が為されるとよいがな」

「ええ、そう期待しております」

「おう、雨も止んできたぞ」

　天を覆っていた黒い雲はいつの間にか山の彼方に押しやられていた。

五

「金右衛門様、ただいま着到致しましたぁー」

と、全身から汗を吹き出して妙国寺宿坊に駆け込んできた一人の侍があった。

渡辺正次郎である。

正次郎は腰の手ぬぐいだけでは足りないらしく、首にも二枚を巻き付けていた。それを両手でもって丸い大きな顔をゴシゴシと拭いている。すでにその二枚も濡れそぼっていた。

「申し訳ございませんが、……どなたか水を……水を一杯いただけませぬか」

息絶え絶えにそれだけを言うと、そのまま正次郎は宿坊の玄関にへたり込んだ。


金太夫が床に寝かされてから四日目の朝がきた。

快く晴れわたった皐月の朝だった。

金太夫の枕元には皆がいる。

それまで取り替えるたびに新たな血が少しずつ染みていた晒布だが、今日の晒布には一滴の血痕も見つからなかった。熱も下がり、白ばんでいた顔には赤みが差し、大きく上下していた胸も通常の呼吸に戻っていた。

しかし、その手足は動かず、目も口も相変わらず閉じられたままだった。

意識も、まだ戻っていない。

「旦那様、聞こえますか。比紗です。比紗はここにおります。小太郎もここにいます。お願いです。一言でもいい、何かおっしゃって下さいまし」

「金太夫様、世津です。お目覚めになって下さりませ。比紗様も小太郎様も江津もここにおります」

「父上様、江津はいい子にしています。だから、だからまた、江津を抱き上げて下さい」

「父上、お目を開けて下さい」

「兄上、気を確かにもたれよ」

金右衛門もいた。

「金太夫殿、儂だ、わかるか、権之進だ。何か申してくれ」

そして、権之進もそこにいた。初対面の比紗への挨拶と御礼もあって、「何とか一人で歩ける」くらいまで回復したので、宿坊に出向いて来たのだ。

皆は代わるがわるに盥の水を換え、額の手ぬぐいを取り替え、手足を拭き、その都度金太夫に呼びかけていた。

皆の気持ちが意識のない金太夫にも通じているのであろうか、強ばっていた顔が少し柔和になったように誰しもが感じていた。

「お顔の色もいいし、大分、良くなってきたわ」

ここ三日、夜通し付き添ってきた比紗が誰に言うともなく呟いた。心なしか、声に明るさが宿っている。

五月の快い薫風が宿坊を吹き抜けていく。

「そうだ、姉上、兄者の〈致斬死候者バ……〉と書いてある、あの遺書ともとれる書状の内容を皆にご披露したらいかがでしょう。ちょうど世津様と権之進殿、それに江津様も小太郎も一同揃っておりますので」

と金右衛門が比紗に促した。

「ああ、そうでしたね。細井家、安川家の両方に宛てた内容ですからね」

比紗は部屋の隅に置かれた衣装箱から金太夫の書状を取り出すと、改めて皆の顔を確認して、一同に聞かせるようにゆっくりと読み上げていった。すでに一読したものであったが、比紗の読み上げる声は度々嗚咽で途切れた。

比紗の読み上げた内容は次のようであった。

「比紗および小太郎がこの地相良に着到した時は、拙者金太夫と権之進殿との立合はすでに終わっておろう。そしてその時点では、まだ儂の遺骸は埋葬されることも荼毘に付されていることもなく、どこぞに安置され、権之進殿らの手で葬儀がなされておろう。しからば、すぐに儂の遺骸を塩漬けにし、遠州をも所轄とする公儀駿府町奉行所に届け出よ。塩漬けにするのは奉行所の役人のこと、すぐに検分に来ることはないからだ。そして代官所の役人が出張って来たならば、儂の屍をして〈佐久原藩金塚勝之丞殿を返り討ちにした安川権之進である〉と、申し出よ。その上で〈上意討ちで権之進を討った細井金太夫も立合で手傷を負い、朦朧としたままで伏せっておる〉と。さすれば、前例のみに囚われ、新たな厄介ごとには首を突っ込まない役人のこと、碌に吟味もせずに、我が屍を以て〈安川権之進也〉と認めよう。そうなればそこで、権之進殿に対する儂の上意討ちは完遂し、権之進殿が斬り死にしたことで安川家は以後、家名は失われるが、追われることもなく、一家揃って安穏と暮らせよう。しかる後、十日ほどを経たなら、〈手傷を負い療養中であった細井金太夫もあえなく息を引き取った〉と、同奉行所に届け出よ。さすれば彼の役人がこと、それを疑いもせず検分に来ることもなく、公儀への検分書を作成して一件落着にするに違いない。そしてこの一件は、仇討免状と一連の手続きとして公儀から当佐久原藩にも通達されよう。こうして公儀の認定によって、この細井金太夫は上意討ちの大役を果たした上での名誉の討死として藩公に褒め称えられ、細井家の家督は間違いなく小太郎に相続が許されよう」

「比紗殿、ちょっと待って下され、ちょっと……」

涙で途切れながらも粛々と読み進める比紗の声を遮ると、権之進は頭を抱えて半身を折り畳み、うなるように言った。

「……何という男だ。金太夫殿は……どこまで用意周到なのだ。死して後のことまでかように案じ、その対処まで冷静に考えを及ぼすとは。とても常人の業ではない。……金太夫殿、目を覚ましてくれ。……拙者の剣が未熟であったが故にお主にこのような苦しみを与えてしもうた。済まん、この通りだ。儂を許してくれ。そして頼む。金太夫……生きてくれ、……儂の命と引き替えてくれ」

滂沱と落ちる涙を拭おうともせず、権之進は畳に付けた両手に顔を埋めた。

「ええ、これが細井金太夫なのです。我が夫(つま)なのです。……そして権之進様、ご案じ召さるな。金太夫は必ず、必ず戻って参ります」

この比紗の言葉の力強さは一同の不安を払拭した。

「そうだ、今は皆がそれを信じて待つしかない。兄者の生きる力を信じることだ」

金右衛門が比紗の言葉を繋いだ。

「父上は必ずお目を覚まします。小太郎もそう信じております」

皆は改めて金太夫が息を吸い吐くその動きに目を凝らした。

そこには慥かに金太夫の生きんとする力が脈打っていた。

そうしたなかに正次郎が駆け込んで来たのだった。

「正次郎氏、ご苦労でござった。まずは、これで落ち着かれよ」

金右衛門の差し出した茶碗の水を小さな口で一飲みにすると、

「ありがとうございます。申し訳ございませんが、もう一杯所望いたしたく」

　と、正次郎は茶碗を差し出した。

　そして、再び水を飲み干すと、

「実は、去る十二日、金右衛門様と比紗様らが佐久原を発ってから四日目のことでした。次席家老増田弥右衛門様が、金右衛門様が不在であることを承知の上で、〈火急の用件である〉として直々に田村様のお屋敷にお越しになり、奥方鈴様、それにその場に呼ばれたそれがしに、金右衛門様とそれがしが吟味を願い上げた一件について〈殿が帰藩され、その上意でもって重大な決定がなされた〉と、お知らせ下さいました」

　と、正次郎は興奮した面持ちで声高にしゃべり始めた。

　次席家老増田が正次郎に伝えたその藩の決定とは、増田の説明によれば、以下のような次第でなされたものであった。


　話は半年ほど遡る。

　天和元年（一六八一）十月二〇日、次席家老増田弥右衛門の屋敷を田村金右衛門と渡辺正次郎が訪ねていた。

　次席家老増田は佐久原藩では金塚家に靡かない数少ない譜代の重鎮であった。寛文九年（一六六九）には、岡野利右衛門の娘世津を安川権之進の嫁にと両家に話を持ち込んでいる。その年に父安川権助と母玉を流行病で相次いで失って鰥寡孤独となった権之進をみかねてのことだった。また、その後、人柄と仕事ぶりを賞讃していた世津の兄岡野弥太郎の嫁に自らの息女志津を勧めた。延宝元年に弥太郎が総元締として進めた谷川田子川の御普請が完成し、事後処理の出来形帳を弥太郎が藩庁に呈出した暁に佳き日を選んで婚姻の式を挙げようと、その日時も決まっていたのに、その婚姻日を目前にした翌延宝二年九月二一日、弥太郎が思いもかけぬ罪で切腹に追いやられると、その翌日、志津も弥太郎を追って自ら短刀で心の臓を貫いて果てた。弥右衛門は次席家老でありながら、金塚数馬の謀略かも知れぬ弥太郎の無残な切腹、そして最愛の娘志津の自害を防ぎ得なかったことに深い哀しみと言い知れない憤りをもって我が身を責め続けてきた。

金右衛門と正次郎は、その増田を唯一の頼りとして、自分たちが用意している金塚家の藩費横領疑惑についての吟味願いが藩の評定にかけられるよう助力を求めて、増田の屋敷を訪ねたのである。

二人は、岡野弥太郎が遺してくれた「延宝元年御領内谷川田子川堤川除急場御普請日毎控」と正次郎が書写した関係各村方の請取明細書と出役明細書、この二つの各項目ごとの合算書、そして奥田仁左衛門が脇差の鞘に秘匿していた「右寄」を持参していた。

「よくぞ、これだけの証を探してくれた。これで拙者の胸にわだかまっていた金塚家への疑念も氷解し、長年御家に溜まって士風を腐らせてきた膿も出し切れよう。儂からも礼を申す」

二人からこれまでの経緯と証についての説明をじっと目をつぶり腕組みをして聞いた増田は、目を輝かせて二人に礼を言った。そして、藩の重臣らによる評定を早急に開き、そこで「徹底的に吟味を遂げよう」と約してくれたのだった。

　心強い言葉に〈ホッ〉と安堵の表情をみせる金右衛門に対して、増田はさらに言葉を続けた。

「ところで、金右衛門。儂にはどうしても解せぬことがあったが、今日のお主らの話でわかったことがある。それは二年前、延宝七年二月にお主が参勤交代の道中奉行に任命された経緯だ。江戸へ出立まで僅か二か月しかない時であった。横目付の梶田殿から〈至急、重臣の評定を開きたい〉と持ちかけられた。その一年前に道中奉行に任じてあった勘定方の吉村俊三郎に代えて〈田村金右衛門を登用したい〉となる。理由を聞けば、〈吉村の病〉というではないか。〈おかしなことがあるものだ〉とそれを奇異に思ったものだった。というのは、その前日に吉村は何事もなく登城しておって、儂が〈道中奉行は出立のその日まで多忙を極めるが、万事抜かりなく頼む〉と声を掛けたところ、〈かたじけのう存じます。あと少しで万端整いまする〉と、笑顔で答えたものだった。それが俄に病とは、面妖(めんよう)至極な話に思えたのだ。しかるに今夜のお主達の話を聞いて、すべて納得がいったわい。金塚派はよほどお主達の動きが気になっていたのであろう」

「それが拙者が急遽道中奉行に任じられた裏の経緯だったんですね。体よく江戸に追いやったという訳ですか。まあ、うすうすは勘づいておりましたが」

　その五日後の二五日、田村金右衛門と渡辺正次郎両名は連判をもって「乍恐御吟味奉願上候事」として、横目付梶田木工左衛門に金塚家の藩費横領疑惑についての吟味願いを奏上した。それに先だって、証である岡野弥太郎の控そのものと奥田の「右寄」の現物は次席家老増田弥右衛門に委ねていた。横目付は金塚派の重臣で公正さが懸念されていたので、重臣の評定が開かれる前に、それらの証が秘かに処分、抹消されることを恐れたからである。

それでも、この吟味を願った訴状は、

「そのような事実はなく、評定には及ばない」

と、横目付梶田木工左衛門をはじめ作事奉行矢野忠通、地方奉行大石太兵衛ら金塚派と目される重臣たちによって即座に一蹴された。なかでも地方奉行大石の意向が強く反映したという。大石の妻は金塚数馬の妹佐代である。

この訴状についての評定は、次席家老増田が何度も開催要請をしたにもかかわらず、他の重臣一同の賛同を得られず、その後もなかなか開かれなかった。

そうした一方、金右衛門らの訴状上奏のわずか五日後の十月三〇日、領内四四か村の名主が連判した「乍恐以連判奉願上候」とする願状が、これも横目付梶田木工左衛門及び地方奉行大石太兵衛宛に奏上されていた。

この村方の願上状に連判している四四か村は、家老職の金塚家と増田家の知行地十か村を除いた四四か村で、領内五四か村の八割を越える村方であり、佐久原藩領として直轄する全村でもあった。そのため金塚派の面々といえども、その訴えの内容が評定に掛けられるほどの重大事であるか否かを問わず、さすがにこれは全く無視することができないだろうと、家老増田や金右衛門らは予測し

たのであるが、しかし、梶田や大石ら金塚派は、

「全藩に関する重大事につき、殿の帰国を待って評定するのが至当」

という、一見もっともな口実を探してきて、これも直ちに評定の場に上げることに反対した。藩主頼忠公はこの年は参勤交代で江戸出府中、翌年五月までは不在であったので、それが評定延期の言い訳とされたのである。増田も「殿が不在」とする理由にはさすがに異議を差し挟めなかった。


こうして、二つの訴状についての評定は、開かれる見通しさえもつかないまま、その年は暮れ、天和二年（一六八二）の正月を迎えた。

藩主が不在であったため、二日の御謡初能は番組を減らして催され、年始の祝も形だけで執り行われた。そうした城中での簡素な催しとは無関係に、城下では、各町家の門に松飾りが立ち並び表通りを武士や商人が晴れ着を纏って年始の挨拶に行き交い、賑わっていた。街の空気も入れ替わったように新たに感じられる、例年と同じ正月の光景であった。

そうした三日、佐藤圭吾が町奉行所の番所に出頭してきたのである。

「金塚勝之丞様を討ったのはそれがしだ」とする自訴に驚いたのは、番所の吏卒ばかりではなかった。誰よりも驚いたのは横目付の梶田木工左衛門であった。実は、「勝之丞様は安川権之進によって返り討ちにあった」とし、その上意討ちを梶田が細井金太夫に命じた背景には、金塚家の強い意向が働いていた。算盤武士の家系にある金塚家は、筋目正しき武辺を誇る権之進や金太夫を日頃か

ら厭っていたのである。

岡野弥太郎の切腹を機に権之進の探索が数馬の身辺に迫ってくると、脛に傷を持つ数馬は些末な出来事を口実にして、権之進を排斥しようとしたが、逆に権之進に斬られてしまった。

さらに、もう一人の筋目正しき者、細井金太夫が権之進の逐電を機に金塚家の周辺を嗅ぎ廻り始めると、金塚家ではその排斥をも狙うようになった。そうした折、金塚勝之丞が安川権之進の返り討ちに遭ったとの報が公儀よりもたらされると、それを絶好の機として横目付梶田をして金太夫に権之進を上意討ちせよとの藩命を出させ、あわよくば金太夫も抹殺しようと画策したのである。

このように金塚家は、数馬と勝之丞二人の当主の死を無駄にすることなく、次の一手を打ったのである。ところが、勝之丞を斬殺した真の下手人が佐藤圭吾と判明した今となっては、上意討ちを金太夫に命じた、その大義さえが失われたことを意味していた。

事のもつ重大さに気付いた梶田は、佐藤圭吾の仕置きをすぐには決断できなかった。折りしも次席家老増田との間で確執の続いている訴状二件の評定にも影響が及ぶことを怖れたのである。

そのためもあって、横目付梶田、地方奉行大石の二人は何かと理由を言い立てて評定の開催に応じようとはしなかったが、

「不正の有無を吟味するのが評定ではないか。殿へは我らが評定で吟味した結果を以て裁可を仰ぐのが筋ではないか」

と、増田が正論を掲げて度々開催を要求し、その間に圭吾の自訴の目的が家臣の間に漏れ伝わる

と、家中の雰囲気が徐々に増田の言い分に傾くようになっていった。

ここに至っては、僅かながら良心の呵責も感じていたこともあり、梶田も大石も無闇に異を唱えることができなくなり、他の金塚派重臣も含めて渋々ながら二件の訴状についての評定の開催に応じたのである。

既に訴状の上奏から四か月余が経っていた。

天和二年（一六八二）三月四日、佐久原城中の小書院で評定は開始された。参席者は次席家老増田弥右衛門、横目付梶田木工左衛門、地方奉行大石太兵衛、作事奉行矢野忠通、勘定奉行甲斐孝三郎の五人の上席家臣たちである。本来ならば、旗奉行の細井金太夫、権之進の跡に町奉行に任じられた河村三郎兵衛も評定に加わるのだが、金太夫は上意討ちの旅先、河村は江戸出府中でこれには加わっていない。

評定は、田村金右衛門と渡辺正次郎両名が「乍恐御吟味奉願上候事」として上奏した谷川田子川堤川除急場御普請の件についての吟味から始められた。

まず、訴状の内容が詳しく調査され、藩庫にある延宝元年御領内谷川田子川堤川除急場御普請出来形帳が評定の場に持ち出された。この帳簿は、延宝元年三月二〇日に普請が竣工したあとで、御普請の総元締であった岡野弥太郎がまとめ藩に呈出した正規のもので、

延宝元年信州佐久郡谷川田子川堤川除急場御普請出来形帳

延宝元年　癸丑　九月

作事奉行付　与力　岡野弥太郎

と、表書きされた冊子である。

それほど大部なものではなく、奉書紙を袋折りした二四丁の紙を重ねて、その揃えた右端に上下五箇所を錐で穴を穿ち、その穴を針に通した紐を表裏交互に刺し貫いて製本してある。朝鮮綴と言われる冊子の綴じ方である。

それを手に取ると、増田は自ら持参した風呂敷包みを開き、奥田の「右寄」を取り出した。そしてその「右寄」を藩庫の出来形帳と並べ置くと、

「おおっ、御一同、巨細に比べてご覧ぜよ。作事方の奥田仁左衛門が脇差の鞘に隠してあったこの〈右寄〉と、藩庫の出来形帳の綴じ穴を。ご覧の通り、五箇所の穴は全く同じ位置だ。しかも、その穴の穿ち方も針を通す向きにぴったり一致している。つまり、穴をあけて紐を通し、裏返してまた穴をあけて紐で綴じるために、穴の向きは交互に逆になるが、それもこの〈右寄〉と出来形帳はすべて同じ向きになっている。寸分の違いもない」

と、手にした扇子でその箇所を差し示しながら興奮した口ぶりで言った。

そして増田は、さらに追い打ちを掛けるように言いかぶせた。

「同じように綴じた冊子が何冊あっても、それは人の為すこと、できた冊子が穴の位置、綴じ穴までまったく同じになるはずはない」

この目の前で明らかに示された事実には、梶田を初め誰もが口を挟めなかった。

五人の重臣によって行われた評定によって、「この〈右寄〉は、一度は出来形帳に綴じてあったものに相違ない」と、断定された。

次の吟味は両方の「右寄」の内容である。

出来形帳の「右寄」と、訴状にある奥田仁左衛門が秘匿していたとする「右寄」の部分が照合された。その結果、筆跡や書式に両者の違いは全く見られず、同一人の手になるものと皆の見解は一致した。

しかし、数値が以下の箇所で大きく異なっていた。奥田の「右寄」では、

二　延人足数　　四万四阡七百参拾六人

三　惣人足賃銭　弐百五拾五万五阡五百四拾文

　　　内訳　村方人足　弐万壱阡壱拾人

　　　　　　此賃銭　　四拾弐万弐百文　　一人分　弐拾文

　　　内訳　川職人　　弐万参阡七百弐拾六人

　　　　　　此賃銭　　弐百壱拾参万五阡参百四拾文　一人分九拾文

となっているが、藩庫の出来形帳では、

二　延人足数　七万壱阡八百四拾九人
三　惣人足賃銭　四百弐拾六万参百六拾文
　　内訳　村方人足　参万壱阡五百壱拾五人
　　　　　此賃銭　六拾参万参百文　一人分　弐拾文
　　内訳　川職人　四万参百参拾四人
　　　　　此賃銭　参百六拾参万六拾文　一人分　九拾文

と、なっていたのである。奥田の「右寄」と出来形帳「右寄」では、ここにしか記載のないその人足の員数、賃銭が明らかに異なっており、出来形帳では、「延人足数」で二万七一一三人、「惣人足賃銭」で一七〇万四八二〇文が加算されている。

それを確認した増田が、

「奥田の〈右寄〉と出来形帳の〈右寄〉の相違点は、御普請に関わった川職人の員数と賃銭、及び村方から夫役で動員した人足数と賃銭であるが、出来形帳の方がそれぞれ上回っている。これは作為的に数字が書き換えられたものであり、理由は何か、その因を極めねばならない」

　と、主張すると、

「慥かに奥田の〈右寄〉は本物であるが、それがそのまま不正を証するわけではない。何故なら、出来形帳が製本された後で数値の間違いに気付き、正しい〈右寄〉に差し替えたとも考えられるからだ。奥田の持っていた〈右寄〉は、その際、取り外された記載の間違えた方ということになる。つまり藩庫の出来形帳は改竄されたのではなく、差し替えられた正しいもので、そこに不正はない。これに直接関わった当時の筆頭家老金塚数馬殿、作事奉行配下の与力岡野弥太郎及び奥田仁左衛門の三名がいずれも鬼籍に入っており、差し替えた経緯は確かめようもないが、今となっては、現に存在するこの出来形帳をもって真実とすることが肝要である」

と、横目付梶田や地方奉行大石ら金塚派の面々が反論した。

「しかしそれでは、既に用済みの御普請控を岡野弥太郎が何故命に代えても護ろうとしたのか、奥田がこれも差し替えられて用済みの〈右寄〉一丁を何故脇差の鞘に秘匿したのか、その説明がつかぬ。また、渡辺正次郎が奔走して集めた村方請取明細書や出役明細書の真偽も疑うことになろう」

　再び増田がこう主張すると、

「そもそも岡野弥太郎の控は全村に及んでおらず、渡辺正次郎が書写した各村の請取明細書や出役明細書も正確であるという保証はない。もしやすると、慌ただしい仕事に追われた奥田が書き誤ったものをそのまま村方に遣わしたとも考えられるからだ。正規に作成された〈右寄〉が二つあることは、記載違い、計算違いのものを正しいものに差し替えたからで、それが不都合であるとはいえない。人足の員数についても、もしかすると奥田の控には正しい記載があったのかも知れぬ。いずれにしても奥田の控そのものが存在しない以上、出来形帳の記載を否定する材料はない」

と、こじつけとも思える理屈で再反論し、孤軍奮闘する増田の意見は一同の意思とはならず、評定はまとまらなかった。

こうして両者がお互いにその主張を曲げず、評定は開かれてもそのたびに決裂した。

しかし、増田には奥の手と言える、ある目論みがあった。

しばらくぶりに開催された評定で、増田は以下のように提案した。

「御普請で雇った川職人の手配や賃銭支払い、および夫役人足の賃銭支払いを一手に取り仕切っていたのは、只一人、口入屋の美濃屋四郎兵衛である。四郎兵衛本人を糺すべきだ」

と。

この提案は、増田にとっていわば背水の策でもあった。返す刀で増田自身が切られる怖れもあったからである。

言うまでもなく、美濃屋四郎兵衛は藩主頼忠の御側室清の方の実父である。清は頼忠の寵愛を独り占めにして奥向きの実権を握り、口入屋美濃屋は両替商も兼ねて藩の出納を実質的に任され財政の面で藩政をも動かす力をもっていた。加えて、名目上とは言え、清は数馬の養女でもあり、金塚家との結びつきも強かった。

したがって、増田の策は藩主頼忠の不興を買って、逆に増田自身を窮地に導く懸念が多分にあった。金塚派にとっては、そこが最後の頼みの綱で、「よもやそこまで増田が手を突っ込んでくる」とは思いもしていなかった。

〈やれるならやってみよ〉

梶田らは増田の提案を冷ややかにみていた。仮に増田が美濃屋を召喚しようとしても、〈美濃屋は御側室清の方の力を借りてでもして易々とそれには応じまい〉と高を括っていたのである。

事実、美濃屋は、増田が中心となって再三再四評定に召喚しても「不正は一切ない」と頑としてこれに応じることはなかった。

そればかりか、清の方からも、

「妾の父のみならず藩公の頼忠様の御意向にも背いて、あるはずのない罪を捏ち上げようとしている」

と、強い叱責の声が評定の場に届けられたのである。

評定は再び停滞した。

打開の方途もまったく見えてこなかった。

六

「もはや、残された手はこれしかない」

こうしたなか、四方塞がりとなった次席家老増田弥右衛門は窮余の一策を打った。江戸にいる藩主松下頼忠の許に書状を早飛脚で届けたのである。

その書状には、田村金右衛門らの訴状と領内四四か村の名主ら連名願上状を踏まえて、これまでの事の次第を詳細に記したうえで、

「長年に亘る金塚家の所業は、私利を貪る余り藩政をも蔑ろにするものであり、領民の不平や不満もかつてないほど高まっております。御家は、今やその基盤をおく百姓たちの離反を招いており、興廃の危機に瀕していると言っても過言ではありません。金塚家の専横をこれ以上許してはなりませぬ」

と、その理非曲直を明白にすることを訴えたもので、藩主頼忠の心奥に届かなければ切腹も辞さぬという覚悟で認めた、諫言状(かんげんじょう)であった。

その書状には、一振りの鎧通(よろいどおし)の短刀が添えられていた。

そして四月下旬、評定衆に宛てた藩主頼忠の一通の書状が届けられた。それには、

「藩の現状を憂い、忠義の心情溢れる家臣の諫言にこそ耳を傾けねばならない。存じなかったとは言え、筆頭家老家の跳梁跋扈を許してきたのは偏に余の不徳の至すところ、許せ」

とあり、頼忠の命として「美濃屋四郎兵衛を厳密に糺問すべし」と記されていた。

また、増田に対しては別に頼忠自筆の返書があり、それには、

「鎧通を見て、改めて藩主としての初心に立ち返ることができ、心の目の曇りを晴らすことができた。礼を申す」

とあった。

実は、増田が頼忠宛の書状に添えた鎧通の短刀には、頼忠と増田のある約定が秘められていたのである。


万治三年（一六六〇）十二月五日。

時は二十二年ほど遡る。

この日、佐久原藩第四代藩主の座に就いたばかりの頼忠に、次席家老増田弥右衛門が謁見して慶祝の挨拶をし、合わせて家訓の講説を行った。

その講説とは、初代藩主頼廉の遺命によって行われたものである。それは「君主たる者、徳を磨くこと第一の肝要たり。さすれば、人心はその徳に靡くなり」「臣下には寡黙沈着な譜代と有言実

行の新参者を登用せよ」などと定めた、天文年間（一五五〇年代）に戦国大名として信濃佐久原に自立を果たした松下家祖先の治世観を家訓として代々の藩主に伝えるもので、領民と家臣に信頼される領主としての覚悟と責務を促すのが目的であった。その講説は、最古参の譜代家臣が行うのが慣わしとなっていた。

この時増田は、家訓に加えて、数日前に江戸藩邸からもたらされた情報も話材にして講説を行った。それが、藩主としての心得を諭すに適した内容だったからである。

「殿、先月三日に下総国佐倉藩主の堀田正信殿が罪を得て改易のうえ信濃国飯田の辺守谷に配流され、飯田藩主脇坂安政殿のお預かりになった由、江戸藩邸より知らせがありました。正信殿は既に飯田に着到しているかと」

「脇坂家は参勤交代の往還で当家領内を通交されることも多い。これまでも何度か当家に通交の挨拶に見えられており、余も安政殿は存じ上げておる。そのお父上はかつての老中堀田正盛様で、安政殿は、慥か二〇年ほど前に佐倉の堀田宗家から脇坂家の養嗣子に迎えられたと聞いている。とすると、安政殿が兄である正信殿の身柄を引き受けられたわけか。して、正信殿は如何なる罪を得て改易されたのだ」

「ええ、先々月の十月八日に正信様が〈当節旗本らが困窮し侍の心得も維持し難きなのは、公儀執政者の年寄どもが武士としての吟味を疎かにした結果であり、かつ利勘のみを事として万人が苦しむように罷り成った。そこで自分に下し置かれた領地十三万石余を返上するので、御番頭物頭らに加増し、御旗本へ御知行金銀を思し召しのままに下し置かれたし〉と幕閣に諫状を奏上し、そのまま無断で佐倉に帰国したので、その罪を問われ、領地を没収され、配流された由にございます」

「それしきの理由で改易、配流とは。御公儀の沙汰は少し厳しくはないか」

「改易、配流の理由は〈狂気に類する〉となっております。実は正信殿は気を病んでおり、その原因が自領で磔に処した百姓の亡霊に悩まされたことにあると、江戸城内では専らの噂になっておるそうです」

「亡霊によって気を病むとは。詳しく申せ」

「ええ、公儀筋によれば、正信殿の佐倉藩では、八年ほど前、聚斂（しゅうれん）の家臣が検地をやり直して増免を命じたために百姓が困窮、年貢も納められずにいたところ、さらに干魃、洪水に襲われて、困窮の極に達した百姓たちが次々に先祖伝来の田圃を捨てて逃散（ちょうさん）し、無人となる村さえある由、聞いておりまする」

「検地のやり直しとな。検地は簡単にやり直せるものとも思えぬが」

「その通りにございます。人手も時も経費もかかります。それに石盛を改めて上乗せすれば領民の反発を呼ぶことは必至です。慎重の上にも慎重を期さねばなりませぬ」

「佐倉ではその後どうなったのだ」

「はい、窮状を憂えた佐倉領内印旛郡（いんばごおり）や千葉郡・武射（むさ）郡などの各村名主たちが、代官、郡奉行、国家老と領内の役所に、また江戸佐倉藩邸へと次々に苛斂誅求（かれんちゅうきゅう）の是正を訴えるも無視され、さらに幕府老中久世大和守様への駕籠訴に及びましたが、結局は訴状の受領さえ叶わず、最後の手段として、公津台方村名主惣五郎なる者が、村々の名主を代表して江戸寛永寺にて将軍家綱様への直訴を行うに至ったそうです」

「老中への駕籠訴も将軍への直訴も天下の御禁制、恐れ多いことではないか」

「ええ、惣五郎は直訴後にその身柄を佐倉藩に引き渡されました。もとより惣五郎は刑死覚悟の直訴だったでしょう。自領の苛政を天下に晒された藩主正信殿は激昂し、惣五郎を死刑に処しました。惣五郎はその時、四二歳。今から七年前の承応二年（一六五三）八月のことです」

「将軍への直訴など、大それた所業、惣五郎の極刑はしかるべき仕置きであろう」

「ええ、ところが、正信殿は惣五郎本人だけでなく、妻と四人の男児全員を刑に処したのです。噂では、まず惣五郎夫婦の眼前でその子たち四人の首を刎ね、しかる後に惣五郎の夫婦を磔にしたそうです。我が子には自分よりも少しでも長く幸せに生きて欲しいと願うは親心、その親の心には、武士も百姓もありますまい。罪科もない我が子四人、十一歳を頭にまだ三歳にも達しない頑是無い幼子もいたそうですが、その子たちの首が刎ねられる、自らもすぐに刑死する命運とはいえ、それを目の前にする……その断腸の思いはいかばかりであったかと」

「うむ、余にはまだ子はないが、……慮ることはできるぞ」

「まだ続きがございます。惣五郎は、磔柱で交互から槍で刺し貫かれながらも〈この怨みは必ず堀田家に報ぜん〉と怒り罵って絶命したとか。また、惣五郎の叔父光然という僧侶が、〈忿怒に燃える悪鬼に化して末代まで堀田家に祟れ〉と磔柱にある惣五郎夫婦に向かって檄を飛ばし、打ち捨てられていた惣五郎の四人の子たちの首を抱えて印旛沼に身を投じたとか。領内には、壮絶にして悲惨な惣五郎一家の最期を眼前にした百姓たちの間に、惣五郎の義挙を称える声とともに、堀田家に対する怨嗟の声が湧き起こっているそうでございます」

「それで、正信殿が惣五郎の亡霊に苦しんで狂気したというのか」

「ええ、それが面妖なことに、正信殿の夢枕に血まみれの惣五郎一家の霊が毎夜のように現れるだけでなく、正室が不審死したりと、堀田家は実際に不幸に見舞われたそうです。それを伝え聞いた領民は、それこそ惣五郎の祟りである、惣五郎は百姓たちの守護神になったと……」

「それは本当か、自分たちの身代わりに刑死した惣五郎を崇拝し同情する百姓たちの単なる作り話に過ぎないのではないか」

「そうかも知れません。が、惣五郎を追慕する百姓たちの思いが強まれば強まるほど領主正信殿への反感が増幅いたします。事実、領内には惣五郎を祀る祠が百姓たちによって各地に建てられているそうですが、これは裏返せば領主への無言の抗議でもあります。こうしたなかで、正信殿も公津村にある将門山の明神社に惣五郎の慰霊のために石の鳥居を寄進するなどして、領民を慰撫する策を講じたそうです。それが、正信殿が本心から惣五郎を慰霊しようとして行った寄進なのか、気を病んだためにその祟りから逃れようとしたやむを得ぬ寄進だったのか、それはわかりませぬ」

「しかし、幕閣への諫状奏上と無断帰国の奇行をみれば、気を病んだとする噂もあながち作り話ではないとも言えるな」

「ええ、それも惣五郎の祟りだと、江戸城に詰める諸大名の間でも噂が噂を呼んで真しやかに語られておるとか。御公儀の処断理由〈狂気に類する〉という扱いについても、正信殿の父正盛様は三代将軍家光公に老中として仕え家光公死去の際に殉死した、いわば幕閣でも名門の一族。その誼（よしみ）で老中松平信綱様が、その噂を逆手にとって〈狂人なら三族の罪を逃れられる〉という御定法に当てはめて、正信殿に対する恩情ある措置にしたとも言われております」

「御当家のように幕閣に縁のない外様大名は御公儀にとっては取るに足りぬ存在。百姓一揆はもちろん御家騒動や法度違反は言うに及ばず、領主の乱心や継嗣のないことさえも落ち度とされ、立ち所に減封、転封、除封、ひいては改易、廃絶の憂き目にもあいましょう。『武鑑』によれば、堀田正信殿と殿は寛永八年（一六三一）生まれの三一歳で同い年、藩主を継がれるにあたって、正信殿の始末を〈他山の石〉として肝に銘じておくことが肝要ですぞ」

　こうして藩主としての心得と矜恃を具体例でもって示した増田に対して、頼忠は、

「これから藩主として領内を統（す）べるにあたって、良い講説に与れた」

と、謙虚に頭を垂れて礼を述べた。そして、小姓に言い付けて奥から短刀を持ってこさせると、

「これは、元和二年（一六一六）に東照大権現家康公が身罷（みまか）った際に、我が祖父頼義が〈当松下家三万六〇〇〇石の領地を安堵して下さった神君家康公の御恩を忘るる勿れ〉と、当家抱えの刀工村光に命じて特に打たせた鎧通だ。全部で五振りしかないが、その一本を其の方にとらせようぞ」

と、一振りの短刀を増田に与えた。

それは、松下家の「丸に三本の松樹」の紋所を、鍔には透かし彫りにし、赤漆の鞘には螺鈿で嵌め込んだ豪華な拵えであった。

頼忠はさらに言った。

「祖父はその一振りを駿府にある東照宮家康公の霊前に供え、また関ヶ原での戦で大いに手柄のあった家臣安川権蔵と細井隼人の両人それぞれに一振りを与えた。さらに父頼定が藩主の座に就いた寛永十年（一六三三）に、金塚数右衛門を筆頭家老に任じて、これを与えた。余は藩主を継いだこの日、〈堀田正信殿の二の舞は演ずまいぞ〉と決意した証として、この最後の一振りを其の方に授けよう。向後、余が初心を忘れたならば、この鎧通を遠慮なく余に突きつけてくれよ」

「殿、有り難く拝領仕りまする。そのお心させお持ちであれば、御家は安泰でしょう」

次席家老増田が藩主頼忠の書状に添えた鎧通の短刀一振りには、このような経緯が隠されていたのである。

なお、堀田正信については、後日談もある。

頼忠が藩主の座に就いてから二〇年後の延宝八年（一六八〇）六月下旬、田村金右衛門を道中奉行として頼忠一行が江戸から帰藩した直後のことであった。江戸藩邸から正信についての報が久しぶりにもたらされたのである。再び頼忠と増田との話題に上った正信についての報、それは衝撃的な内容であった。

同延宝八年五月八日、四代将軍家綱が死去したが、その一か月後の六月八日に、当時阿波国徳島蜂須賀家に預けられていた堀田正信が、家綱に殉じて自害したというのだ。それも剪刀（鋏）で喉を突き破るという異様な死に方であった。そして、ここでも惣五郎の祟りが云々されることになったのである。

正信は、飯田に配流されたあとも〈気の病〉は直らなかったらしく、また息女も病がちであったという。そこで、脇坂安政の妻女が、正信を慰撫しようと城内に惣五郎の霊を鎮めるための祠を建立させた。一方、飯田藩領民も義人惣五郎と正信とのことを聞き及んで惣五郎を祀る祠を建てた。その数は一〇〇を超えたという。領主の側からは悪霊を鎮めるための、百姓の側からは尊崇する惣五郎を守護神として祀るための祠であることは言うまでもない。こうして飯田時代には、正信も少しは安らかで落ち着いた生活を送ったと思われる。

その後、寛文十二年（一六七二）に安政が播磨国龍野に転封になると、正信も龍野に移され、さらに若狭国小浜へと移された。ところが、その五年後の延宝五年、正信は再び世間の耳目を驚かす行動に出た。配流中の禁を犯して京の石清水八幡宮に参拝したのである。その目的が、幕府に巣くう奸佞の輩を排除して賢臣に代え、さらに将軍家綱の世子の誕生を祈願することであったというが、これは万治三年に幕閣に上奏したものと通底する内容でもあった。つまり、先に改易の因となった正信の「狂気」じみた行動が再び見られたのである。しかし幕府は、ここでもその家柄を慮って正信を処断せず、阿波国徳島の蜂須賀家にお預けとした。そしてそこで正信は、家綱に殉じて、延宝八年六月八日、先に述べたように凄絶奇怪な最期を遂げることになるのである。

こうした正信の数奇な生涯は、「悪鬼となって末代まで堀田家に祟った」惣五郎の祟りのせいだと、世間ではそう信じていたのである。

余談であるが、堀田家の不幸はこの正信の自死だけにとどまらなかった。これ以後も、正信の弟で大老となった堀田正俊が江戸城中で従兄弟に刺殺され、その従兄弟もその場で斬り殺され、さらに従兄弟の子が若くして病死したりと、不幸な出来事が続き、惣五郎の祟りも言い継がれるのであるが、詳しくはここでは省く。

なお、脇坂安政の妻女が建立した祠は、後に、今の飯田市實山の地に移され、松川入佐倉神社として現存している。

七

ここで再び佐久原藩の評定の場に話を戻す。

美濃屋四郎兵衛は、藩主頼忠の命を受けてやっと評定の場に出頭してきた。

そこで訊問を受けた四郎兵衛は、当初は「知りませぬ」「存じませぬ」と言い逃れていたが、増田に「これを見よ」と、二つの「右寄」、岡野弥太郎の控、渡辺正次郎が調査、書写した村請取明

細書、出役明細書を示されると、

「こうした証があるとは思ってもおりませんでした。恐れ入ります」

と、観念した様子で、事の次第を次のように白状した。

「岡野様の御普請控は同家が取り潰され屋敷もお召し上げになった際に家財すべてが没収され、奥田様の御普請控や〈右寄〉は奥田様の屋敷が全焼し、それぞれ隠滅されたとうかがっておりました。また、十九か村分二〇〇通以上にも及ぶ各村方の請取明細書を全部調べるのはまず不可能と、ましてこうした受取証があること自体も当事者しか知らぬこと、と金塚家の家宰落合甚左衛門様に聞いておりました。それで出来形帳の改竄が露顕することはないと、すっかり安心しておりました」

「では、出来形帳に美濃屋四郎兵衛名の〈一　金壱阡六拾五両壱朱壱百壱拾文、惣人足賃銭トシテ慥ニ請取申候事、実正也〉という証文が貼り込まれているが、この額は、出来形帳の〈右寄〉にある、惣人足賃銭の〈四百弐拾六万参百六拾文〉と全く同額であるが、その額面通りに藩の勘定方から金子を受領したのか」

「はい、当時の筆頭家老金塚数馬様より藩庁に呼ばれ、御普請の出来形帳〈右寄〉に従って、藩費より人足賃を支払う故、その受領書を出すようにと言いつかりました。ところが、その人足費は私ども美濃屋が一時立替した実際の費用よりも四二六両余上乗せされたものでした。その点を数馬様にお尋ねしますと、〈内密にせよ〉と厳命を受けました。私どもは上乗せせずともこの御普請で相応の儲けを得ておりましたし、商売人の倫にも悖るうえに危ない橋を渡るのはどうかと案じたのですが、御側室清の方様のこともあって、数馬様の強い仰せを断り切れず、それに応じた次第です」

と、美濃屋四郎兵衛は数馬の指示によって不正に加担したことを白状した。そうして得られた出目四二六両余は、御側室清の方を通して、金塚数馬方に渡していたことも認めた。

こうして数馬の藩費横領の事実が露顕すると、評定に加わっていた面々は、

「御家の上席にありながら、かかる曲事を見過ごしてきたことは慚愧の極みである」

とし、以後の吟味を急いで金塚家に対する仕置きなどを決め、江戸から藩公が帰国次第にその旨を言上し、最終的に藩公の裁可を得ることで評定を終えた。

金塚家の擁護に追われていた梶田や大石などの金塚派の面々も、数馬の不正が誰の日にも明らかになり、もはや、隠し通せないことを悟ると、掌を返すが如くその立場を一転させて、恥じる顔さえみせなかった、という。

そして五月十日、参勤交代で江戸に出府していた藩主松下頼忠が帰国した。

八

以上の渡辺正次郎が伝える次席家老増田の話を安川権之進も田村金右衛門も食い入るように聞いていた。

「なるほど、丸木や竹材、砂利、芝塼など村方から調達した資材には藩からの支出の要はなく、普請箇所に形としても残るので、そこに不正を行う余地はないが、人足の数はその実数をあとで確認することもできず、しかも美濃屋が一手に仕切っていたために、そこが狙い目で、水増しされたのだな」

金右衛門が独り言のように呟いた。

「その通りです。そして、もし一人当たりの人足賃銭を誤魔化せば、たった一人の証言でもそれがばれますから、そこは変えておりません。それに引き替え、人足員数は、弥太郎殿と奥田様の控がなければ村方に残る出役明細書を全部調べないとわかりません。悪賢さがここでも感じられます。ところで、この評定ではもっと重要な案件も吟味されることになっております。例の金塚家が検見にかこつけて村方に要求していた六尺入用という税にみせかけた賂要求を繰り返していたという悪弊の糾明です」

「うん、お主が領内各村を奔走してまとめ上げた一件だな。いかなる評定が出されたのか、それも増田殿に吟味の結末をお教えいただいたのか」

「ええ、しかし、その訴状は評定の対象にはならなかったそうです」

「ん……どうしてだ。おう……そうか、村方の六尺入用停止の願状は、藩政の瑕疵(かし)と言うよりも権勢を笠に着た金塚家の私的行状に関わること。藩費横領で金塚家の仕置きが決まれば、特に評定の場で詮議せずとも、村方衆の願いは達せられることになるわけだな」

「その通りです。しかし、この村方衆の訴えは金塚家の仕置きの決定に大きな影響を及ぼしました。横目付梶田や地方奉行大石殿らは、これまでも度々村方に上奏された〈金塚数馬様の六尺入用の要求を停止願いたい〉という訴状を握り潰してきました。つまり金塚家の悪弊を知っておりながら、権勢を恐れ、また、金塚家のお零れに与ってきたために目を瞑ってきたのです。謂わば金塚家と同類、同じ穴の狢です。特に地方奉行の大石様は自らがこの税紛いの入用金の直接の受領元であり、この悪弊の加担者でもあります。したがってこの度の四四か村の訴状を評定にかければ、これまでの自分たちの悪事加担も露顕しかねないのです。そこで村方の訴状を評定しなくても済むように、藩費横領での金塚家の仕置きを厳しくするように計らったのです。そうすれば類が己に及ぶ前に、この件は落着しますからね」

正次郎の話を頷きながら聞いていた金右衛門が、

「そうであったか。正次郎氏の奔走、苦労もそれで報われたというもの。ところで、殿もご帰国されたわけだし、筆頭家老金塚家に対する藩の仕置きは如何様になったのか。また横目付梶田殿、地方奉行大石殿ら金塚派一統もまったくお咎めなしでは済まされぬだろう」

と、膝を改めて聞いた。

「はい、五月十一日に殿の裁可が下達され、金塚家は全知行二〇〇〇石の召し上げ、家は断絶と決まりました。ただ、数右衛門殿は老齢でもあり爾来の藩政への貢献も考慮されて、〈食扶持に限り残し置く〉との殿による特別の沙汰でしたが、数右衛門殿は〈嫡男数馬の不行跡は我が身の不行き届きによるもの〉と、仕置きが通知された翌十二日、先主頼定公の墓前で頼定公より拝領の鎧通にて見事腹掻っ捌いて果てたとのことでした。数馬殿の妻邦様は領内追放とされ、ご養子慎之助様を伴い奥州白河へと身寄りを頼って落ちて行かれた由、それに付き従ったのは若党篠浦九郎次ただ一人であったと。また、数馬殿の妹で地方奉行大石殿の奥方佐代様は〈お構いなし〉とされましたが、自ら望んで離縁、何処ともなく姿を消したということです。もう一人、家宰落合甚左衛門は、数右衛門様が切腹したその日の夕刻秘かに城下口を抜け出たところで、金塚家の年季奉公人らに襲われてなぶり殺しにされたということです。聞くところによれば、屋敷内にあった金子を懐にして逃げ出したのを彼らに見られており、その金子は全部奪われていたそうです。一方、自らは手を汚さずといえど、金塚家に阿り、その悪行に目をつぶってきた横目付梶田様、地方奉行大石様は流石に恥じたのか、殿に処断される前に自ら身を処して役儀を返上し、家督をそれぞれの嫡男に譲って蟄居しているそうです」

「そうであったか、金塚家の女衆には気の毒ではあるが、それも一家の自業自得とでもいうべきものだ。ところで美濃屋四郎兵衛は、いかが相成った」

「ええ、美濃屋四郎兵衛一家は領内所払い、屋敷は闕所、つまり閉門没収と相成りました。御側室の清の方様は宿下りを命じられましたが、もはや下る実家も養家もなく、即刻剃髪して仏門に入ったとうかがいました」

正次郎は、増田弥右衛門の通達の趣旨を、その小さなよく回る口で一気に話し終えると、改めて金太夫の顔に視線を移すと、手ぬぐいでまた顔を拭った。

「そして、お慶び下さい。安川権之進様に対する上意討ちは正式に沙汰止みとなり、安川様には御家への帰参と町奉行職への再登用が命じられました。佐藤圭吾も〈金塚勝之丞を討ったのは、父久林の非業の死がその遠因であり、数馬の無礼討ちを是としたのは喧嘩両成敗という武家の掟にも背くものであった〉、また権之進様に対する忠節は〈武士の鑑である〉として、改めて町奉行配下の手代として取り立てる旨決定いたしました。むろん細井金太夫様への上意討ちの下命も取り消されました。また、殿様は〈万死の重みをもって余を諫めた忠臣〉として増田様を筆頭家老職に任命され、さらに金太夫様、権之進様のお二人に対し、〈余の蒙昧無知、不徳によって、先祖以来我が家門に代々尽くしてきてくれたこの上ない忠義の臣を二人も失うところであった〉と涙されて恥じられたそうでございます」

「何と、今なんと申したな。上意討ちが正式に沙汰止みになったうえに、御家への帰参が叶ったとな。……殿が涙を……。それを聞いただけで拙者の積年の労苦も吹き飛ぼうというもの。これでやっと世津と江津に報いることができ申す」

「旦那様の帰参がお許しに……ようございました。まさかそうしたことが現実になるとは、嬉しゅうございます。金太夫様にもそのことが一刻も早く伝わればと存じますが」

　権之進と金太夫とに交互に移す世津の目に大粒の涙が光っていた。

「金太夫様、お喜び下さいまし。やっと、上意討ちが正式に沙汰止みになりました。……されど、されど……言っても詮無いことにございますが、ほんの数日早うに御家の決定が出されておれば、旦那様もかような苦しみから逃れられたと、私は悔しゅうございまする」

比紗は小太郎の肩を抱き、改めて金太夫に向かって語りかけた。

「しかり、もう四、五日早くば、金太夫殿との立合はなかったものを……。金太夫殿……許せ。お主の寸部狂わぬ太刀裁きに比べてまだまだ未熟の儂は慚愧に堪えぬ」

権之進は金太夫の手を握ると頭を垂れた。その頰からは涙の滴が糸を引いている。

「権之進殿、そう嘆かれまいぞ、勝負は時の運。それに幸いにも兄金太夫は存命しておりまする」

金右衛門が自らを励ますように声に力を込めて言った。

「権之進様、夫金太夫は何も申しませんが、その為したこと、言いたかったこと、それらを一番よくおわかりいただけているのも貴方様です。侍としての矜持、俠者としての誇りが金太夫と貴方様とまったく同じなのです」

「今は金太夫殿の回復を祈るのみぞ」

こうして座が次第に落ち着いてくると、

「はしたないですが、その饅頭が気になって落ち着きませせぬ。いただいてもよろしゅうございますか」

正次郎は、それを待ち兼ねていたらしく、誰に言うともなく聞いた。昨日、世津が「夜食にでも」

と町で求めてきたものだった。

「どうぞ、全部お食べになってもいいですよ。渡辺様は私ども二家族にとって、福の神でもあります故」

「それは、ありがとうございます。しかし、私は金太夫様、金右衛門様のご指示に従っただけです。それに福の神はこれほどは太ってはおりますまい。でも、ここ十日で私も二貫目ほど痩せました」

というと、正次郎は取った饅頭を一気に頬張った。

「それほど痩せたとも思えぬがのー。佐久原からの道中がそれほどきつかったということかな」

金右衛門が半ば揶揄うように正次郎の腹をみて尋ねた。

「よくぞ聞いてくれました。その通りです。それがしは佐久原から中山道で下諏訪、そして甲州道金沢を経て秋葉街道を通り、この地まで参じましたが、金沢を過ぎてすぐに山路となりましたので、峠越えをするのに山駕籠を頼むと〈お侍様、銭は要らねぇからここで下りて下せぇ〉と駕籠舁きにすぐに放り出されるのです。そこで馬を頼もうと馬子を呼び止めました。すると、馬子が私の体を見て〈お侍さんは五割増しでねぇと〉とふっかけてくるのです。急を要する旅路ゆえ、奮発して馬に乗ると、半里も行かぬうちに、今度は馬の奴めがそれがしを振り落とすように後ろ足を跳ね上げて立ち止まってしまうのです。という次第で、自分の脚に頼るほかなく、それで目方が減り申したのです」

「しかし、お主は人一倍の大食漢。どんなに遠くまで歩こうと、それで痩せないほどの食料を十二分に持参していたのではないのか」

「ええ、持てるだけ持って旅立ったのですが、金沢道の高遠に着く頃には喰い果たしました。それで高遠城下でたらふく食おうと飯屋に入ったのですが、〈飯はあるが、おかずはザザ何とかしか残っていない〉と言われました。〈はて何だ〉とは思ったのですが、〈それでよい。とにかく早く頼む〉と言うと、握り飯三つと一寸五分ほどの長さの真っ黒な棒が十数本皿に乗って出てきました。〈これは何だ〉と亭主に尋ねると、〈これがザザムシ〉と。そこで、よく見れば、その真っ黒な棒からは細いくちばしと何本もの足が生えておりました。その形たるやウジ虫です。ウジ虫を醬油と味醂とで煮詰めたものがザザムシというおかずだったんです。〈こんなものが食えるか〉と半信半疑でしたが、空き腹には勝てず、眼を瞑って口に押し込みました。ところが、その格好を別にすれば、旨いんです、これが。香ばしくて」

「まあ、それは、信州の伊那や飯田あたりでよく食べられるものですよ。お酒の当てに重宝されているそうです。もちろん私は食べたことはありません。なんせ、清流に棲むとはいえ、元は川虫ですから」

比紗が説明を加えたが、自らが口にした「川虫」にひるんだのか、その顔には悍ましい表情がチラと見てとれた。

「そうですか、同じ信州人といえども南の方々は、ウジ虫も食すんですね。東信州の我々には想像もつきませんが」

「旨い」といってザザムシを平らげた正次郎とは思えぬ台詞であった。

「あーら正次郎様、北や東信州の方々でも蜂の子は喜んでお食べになるのでは。あれも立派なウジ虫でなくってよ」

「えっ、蜂の子も……ですか、蜂の子には足は生えておりませんし……あっ、そうでした。よく考えてみれば蜂の子もウジ虫でした。これはご無礼なことを申しました。なんせ蜂の子はよく食べるので、ウジ虫ということを意識さえしないものですから」

　思わぬ比紗の逆襲に、大きな図体を窮屈そうに折り曲げて額から吹き出す汗を手ぬぐいで何度も拭き、正次郎は頭を掻き掻き言い訳した。

　その様を見た金右衛門がすかさず正次郎を茶化した。

「正次郎氏、お主のその体の何分の一かは蜂の子にもらったのではないのか」

「あぁ、そう言われれば。そうか、……それでそれがしは、まるで蜂のように娘御にはいつも嫌われて逃げられ、蜂には好かれてよく追い掛けられるのかも知れませんな」

　正次郎の話は皆を再び笑いに誘った。皆の顔が一様にほころんでいる。


　ちなみに、ザザムシとは「ヒゲナガカワトビケラ」の幼虫で、流れのある川底の石にへばりついて棲んでいる。黒緑色の体長は三、四センチ、体には十本ものくびれと六本の足、細いくちばしと棘(とげ)状の短い尾がある。成長すると、蜘蛛の巣のような糸で小砂利をくっつけて穴状の巣を作り、その中に潜り込んでサナギ化する。最後には脱皮して水中から空に飛び立つ。日本全国に棲息し、「クロカワムシ」とも呼ばれて釣りの餌とされる。天竜川の上流域では、冬厳寒期にこれを獲り、佃煮風にして食用とする。これがザザムシである。

一方、蜂の子とは、ジバチなどと呼ばれるクロスズメバチの幼虫で、地中に巣をつくる。こちらは日本の各地で食される。

「やはり正次郎は福の神、皆、忘れていた笑いを思い出した。礼を申すぞ」

「いえ、いえ、金右衛門様。実は金太夫様、金右衛門様こそがそれがしにとって福の神なのです」

「拙者と兄者が……はて、何故に」

「それがしは金太夫様と金右衛門様のご指示によって、御普請に関わった村々の名主を訪ね廻りましたが、そのなかで、金塚家の政を私する実態が明らかになりました。それで実は……」

正次郎はそこまで言って口を濁らせた。丸い顔が少し紅潮している。

そして「そこで」と言い直すと、唾を飲み込んで続けた。

「実は、その働きによって、私こと渡辺正次郎、この度地方奉行配下の与力職に昇進を許され、家禄も五〇石にご加増と相なりました。これこそ、福の神のお二人のお陰かと」

「おおっ、そうであったか。それは何よりだ。しかし、それは拙者どものお陰ではない。日頃のそこもとの地方廻りなど地味な仕事があったればこそだ」

「それは渡辺様、よろしゅうございました。お祝い申し上げます」

比紗も世津もそして子どもたちも、笑みを浮かべて正次郎を祝福した。

「ありがとうございます。金右衛門様。皆様方。しかし……それだけではありませぬ。嬉しいことは……。実は……」

正次郎は再び言い淀んだ。丸い顔はさらに赤くなっている。

「すみません、饅頭をもう一つ……」

と、矢庭に一つ残っていた饅頭に手を伸ばして一口でそれを飲み込むと、手ぬぐいでしきりに汗を拭いながら、正次郎は畏まって小さく言った。

「実は……、いつも蜂に追われているそれがしも……実は、この度……、嫁をもらうことに。それも金右衛門様ご兄弟のお陰かと」

「今、何と言ったな、正次郎氏が嫁をもらうとな、それは目出度いこと。祝着至極だが、……はて、それも儂らのお陰だと、拙者にはとんと心当たりがないが。その娘御を拙者も兄者も見知っていると申すのか……どういうことだな。正次郎」

その座の一同も興味津々と二人の遣り取りに耳をそばだたせている。

「はい、金右衛門様もご承知の事ですが、先に金右衛門様と訪れた野沢村名主の小林重兵衛殿、あ、小林は通称ですが、その重兵衛殿に〈金塚家の悪弊を糺してもらえないか〉と、内密に相談を受けました。そのためには、金塚家の悪弊に苦しむ村々が一味同心してその糺明を藩庁に訴え出ることが最も有効な手段であろうと、それがしが秘密裏に各村の名主を説得にあたりましたが、その際の策を得たり、他村の名主の紹介を頼んだりと、それがしは重兵衛殿方を度々訪れておりました」

「その通りであったが、それと其許の婚姻といかなる関係があるのか」

「ええ、それがしが汗みどろで百姓衆や村方のために奔走する姿を見て、〈本当の男というのはかような人ではないか〉と。その重兵衛殿の娘御が……」

喜色満面の正次郎、目鼻口、すべてを顔の中央に集めて小さな声で答えた。

「そうであったか、その娘御の心を射止めたのか。お主が。うん、うん……さもあろう。其許の一途な働きがその娘御の心を打ったのだ」

〈うんうん〉と頷く金右衛門には、えも言えぬ慈しみの表情が浮かんでいる。

「はい。この蜂の子で育ったらしい大きな体に幼児のような顔立ち、それがしのこの外見だけでは、これまでは〈嫁に来てくれ〉と言っても誰もいい返事はくれませんでしたのに、この度は先方の智里から……あっ、その娘は智里といいます。父親重兵衛殿を通じてそれがしに胸の内を明かしてくれました。あまりに嬉しくて、すぐに智里を連れて金右衛門様の奥方鈴様にお目通りしましたところ〈よくぞ、このような立派な娘さんを〉と、たいそうお褒めいただきました。母光も腰を抜かさんばかりに驚き、喜んでくれました」

「正次郎氏、本当にでかしたぞ。よくやった。それでまあ、聞き給え。其許は慥かに外見は地味ではあるが、そんな表向きのことはどうでもいいではないか。それよりも、これまで人知れず百姓衆の立場で悪政を糺そうとした其許の俠気が第一。そして次に、お主を見初めたその娘御、智里という娘さんの、外見なんぞではなくお主の人としての本当の価値を見抜いた才知、その才気。二人とも天晴れではないか。それに引き換え、身に余るほどの禄米を頂きながら、金塚家の権力を恐れて、言うべきことを言わず、聞くべき言も聞かず、挙げ句の果てには筆頭家老という権威のお零(こぼ)れに与かろうと、毒のある蜜と知りながらそれに群れ集(たか)ってきた連中のおぞましさ。唾棄すべき輩ではないか」

珍しく金右衛門が声を荒立てている。

すると、それまでその金右衛門の言葉を頷きつつ聞いていた権之進が、怒りを受け継いで、続けた。

「左様、藩政を牛耳ってきた、そうした輩は、事ある度に藩公への忠義こそ第一と宣(のたも)うてきた。忠義さえ唱えれば誰もがそれに異を唱えることはできぬ。すると、そこには建前の忠義で積み上げられた虚構の世の中ができあがり、本物の忠節が排除される。声高に言い立てられる忠義、忠節ほど危ういものはないのだ。忠義、忠節を身にまとっている風さえすれば、それが空虚な名目だけのものだとしても、他人に疑われることもなく我が身は護られ、あわよくば私腹さえ肥やすことができる。金塚数馬のようにな。そしてその取り巻き連中のようにもな」

正次郎も、〈我が意を得たり〉とばかりに、

「最近はそうした輩が多うございまする。今度の評定の面々も、誰もが数馬殿の悪どい噂を知って

おりながら、増田様以外はそれをあえて穿鑿することはしませんでした。ところが数馬殿が殺されて、金太夫様や金右衛門様の働きで数馬の悪行が次第に露顕すると、梶田様や大石様は掌を返すがごとく金塚家にのみ罪ありとして、自分たちは忠義、忠節の徒と喧伝するようになり、最後は非を悔いるとして自らを処して家督を嫡男に譲り、役儀も辞して蟄居しました。このように殊勝にみえる彼らの行為は、あくまで建前上のことで、実は彼らはそれまでの所業によって殿の叱責を受ける前に、いち早く以前とは逆の立ち場に身を置き己と己の子孫の安寧を図るとともに将来の居場所さえも確保しようとしたかに見えます。彼らには本来の忠義、忠節の理念は備わっていないようですね」

と、言い足した。

「そうなのだ、表向きの建前だけの忠義なのだ。最近の流行で佐久原城下でも見かけることがあるが、俠を気取る傾き者と言われる連中と根は同じなのだ。あやつらの忠義、忠節や俠義は皮相で上辺だけ。本当の忠義者、俠者とは正次郎氏、お主のような者をこそいうのだ」

「いいえ、それがしは面映ゆうござる。そういう金右衛門様、そして金太夫様、権之進様と、ここには間違いない俠者が三人も、いえ、比紗様、世津様を含めて五人も揃ってござる」

そう言って、正次郎は首に巻いた手ぬぐいを手に取った。そして、

「あっ、そうでした。肝腎なことを言い忘れてました。金右衛門様、奥方の鈴様より伝言を頼まれております。鈴様は〈金右衛門様にだけこっそりと〉とおっしゃっておられましたが、皆さんにも

お披露目してよろしゅうございますかな」

「鈴からだと、はて、見当もつかんが。……ええっい、そこまでばらしたのであれば、もういいから早う申せ」

「お悦び下さいませ。この福の神は間違いなく金右衛門様に相違ございませぬ。鈴様は……懐妊されました。おめでとうございまする」


さすがに大人たちの話にはついていけぬ江津と小太郎は、いつの間にか二人して金太夫の枕元に猪口然（ちょこなん）として座り、金太夫の顔の両脇から交互に呼びかけていた。

皆から席を外してその二人を見つめながら、比紗は金太夫の「遺書」の最後にあった「細井家の家督は間違いなく小太郎に相続が許されよう」に続く結びの数行を思い起こしていた。

それには、

「肝腎なのは次のことだ。心して聞き置け。今から十年が過ぎたなら、安川家の息女江津殿を下諏訪藩和田家の養女に入れ、我が細井家の嫡男小太郎に娶（めあわ）せるよう取り計らえ」

と、あった。

権之進の御家への帰参が許されて旧の役職への復職がなった今、和田家の養女にする要はないが、金太夫の思いは比紗の思いとまったく同じであった。

そのことを知ってか知らずか、江津と小太郎の金太夫への呼びかけは続いていた。

「父上様。ひげの父上様も、母上様も、小太郎様も、小太郎様のお母あ様も、みんな今、みんなここにおはします。そして……みんな……お父上様が笑って下さるよう、ここで待っております。目を……、目を開けて笑って下さい、お父上様お願いです」

「父上、小太郎です。母上からも私からもお願いします。今一度お目を開けて下さいませ」

じっと先ほどから金太夫の顔を見つめ続けて何度も呼びかける江津と小太郎。

その二人の両目からは涙の粒が止まることなく頬を伝い落ちていた。

そして……、

江津のその涙の一滴が金太夫の額に小さく砕け散った。

……その時だった。

固く閉じられていた金太夫の両目がうっすらと開けられたのは。

この安川権之進と細井金太夫の二人をめぐる一連の出来事は、「真の侍が真の俠者らしい生き方をした」として、家中の賞讃を呼び、やがて世間へも膾炙（かいしゃ）していった。

その後、井原西鶴は、貞享四年（一六八七）卯初夏に刊行した『諸国敵討　武道伝来記』（巻一）に「内儀の利発は替った姿」と題して、この話を取り上げた。

しかし、その結びは、

其後、権之進の事は、武の本意至極の詮議に相済みて、二度帰参して、安川の家栄へけり。此時、細井金太夫はたらきも、世にあらはれ、当家稀なる者、弐人と、其の名をあげて、今の世まで語り伝へぬ。

と記されただけで、その顚末について、西鶴はこれ以上のことは伝えていない。

了

〔お断り：　本作品は、井原西鶴が貞享四年（一六八七）に刊行した『諸国敵討　武道伝来記』（巻一）「内儀の利発は替った姿」を一つの素材に構成した小説である。作中の人名、地名、寺社名、藩名などの固有名詞は、小説を構成するための創作であり、同名で実在するものがあったとしても、その位置づけは現実のそれとは同一ではない。〕

参考文献

井原西鶴著、横山重・前田金五郎校注『諸国敵討　武道伝来記』（岩波文庫、一九七五年）

安藤博著『徳川幕府縣治要略』〔復刻版〕（柏書房、一九六六年）

大石久敬著、大石信敬補訂、大石慎三郎校訂『地方凡例録』〔上巻・下巻〕（「日本史料選書　一・四」、近藤出版社、一九六九年）

藤野保校訂『恩栄録・廃絶録』（「日本史料選書　六」、近藤出版社、一九七〇年）

宮本武蔵著、神子侃訳『宮本武蔵　五輪書』（経営思潮研究会発行、徳間書店発売、一九六三年）

須原屋茂兵衛蔵版『東海木曽　両道中懐寶圖鑑』〔明和二年版〕（一七六五年）

角川地名大辞典編集委員会・竹内理三編『角川地名大辞典　長野県』（角川書店、一九九〇年）

角川地名大辞典編集委員会・竹内理三編『角川地名大辞典　静岡県』（角川書店、一九八二年）

武田祐吉校注『萬葉集』〔下巻〕（角川文庫、一九五五年）

地方史研究協議会編『近世地方史研究入門』〔十刷〕（岩波全書、一九六七年）

池田晃淵著『日本近世時代史』〔徳川史〕（早稲田大学出版部、一九〇九年）

三上参次著『江戸時代史』〔三〕（講談社学術文庫、一九七七年）

若尾俊平編『図録　古文書の基礎知識』（柏書房、一九七九年）

大石慎三郎著『江戸時代』（中公新書、一九七七年）

石井良助著『江戸の刑罰』（中公新書、一九六四年）

後藤一朗著『田沼意次―その虚実』（「新・人と歴史　拡大版」、清水書院、二〇一九年）

尾藤正英著『元禄時代』（「日本の歴史　第十九巻」、小学館、一九七五年）

深谷克己著『士農工商の世』（「大系　日本の歴史　第九巻」、小学館、一九八八年）

辻達也著『江戸時代を考える　徳川三百年の遺産』（中公新書、一九八八年）

檜谷昭彦著『江戸時代の事件帳　仇討ち・殺人・かぶきもの―元禄以前の世相を読む』（「二十一世紀図書館」、ＰＨＰ研究所、一九八五年）

阿部泉編著『京都名所図会』（つくばね舎、二〇〇一年）

阿部泉著『史料が語る年中行事の起原　伝承論・言い伝え説の虚構を衝く』（清水書院、二〇二一年）

横山十四男著『義民　百姓一揆の指導者たち』（三省堂新書、一九七三年）

大石学編著『侠の歴史』〔日本編（下）〕（清水書院、二〇二〇年）

渡辺誠著『刀と真剣勝負―日本刀の虚実』（ベスト新書、二〇〇五年）
鈴木眞哉著『刀と首取り　戦国合戦異説』（平凡社新書、二〇〇〇年）
柴田光男著『刀剣ハンドブック』（光芸出版発売、一九八五年）
小和田哲男監修『大江戸武士の作法』（G・B、二〇一九年）
油井宏子監修『江戸時代&古文書　虎の巻』（柏書房、二〇〇九年）
名和弓雄著『間違いだらけの時代劇』（河出文庫、一九八九年）
稲垣史生著『時代劇を考証する―大江戸人間模様―』（旺文社文庫、一九八三年）
「中部地方の大名配置図（一六三〇年）」Web情報
「刀剣ワールド　日本刀の部位名称」Web情報
「台風十九号長野県内豪雨災害」（信濃毎日新聞ニュース特集）Web情報
藤井勝彦著「歴史人〔義民と称えられた佐倉惣五郎が怨霊と化して藩主の一家に復習？〕」情報まちづくり支援ネットワーク佐倉
「義民伝承〔佐倉惣五郎物語〕」Web情報
中村裕美著「京都芸術大学通信教育課程　芸術教養学科WEB卒業研究展〔飯田市の松川入佐倉神社―信仰の移り変わりと継承のありかた―〕」Web情報
など

渡部　哲治（わたなべ・てつじ）
1948年、大分県生まれ。1966年、大分県立竹田高等学校卒業、1970年、國學院大学文学部史学科卒業。県立大分上野丘高等学校講師等を経て、1972年、株式会社清水書院に入社。以後40数年間、主に中学校歴史、高等学校日本史など社会科教科書の編集に携わる。2017年、同社代表取締役を退任。2023年1月、後期高齢者の仲間入り、現在に至る。小学校・中学校の教員向け雑誌（「社会科教育」など）やWeb配信の動物園訪問記（「オリオリの記」）などへの寄稿のほか、私家版の紀行本（『夢か現か平成浮世旅』〔全6巻〕）がある。

俠の者、七人

井原西鶴『諸国敵討 武道伝来記』遺聞

2024年1月28日　初版発行

著　　者　渡部　哲治
発 行 者　上緒方由義

制　　作　信濃毎日新聞社 メディア局 出版部
〒380-8546　長野市南県町657
電話 026-236-3377　ファクス 026-236-3096
https://shinmai-books.com/
印刷製本　大日本法令印刷株式会社

ISBN978-4-7840-8846-1　C0093

定価はカバーに表示してあります。